Il pleuvait

# 새들이
# 비처럼
# 내린다

조슬린 소시에 지음

이재형 옮김

마르코폴로

AMBASSADE DE FRANCE EN CORÉE | 주한 프랑스 대사관

*Liberté*
*Égalité*
*Fraternité*

문화과

Cet ouvrage, publié dans le cadre du Programme d'aide à la Publication Sejong, a bénéficié du soutien de l'Institut français de Corée du Sud - Service culturel de l'Ambassade de France en Corée.
이 책은 주한 프랑스 대사관 문화과의 세종 출판 번역 지원프로그램의 도움으로 출간되었습니다.

Titre original: Il pleuvait des oiseaux par Jocelyne Saucier

Korean translation rights arranged with Jocelyne Saucier
through Les Éditions XYZ, Inc., Montreal
Marco Polo Press, Sejong 2022



Cover image by Karine Savard.

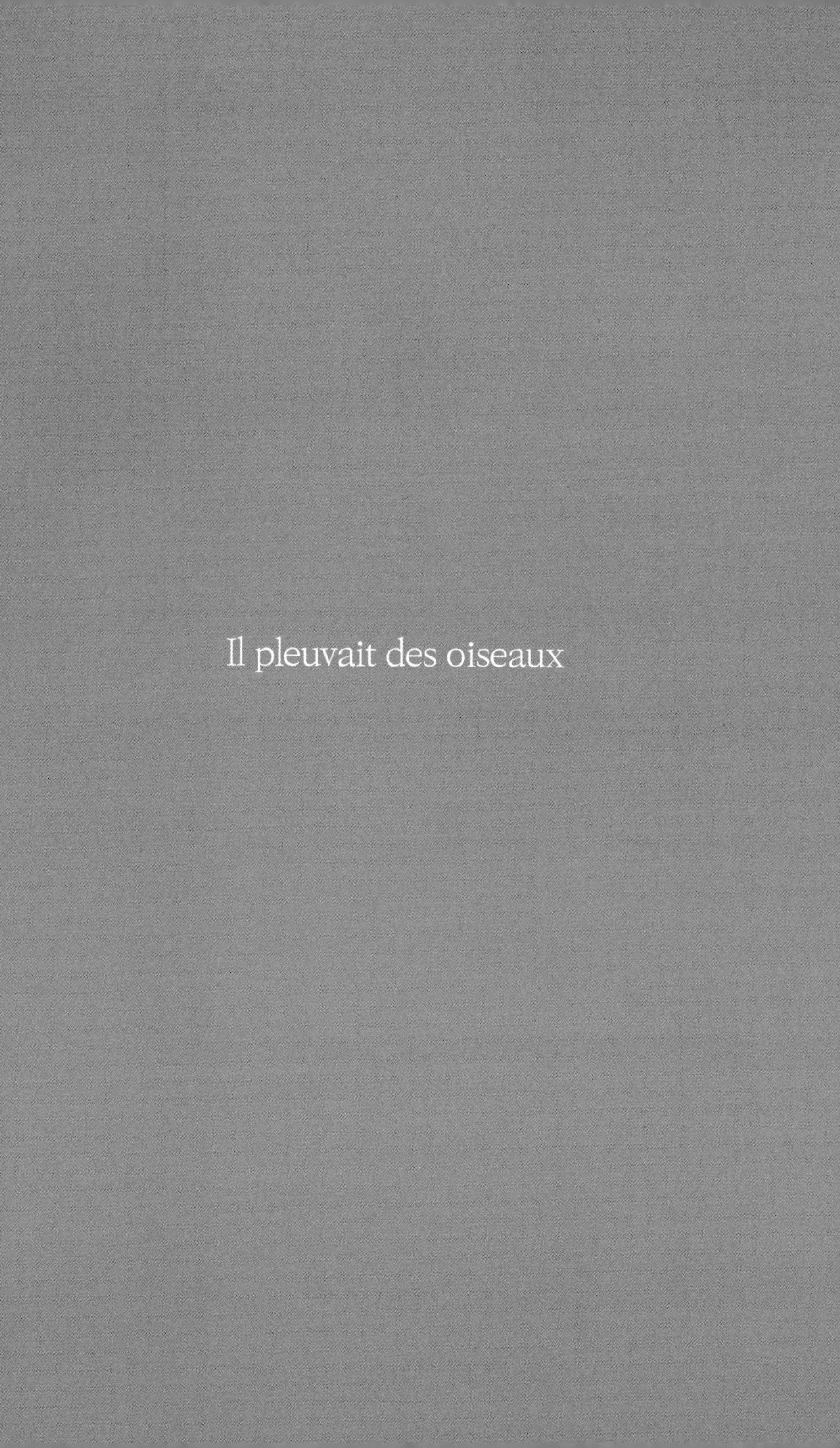

# Il pleuvait des oiseaux

# 차례

# 한국어판 서문

나는 몬트리올에서 북쪽으로 700킬로 떨어진 한 광산도시에서 다시 30여 킬로를 더 가야 하는 마을 근처의 시골(숲이라고 해야 할 것이다)에서 살고 있다. 하지만 나는 내가 고립되어 있다고 느낀 적도 없고, 이 세상에 속해 있지 않다고 느낀 적도 없다. 왜냐하면 책을 읽기 때문이다.

독서는 나를 세상과 이어주는 가장 확실한 끈이다. 책은 소설가나 시인, 철학자 등 다른 사람과 내적 대화를 나누는 장소다. 이 다른 사람은 나를 내 두 발이 갈 수 없는 곳으로, 생소하게 느껴지는 생각 속으로 데려간다. 이 사람은 나를 내가 결코 체험해보지 못할 것을 체험해본 어떤 존재에게 가장 가까이 데려간다. 또 이 사람은 내가 모르는 세계(그것이 내 이웃집 여자의 마음과 생각이든, 아니면 먼 나라의 논에서 힘들게 일하며 자신이 살아온 삶을 반추하는 남자의 마음과 생각이든)의 내밀함 속으로 나를 데려간다. 책을 읽을 때마다 항상 나는 내가 나 자신에게 가장 가까이 있다고, 그리고 동시에 세계의 중심에 있다고, 그것이 바로 나의 자리라고 느꼈다.

글을 읽는 것과 쓰는 것은 똑같은 충동에서 비롯되는 내밀한 행위다. 책을 펼쳐 읽고 소설을 쓰기 시작하면 나는 내가 하나의 세계를 발견하기 위해 내 안의 가장 깊은 곳으로 들어간다고 느낀다. 과연 무엇이 나를 기다리고 있을까? 전혀 알 수 없다.

정신이 아찔할 정도로 현기증이 난다. 내 안으로 들어가 발견한 그 세계는 서서히 모습을 드러내며 내가 가보려고 생각하지 않았던 곳으로 나를 데려간다. 이렇게 해서 〈새들이 비처럼 내린다〉를 쓰기 시작했다. 이 작품이 고독과 노쇠, 노쇠의 동반자인 죽음, 그리고 사랑으로 나를 데려갈 것이라고는 생각하지 못했다. 나의 원래 의도는 별로 거창하지 않고 단순했고 마침내 내가 이전에 쓴 소설들의 주제가 반복된다는 사실을 깨달았다. 그건 바로 '사라짐'이라는 주제였다. 한 인물이 그가 버린 사람들이 나락으로 떨어지게 내버려두고 모습을 감추어버리는 것이다. 이 소설은 이 나락 속으로 미끄러져 들어갔다.

나는 이번에는 사라져버린 사람들 쪽으로 가보고 싶었다. 그리고 내가 숲에 둘러싸여 살고 있었으므로, 어떤 사람이 숲속 깊이 들어감으로써 자신의 삶에서 사라져버리려 한다고 생각하는 것은 나로서는 자연스러운 일이었다. 게다가 숲의 은둔자들은 실제로 존재한다. 물론 이런 사람들은 매우 드물다. 왜냐하면 숲속에서 살아남기 위해서는 숲을 구석구석 잘 알아야 하고, 이 지식은 점차 소멸되기 때문이다. 나는 개인적으로 은둔자들은 알고 있지 못했지만 반(半) 은둔자들은 알고 있었다. 그만의 섬에서 혼자 살고 있는 남자, 주로 덫을 놓아 사냥해서 살아가는 또 다른 남자, 그리고 아들이 일주일에 한 번씩 식량을 들고 찾아오는 여자.

〈새들이 비처럼 내린다〉를 끝낸 나는 이 작품이 성공적으로 쓰여졌다는 것을 알았다. 또 나는 내가 이 작품을 그것이 가야 할 곳으로 이끌어갔다는 것을 알았다. 하지만 그와 동시에 이런 생각이 들었다. "넌 도대체 뭘 한 거야? 숲속 깊은 곳에 사는 늙은이가 쓴 소설을 읽을 사람은 아무도 없다고." 하지만 너무나 놀랍게도 내가 이 작품의 단점이라고 생각했던 것은 오히려 독자를 끌어당기는 힘이 되었다. 이 소설은 내가 사는 캐나다 퀘벡주에서뿐만 아니라 전 세계 거의 모든 곳에서 성공을 거두었다.

나는 예상치도 못했고 기대하지도 않았으며 이따금씩 나를 두려움으로 가득 채우는 이 몹시 놀라운 성공에서 바로 이 같은 사실을 기억해둔다.

우리 모두는 지금 우리가 살고 있는 삶과는 다른 삶을 살아야 한다. 우리에게 그의 삶의 즐거움과 고통을 얘기해줄 다른 사람의 내면의 목소리를 들어야 한다. 우리 인류는 함께 노래하며 살아가야 하고, 이 소설은 그 노래를 우리에게 들려준다.

그렇다면 우리는 〈새들이 비처럼 내린다〉에서 어떤 노래를 들을 수 있을까? 나는 우리가 이 소설에서 자유의 노래를 들을 수 있을 것이라고 믿는다.

조슬린 소시에,

캐나다 클리시에서 2021년 7월 26일

이 얘기에는 완전히 모습을 감추어버린 사람들과 삶에 색다른 활기를 불어넣는 죽음의 서약, 역시 삶을 살 가치가 있게 만들어주는 숲과 사랑의 강력한 유혹이 등장한다. 믿기 힘든 얘기지만, 증인들이 있으니 이 얘기를 믿는 걸 거부해서는 안 된다. 만일 거부하면, 이 특별한 존재들에게 피난처를 제공해주는 이 다른 세계는 존재할 수 없게 될 것이다.

이것은 숲속으로 사라져버린 세 노인의 얘기다. 자유를 사랑하는 세 존재의 얘기.

"자신의 삶을 선택할 수 있는 것, 그것이 바로 자유지요."

"그리고 자신의 죽음을 선택할 수 있는 것 역시 자유랍니다."

톰과 찰리는 그들을 찾아온 여성에게 이렇게 말할 것이다. 이 두 사람의 나이를 합치면 거의 2백 살에 가까웠다. 톰은 여든여섯 살이고, 찰리는 그보다 세 살 더 많다. 그들은 자신들이 앞으로도 꽤 오랫동안 더 살 수 있다고 믿는다.

세 번째 노인은 더 이상 말을 할 수가 없다. 얼마 전에 세상을 떠났기 때문이다. 죽어서 땅에 묻혔어요. 찰리는 찾아온 여성에게 이렇게 말할 것이고, 이 여성은 그 말을 믿으려 하지 않을 것이다. 그녀는 테드 보이척, 혹은 에드 보이척, 또 혹은 에드워드 보이척을 만나러 그 멀고 먼 길을 달려왔기 때문이다. 이 얘기가 이어지는 동안 이 남자의 이름은 두 번 바뀌고 그의 운명은 지리멸렬해질 것이다.

그들을 찾아온 여성은 사진작가이고, 아직 이름이 없다.

그리고 사랑은? 음, 사랑은 기다려야만 할 것이다.

# 사진작가

La photographe

과연 어둑어둑해지기 전에, 최소한 폭풍우가 시작되기 전에 숲속에서 공터를 발견할 수 있을까 생각하면서 금방이라도 한바탕 퍼부을 듯한 하늘 아래로 나 있는 도로를 달리고 또 달렸다. 스펀지처럼 푹신하게 느껴지는 도로를 오후 내내 달렸지만, 내 눈앞에 나타난 것은 미로처럼 얽혀 있는 산악자전거 전용도로와 벌채한 목재를 반출해내는 운재로 뿐이었고, 그 다음부터는 오직 진흙 웅덩이와 물이끼 층, 가문비나무들의 벽밖에 보이지 않았다. 성채처럼 버티고 서 있는 이 검은색 가문비나무들은 점점 더 빽빽해졌다. 그 테드 보이척(혹은 에드 보이척, 또는 에드워드 보이척)은 아직 찾아내지도 못했는데 숲이 나를 가두려하고 있었다. 이름은 바뀌었지만 성은 똑같다는 것은, 사람들이 대화재의 마지막 생존자 중 한 사람인 이 보이척에 대해 내게 해준 얘기 속에 어떤 진실의 단서가 있다는 것을 보여주는 증거라 할 수 있다.

나는 충분하다고 생각되는 정보를 가지고 떠났다. 강을 따라 나 있는 도로가 끝나는 곳에서 우회전하여 15킬로 가량 가면 퍼펙션 호수가 나옴. 물이 제 4기 빙하수로 비취색을 띠고 있으며, 모양도 접시처럼 완벽하게 둥글어서 쉽게 알아볼 수 있음. 그래서 이 호수에 퍼펙션이라는 이름이 붙은 것임. 이 비취색 접시를 감상하고 나서 좌회전하면 잔뜩 녹슨 권양탑이 있으니, 여기서 똑바로 10킬로 가량 가되 절대 샛길로는 가지 말 것. 그러다 보면 오래된 숲길이 나타나는데, 길이라고는 이 막다른 길 하나뿐이니 헤맬 일은 절대 없음. 오른쪽을 보면 강물이 폭포처럼 현무암 속으로 쏟아지는 걸 볼 수 있는데, 바로 거기에 보이척의 오두막집이 있음. 하지만 미리 말해두건대, 그는 방문객을 좋아하지 않음.

강, 비취색 호수, 낡은 권양탑… 나는 모든 지시사항을 그대로 따랐지만, 폭포처럼 쏟아지는 강도 없었고 오두막집도 없었다. 나는 길이 끝나는 부분에 와 있었다. 그보다 더 멀리에는 산악자전거나 지나갈 수 있을 것 같은 오솔길만 미개간지에 나 있었을 뿐이어서 내 픽업 트럭은 지나가고 싶어도 지나갈 수가 없었다. 그래서 돌아나가야 할지 아니면 밤을 보내기 위해 자동차 뒤쪽에 자리를 잡아야 할지 생각하고 있는데 연기가 언덕 기슭에서 피어오르더니 엷은 리본처럼 나무 꼭대기에서 부드럽게 흔들리는 것이었다. 그것은 초대장이었다.

찰리는 그가 사는 여러 채의 오두막집을 둘러싸고 있는 숲속 공터에서 나를 보자마자 곧바로 경고를 보냈다. 초대받지 않았으면 내 소유지에 얼씬거리지 마시오.

그의 개는 내가 도착하기 훨씬 전부터 짖어댔다. 찰리는 연기가 올라오는 것으로 보아 그가 사는 곳임에 틀림없는 오두막집 앞에 서 있었다. 작은 장작을 한 아름 들고 있는 걸 보니 저녁식사를 준비하고 있었던 모양이었다. 그는 별다른 생각이 없는 게 분명해 보였고, 문 앞에서 나와 대화를 나누는 내내 장작더미를 가슴에 안고 있었다. 그것은 방충문이었다. 또 다른 문인 정문은 불을 쑤셔 일으키려고 얹은 장작이 뿜어내는 열기가 밖으로 빠져나가도록 안쪽에서 열어놓았다. 오두막집 안은 어둡고 모든 게 뒤죽박죽 섞여 있어서 뭐가 뭔지 구분할 수 없었지만, 거기서 풍겨 나오는 냄새는 왠지 익숙하게 느껴졌다. 그것은 마치 고행이라도 하듯 숲속에서 오래 전부터 혼자 살고 있는 이 남자들에게서 나는 냄새였다. 우선 그것은 제대로 씻지 않은 몸에서 나는 냄새로, 나는 숲속에서 사는 내 오랜 친구들의 오두막집에서 샤워 시설이나 목욕탕을 본 적이 없다. 그것은 또한 고기가 탈 때 나는 냄새다. 그들은 구운 고기와 두툼한 고기에 채소를 넣고 끓인 스튜요리, 두꺼운 지방질을 필요로 하는 야생동물의 고기를 주로 먹는다. 그것은 움직이지 않는 모든 것에 겹겹이 내려앉아 미라처럼 굳어버린 먼지 냄새이기도 하다. 또 그것은 그들이 가장 좋아하는 마약인 담배의 퀴퀴한 냄새다. 금연운동은 그들에게까지 영향을 미치지 못해 어떤 사람들은 아직도 네모진 담배통 속에 들어 있는 담배 잎을 씹고, 마치 종교의식을 치르듯 경건하게 코펜하겐 표 담배가루의 냄새를 맡는다. 그들에게 담배가 무엇을 의미하는지를 이해하는 것은 쉬운 일이 아니다.

찰리의 담배는 잘 길들여진 작은 동물처럼 그의 입 속에서 이리저리 움직였고, 그가 다 씹고 난 뒤에도 그의 입아귀에 계속 남아 있었다. 그는 여전히 입을 열지 않았다.

처음에 나는 그가 대화재 때 살아남아 숲속에 은둔하여 살았던 에드 보이척(테드 보이척, 혹은 에드워드 보이척)이라고 믿었다. 나는 내가 그 전날 묵었던 호텔에서 어쩌다 한 번씩 그를 보았을 뿐이었다. 이 호텔은 좀 황당한 건물이었다. 외떨어진 곳에 달랑 한 채 서 있는 이 거대한 3층짜리 건물은 어쩌면 한때는 우아함의 극치였는지 모르지만 이제는 숲 한가운데 버려진 문명의 쓰레기에 불과했다. 내가 호텔 주인이라고 생각했던 남자는 사실 관리인에 불과했다. 대화가 시작되어 몇 마디 나누고 나자 그는 "저는 스티브라고 합니다"라고 말하더니 불순물이 섞인 술을 팔아서 주체할 수 없을 만큼 큰돈을 벌었으며, 과대망상적 경향의 건물들을 짓는 데 그 돈을 다 써버리고 히히덕거리는 레바논 출신의 어떤 괴짜가 이 호텔을 지었다고 설명해주었다. 그는 이 호텔 주변이 제 2의 클론다이크(역주 - 캐나다 서북쪽 끝 유콘 강의 지류인 클론다이크 강 기슭에 있는 지방. 세계적인 사금 생산지다)가 되어 철로가 깔릴 것이라고 믿었으며, 그렇게 되면 몰려올 것으로 예상되는 손님들을 다른 호텔보다 먼저 자기 호텔에 받을 수 있을 거라고 생각했다. 스티브가 말했다. 그는 이 사업에 마지막으로 온힘을 다 쏟아부었지요. 하지만 클론다이크는 거대한 사기에 불과했고, 그 어떤 열차도 이 레바논 사람의 최고급 호텔 앞에서 연기를 뿜어내지 않았다. 결국 이 남자는 이뭄그로 가서 트럭운전사들이 잠을 자는 체인호텔 사업을 크게 벌였다.

나는 일체의 겉멋과 번지르르함을 포기하고, 자기들이 옳다는 것을 시간이 증명해 보여주기를 기다리며 한 가지 생각에 매달리는 이런 장소들을 좋아한다. 번영, 철도, 오래된 친구들... 나는 이 장소들이 무엇을 기다리는지 알지 못한다. 이 지역에는 그들 자신의 마멸(磨滅)에 저항하며, 이처럼 황폐화된 고독 속에서 스스로 만족하는 이런 장소들이 여러 곳 있다.

호텔 관리인은 여기서 사는 것이 얼마나 힘든 일인지를 저녁 내내 내게 얘기했지만, 나는 속아넘어가지 않았다. 그는 진드기들이 먹어치운 곰과 문앞에서 기다리고 있는 배고픔, 밤이 되면 들려오는 신음소리와 바람에 삐걱거리는 소리에 대해 얘기하면서 뿌듯해했다. 그러다가 그가 말했다. 아참, 내가 모기 얘기를 안 했군요! 6월이 되면 모기는 물론이고 사람의 피를 빨아먹는 흑파리, 진드기, 물리면 몹시 화끈거리는 등에 등 온갖 벌레들이 사방에서 날아다닙니다. 이때는 몸을 안 씻는 게 낫지요. 이 작은 동물들로부터 자신을 보호하는 데는 두꺼운 가죽옷만한 것이 없습니다. 아, 섣달강추위도 있지요! 북쪽 사람들이 가장 자랑스러워하는 게 바로 이 섣달강추위랍니다. 이렇게 말하고 난 호텔 관리인은 내가 속으로 그의 용기에 감탄할 수 있도록 이 강추위에 대해 불평하는 걸 잊지 않을 것이다.

"그럼 보이척은요?"

"보이척은 벌어진 상처 같은 사람입니다."

자기 집 문 앞에 꼼짝 않고 서 있는 이 과묵한 남자는 내가 찾던 사람일 리가 없었다. 그는 거기 뭐가 감추어져 있는지를 찾아내려고 내 눈을 뚫어져라 쳐다보고 있었다. 하지만 그는 여전히 너무 차분하고 의연했다. 거의 공손하다고 말해도 될 정도였다. 동물이라는 단어가 내 머릿속에 떠올랐다. 그는 동물의 눈을 가지고 있었다. 하지만 그것은 사납거나 위협적인 야생동물의 눈이 아니었다. 그는 그냥 한 마리 동물처럼 경계를 게을리 하지 않으면서 항상 어떤 동작이나 섬광, 과장된 웃음, 너무 유창한 연설 뒤에 무엇이 숨겨져 있을까 생각해보는 사람이었다. 그리고 나는 확신을 가지고 얘기했는데도 그가 내게 문을 열어주도록 설득하는 데 성공하지는 못했다.

나는 그때그때 상황에 따라 능수능란하게 장광설을 늘어놓으며 거의 백 년을 살아온 사람들의 집에 와 있는 게 아니었다. 물론 수완도 필요하고 능숙한 솜씨도 필요하지만, 그 정도가 지나쳐서는 안 된다. 나이든 사람들은 대화의 기술에 능숙하다. 그들이 인생의 마지막 몇 년 동안 가지고 있는 것은 오직 이 기술뿐이다. 너무 번드르르하게 말을 하면 그들은 경계한다.

나는 우선 그의 개를 향해 몇 마디 던졌다. 그러자 뉴펀들랜드와 라브라도르의 잡종인 이 멋진 동물은 짖는 걸 멈추었다. 하지만 눈은 여전히 내게서 떼지 않고 있었다. 나는 이 개와 개 주인을 모두 칭찬하기 위해 말했다. 멋진 개로군요. 라브라도르 종인가요? 하지만 그가 보인 유일한 반응은 목례와 그 다음 얘기를 기다리고 있다고 말하는 듯한 눈길뿐이었다. 그렇지만 내가 그에게 그의 개에 대해 얘기하려고 그 먼 길을 온 건 아니었다.

나는 곧바로 말했다. 저는 사진작가입니다. 우선 오해를 풀어야만 했다. 나는 그에게 뭘 팔러 온 것도 아니고 나쁜 소식을 전하러 온 것도 아니었다. 사회사업가도 아니고 간호사도 아니었다. 특히 나는 나랏일을 하는 사람이 아니었다. 나는 내가 찾아간 노인들 모두가 나랏일 하는 사람이 찾아오는 걸 가장 싫어한다는 사실을 확인할 수 있었다. 내가 찾아온 이유를 너무 오래 설명한다싶으면 그들은 바로 이렇게 물었다. 어쨌든 나라에서 나온 건 아니지요, 그렇지요? 우리는 공무원이 찾아와서 우리의 삶이나 서류에 뭔가 잘못된 게 있다고 말하는 걸 원치 않아요. 공무원은 사실과 일치하지 않는 글자나 숫자가 있다거나, 서류가 앞뒤가 안 맞아서 문제라고 말하지요. 하지만 나는 아무 문제 없어요! 자, 자, 공무원 양반, 나가요, 나가! 지금 당장!

나는 다시 한 번 말했다. 저는 사진작가에요. 대화재 때 살아남은 분들의 사진을 찍고 있답니다.

보이척은 1916년 발생한 대화재 당시 가족을 모두 잃었으며, 새 삶을 살기 위해 여가저기 옮겨 다니며 애써보았지만 이 비극의 기억은 결코 그의 마음속에서 지워지지 않았다.

내 앞에 서 있는 찰리에게는 마음의 상처가 없었다. 그는 꼭 돌로 된 수도사처럼 매끈하고 촘촘해 보였고, 그 어느 것에도 영향을 받지 않을 것 같았다. 그러던 그가 하늘을 올려다보더니 점점 더 커지고 짙어지면서 위협적으로 변해가는 구름을 보고 표정이 어두워졌다. 그러고 나서 다시 내게로 돌아온 그의 눈은 금방이라도 몰아닥칠 것 같은 폭풍우의 번갯불처럼 반짝거렸다. 나는 다시 한 번 생각했다. 저 사람은 동물이야. 오직 자연에만 반응해.

나는 여러 사람의 이름을 대가며 내가 어떻게 그를 찾아왔는지 설명했다. A라는 사람을 만났는데 이 사람이 B라는 사람 얘기를 했고, 이 B라는 사람은 C라는 사람을 또 알고 있었다는 식으로. 나는 내가 어떤 경로를 따라왔는지 그에게 설명했다. 그리고 오래된 지인들이 차례로 통행증 같은 역할을 해주었고, 그 덕분에 내가 여기까지 오게 되었다고 말했다. 여긴 정말 멋지네요. 왜 보이척 선생님께서 발 아래 정말 멋진 호수가 있고 아름다운 자연에 둘러싸인 이곳에서 살기로 하셨는지 이해가 가는군요. 하지만 선생님께서 잠깐만 시간을 내주신다면 선생님과 이 모든 것에 관해 차분하게 말씀을 나누고 싶습니다.

나는 정직하지 못했다. 내 눈앞에 있는 인물이 보이척이 아니라는 사실을 알고 있었던 것이다. 하지만 때로는 교활해져야 할 때도 있는 법이다.

보이척이라는 이름은 겉보기보다 더 큰 심리적 타격을 그에게 준 것 같았다. 나는 그의 시선이 흔들리는 것을 보았다. 그러고 나자 하늘이 어두워지고 땅이 납작해지는 듯 보이더니 폭풍우가 안달하며 거세게 몰아쳤다. 그리고 드디어 찰리의 목소리가 들려왔다.

“보이척은 죽어서 묻혔어요.”

그는 거기 대해서 더 이상은 내게 말해주지 않을 것이다. 그의 태도에서 나는 대화는 이제 끝났으며, 보이척이 죽어서 묻혔다는 사실만 확인한 채 내가 왔던 곳으로 돌아가야 한다고 느꼈다. 그가 널찍하고 억센 등을 내게서 돌리려는 순간 하늘에 구멍이 뚫린 듯 폭우가 쏟아졌다. 꼭 샤워를 할 때 물이 떨어지는 것 같았다. 찰리가 나를 집 안으로 밀어 넣었다. 방충문을 열더니 무거우면서도 가벼운 손을 내 등에 갖다 대고 나를 안으로 미는 것이었다. 나는 그의 이 동작을 잘 느끼지 못했지만, 그것은 타고난 권위의 몸짓이었다.

"들어와요. 이러다 다 젖어요."

그는 나머지 것들이 다 그렇듯 목소리 역시 상냥하지 않았다. 그는 곧바로 아주 작은 장작난로(나는 그렇게 작은 난로를 본 적이 없다)를 향해 걸어가더니 내게는 더 이상 신경쓰지 않고 불을 피우기 시작했다. 불은 꺼져가고 있었다. 그는 작은 장작을 산더미처럼 쌓은 다음 검게 변한 잉걸불에 바람을 불어넣고, 나무껍질을 얹고, 또 다시 바람을 불어넣어야 했다. 이윽고 불꽃이 솟아오르자 그는 난로 문과 통풍구를 닫고 희미한 빛 속에서 내가 주방 카운터라고 생각한 곳으로 갔다. 나는 그가 껍질을 벗기기 시작한 감자의 숫자를 세다가 문득 내가 저녁식사에 초대받았다는 사실을 깨달았다.

비가 지붕에 세차게 쏟아지고 있었다. 빗줄기가 점점 더 굵어지면서 우리는 상대가 무슨 말을 하는지 알아들을 수 없을 때도 있었다. 그러더니 바람까지 불기 시작했다. 바람이 곧 돌풍으로 변하여 몰아치고 울부짖더니 천둥번개가 치기 시작했다. 우리 두 사람은 내가 자동차로 돌아갈 수 없다는 사실을 알고 있었다.

"여기서 자야겠군요."

나는 옛날 동화에 나오는 공주님처럼 모피 침대에서 잠을 잤다. 그것은 흑곰 가죽과 은여우 가죽, 잿빛늑대 가죽, 그리고 진한 흑색 광채를 띤 짙은 갈색 오소리 가죽으로 만든 푹신푹신한 침대였다. 찰리는 그것들이 어떤 동물의 가죽인지를 내가 구분할 수 있다는 사실에 깊은 인상을 받았다. 특히 오소리는 희귀동물인데다, 공격적이고 영리해서 덫으로 잡기는 어려운 것으로 알려져 있어서 가죽을 볼 수 있는 기회는 더더욱 드물다. 그가 말했다. 하지만 오소리 가죽은 값을 더 쳐주기 때문에 덫을 놓을 만합니다.

그날 밤 나는 여러 번 그에게 깊은 인상을 주었다. 예를 들어 나는 고사리라든가 이끼, 관목의 이름을 알고 있었던 반면 그는 이것들에 관해 잘 알고는 있었지만 이름은 알지 못했다. 그는 큰 나무 밑에서 자라는 어떤 동반식물과 그것의 생존 습성, 그것이 이슬을 모으고 건조와 뜨거운 바람으로부터 자신을 보호하는 방법에 대해서는 잘 알고 마치 식물학의 대가처럼 정확하게 기술할 수 있었지만 이 식물의 이름이 무엇인지는 알지 못했다. 이 식물의 열매에 정말 독성이 있는지 그가 궁금해하기에 나는 그것의 이름이 캐나다 은방울꽃이라고 말해주었다. 그는 큰 나무 밑에서 자라는 백합과 식물인 이 캐나다 은방울꽃을 자고새 독이라고 불렀다. 나는 그에게 설명해주었다. 이 꽃의 열매는 먹을 수는 있지만 적당히 먹어야 해요. 너무 많이 먹으면 설사가 날지 모르니까요.

"당신은 어떻게 그런 걸 다 알지요?"

나는 식물학자도 아니고 박물학자도 아니다. 아니, 그 비슷한 것도 아니다. 하지만 20년 동안 떠돌아다니며 식물을 관찰하다 보니 숲에 대해 좀 알게 되었다. 나는 숲을 내 전문분야로 삼고 나를 식물사진작가라고 불렀다. 식물이 보일 때마다 몸을 구부리고 잎맥의 사진을 찍으며 관조적 삶을 살았던 것이다. 그러던 어느 날 나는 그런 생활에 질려버렸다. 다시 인간에게 돌아가고 싶었다. 인간의 얼굴과 손, 눈이 보고 싶었다. 먹이를 함정에 빠트리게 될 거미를 몇 시간 동안 지켜보는 것도 이제는 지겨워졌다. 그러던 중 우연히 대화재와 여기서 살아남은 사람들에 대해 알게 되었는데, 1차 대화재가 1911년에 일어났기 때문에 생존자들은 다들 나이가 무척 많았다. 우리의 대화는 여기서 막혔다. 내가 대화재 얘기를 꺼내자마자 찰리가 입을 다물어버렸던 것이다.

그렇지만 이날 밤, 분위기는 즐거웠다. 표정이 부드러워진

걸로 보아 그는 내가 옆에 있는 걸 좋아하는 게 분명했다. 하지만 내가 도착했을 때 내게 너무나 강한 인상을 남겼던 그의 목소리는 여전히 웅얼웅얼하는 데다가 울리기까지 해서 잘 알아들을 수 없었다.

우리는 각자의 삶에 대해 얘기했다. 나는 새로운 얼굴과 새로운 만남을 찾아 돌아다니는 길 위에서의 삶에 대해, 그리고 그는 자신의 오두막집 안에서 시간이 흘러가는 것을 바라보며 오직 살아가는 것 자체에만 몰두하는 삶에 대해 얘기했다. 그에 따르면 그것만 해도 벌써 쉽지 않은 일이었고, 나는 그의 이 말을 쉽게 믿었다. 왜냐하면 숲속 깊은 곳에서 혼자 사는 사람이 배고픔과 추위로 죽지 않으려면 해야 될 일이 적지 않았던 것이다. 나는 "혼자"라는 단어를 강조했지만, 그는 그게 함정이라는 것을 눈치챘다. 그는 덫을 놓는 사람이라 본능적으로 위험을 느끼고 그처럼 엉성하게 꾸민 계략에 말려들지 않았다.

"내겐 처미가 있지요."

찰리는 그가 키우는 개를 눈으로 가리키며 말했다.

개는 문 옆에서 불안한 잠을 자고 있었다. 우르릉 쾅쾅 천둥이 칠 때마다 머리에서 꼬리까지 털이 곤두섰다가 바람이 잦아들면 다시 굉음이 들려올 때까지 깊고 규칙적인 잠을 자는 것이었다.

개는 찰리 입에서 자기 이름이 나오자마자 벌떡 일어나더니 주인 발밑에 드러누웠다.

"이봐, 처미, 너랑 나는 뜻이 아주 잘 맞는 환상적인 팀이라고 이 손님께 말씀드려라."

찰리의 손이 처미의 털을 부드럽게 쓰다듬다가 귀 밑에 털이 뭉쳐 있는 걸 발견하고 작은 털 뭉치를 하나씩 뽑아주었다. 그의 손이 긁기와 마사지 전문가처럼 때로는 부드럽게, 또 때로는 세게 온몸을 훑어주자 처미는 만족스러운 듯 끙끙거렸다. 그 동안 그의 주인은 나와 대화를 계속하면서 이따금 처미에게 이렇게 말하곤 했다.

"이봐, 처미, 우리 이 정도면 잘 지내는 거지, 그렇지?"

나는 두텁고 표면이 오톨도톨하고 나이가 들어 관절 경직이 일어난 그 손이 처미의 털 속에서 나긋나긋하고 부드럽게 움직이는 것을 보고 깊은 인상을 받았고, 그가 처미에게 말할 때는 목소리를 낮추더니 벨벳처럼 아주 부드럽고 친숙한 어조로 말하는 걸 보고 더 큰 인상을 받았다. 그는 부드러운 저음으로 처미가 폭풍우를 무서워한다고 내게 설명해주었다. 그의 말에 따르면, 처미가 천둥을 무서워하므로 안심시켜줘야 하고, 그래서 천둥번개가 치면 집 안으로 데리고 들어와야 한다는 것이었다. 그러면서 그의 낮고 굵은 목소리는 어딘가로 사라지고, 그는 숲을 다스리는 왕(하지만 왕의 권위를 강요하지 않는)의 어조를 되찾았다.

그의 유연한 손과 벨벳처럼 부드럽고 친숙한 목소리는 조금 뒤 그가 내게 침대를 만들어주기 위해 둘둘 말아놓은 모피를 풀 때 다시 돌아왔다.

폭풍우는 그 힘을 조금도 잃지 않았다. 지붕이 새면서 빗방울이 오두막집에 하나밖에 없는 방 한가운데로 방울방울 떨어져 내렸다. 찰리는 비가 샌다는 것을 알고 냄비를 마루바닥에 가져다놓았다. 빗물이 냄비로 떨어져 내는 톡톡 소리, 창문을 두드리는 빗소리, 장작난로에서 장작이 타면서 탁탁 튀는 소리, 그리고 주인이 쓰다듬어주자 처미가 만족스러워서 흠흠거리는 소리. 찰리의 오두막집은 따뜻하고 편안한 삶의 소리들로 가득 채워졌다. 나는 이곳에서 묵도록 초대받아 너무 기뻤다.

둘둘 말아놓은 모피들이 방 한쪽 구석에 싸여 있었다. 최소 스무 개 정도는 되어 보였다. 내가 놀란 눈으로 그걸 쳐다보자 찰리는 그걸 덮으면 겨울에 극한의 추위를 견딜만하다고 말했다. 나는 그가 영하 50도 이하로 내려갈 때 장작난로가 장작을 활활 태우는 소리만 들려오는 오두막에서 모피를 침대에 산더미처럼 쌓아올린 다음 처미와 함께 그 속에 들어가 있는 모습을 상상했다.

그는 환경론자들 때문에 가격이 떨어진 뒤로는 더 이상 덫을 놓지 않지만, 마지막으로 잡은 동물들의 가죽은 여전히 간직하고 있었다. 이 가죽들을 하나씩 펼칠 때마다 그의 머리속에는 그에게 가죽을 남겨준 동물의 얘기가 떠오르곤 했다. 그가 어떤 동물과 이 동물이 살던 장소, 이 동물이 다니면서 남긴 흔적, 그리고 이 동물이 어떻게 덫에 걸려 잡히는지 등 모든 것을 얘기해나가면서 듣는 사람의 마음을 사로잡는 그의 따뜻한 목소리는 점점 더 느려지고 직설적으로 변해갔다. 그가 비버의 모피를 어루만지며 말했다. 불쌍한 어미... 거기 있지 말았어야 했는데...

나는 얘기를 좋아한다. 누군가가 내게 어떤 삶에 대해 처음부터 얘기해주는 것을, 온갖 우여곡절과 반전, 그리고 시간을 거슬러 올라가는 갑작스런 충격(이 충격은 어떤 사람이 60년 후에, 80년 후에 그런 시선과 그 손, 그리고 그런 말투로 삶이 행복했거나 불행했다고 당신에게 얘기하는 자기 자신을 발견하도록 만든다)에 대해 얘기해주는 것을 좋아한다. 사람을 찾다가 만나게 된 한 나이든 여성은 꽃무늬 드레스 위에 놓여 있던 두 개의 가느다랗고 긴 흰 손을 테이블 위에 올려놓고 펼쳐서 내게 보여주었다. 그녀가 말했다. 보세요. 반점도 없고 튼 데도 없어요. 꼭 스무 살 때 손 같아요. 그녀의 손은 그녀가 가장 자랑스러워하는 트로피였다. 그녀의 손은 차례로 태어난 다섯 아이와 잿더미가 되어 사라진 농가, 역시 1916년 대화재 때 사라진 남편, 도시에 있는 비좁은 집, 배고파하는 아이들, 남의 집에서의 고달픈 가정부 생활에 대해 얘기했다. 비눗물에 손을 담그고 평생 살다 보니 손에 반점도 없고 손이 갈라지지도 않았다는 것이었다.

불쌍한 어미라고 찰리가 말했다. 나는 내가 좋아하는 위대한 삶의 얘기가 펼쳐질 것이라고 느꼈다. 이제 막 생긴 새끼 세 마리가 뱃속에 들어 있는 네 살짜리 암컷 비버가 그가 놓은 덫에 걸렸다. 그 암컷은 거기 오지 말았어야 했어요. 내가 잡으려고 한 건 수컷이었지요. 거의 황금색에 가까운 다갈색을 띤 커다란 수컷이었는데, 희귀한 색깔이라서 가죽을 꽤 비싼 값에 팔 수 있었지요. 나는 호수의 좁은 물굽이에 집을 짓고 살던 이 일가족에 대해 알고 있었지요. 그 전해에 잉태한 새끼 세 마리가 뱃속에 들어 있는 암컷 비버는 봄이 되면 지내게 될 굴을 파고 있었습니다. 그리고 그 큰 황금색 수컷 비버는 여러 번 덫을 놓았지만 단 한 번도 걸려들지 않았어요. 1월에는 어린 수컷 비비들을 잡았고 2월에는 수컷 한 마리를 또 잡았지요. 이놈들도 멋진 털을 갖고 있긴 했지만, 내가 원하는 대장 비버의 황금색 털과는 비할 바가 아니었습니다. 보통은 봄철이 가까워지면서 털이 광택을 잃어버리기 때문에 덫을 3월까지만 놓았지만, 나는 황금색 비버를 꼭 잡고 싶었기 때문에 덫을 거두지 않았어요. 불쌍한 어미 비버, 굴에서 나오지 말았어야 했는데...

다리 하나가 토끼 올가미에 걸려서 아기처럼 울고 있던 새끼 여우, 찰리를 따라와서 그의 트랩 라인을 몰래 살펴본 늑대, 그와 마주친 곰 얘기도 있다. 내가 찰리가 들려준 이 모든 동물의 삶 속에서 잠들기까지는 오랜 시간이 걸렸다. 늑대와 여우 우는 소리가 들려오는 것 같기도 했고, 그들의 것이었으며 내가 침구로 사용하는 이 삶이 상기되자 어미 비버가 향수에 젖어 한숨짓는 것 같기도 했다. 이 동물들에게서 나는 냄새는 강하고 진했다. 나는 그들의 냄새가 배어 있지 않은 신선한 공기를 찾아 몸을 이리저리 뒤척였다. 그러고 있는데 찰리가 코를 골기 시작했다. 그의 코 고는 소리는 이따금 금방이라도 귀청이 떨어져 나갈 것처럼 최고로 커졌다가 꼭 팡파레를 울리듯 천둥소리와 함께 널리 퍼져나갔다.

나는 아침에 늦게 잠에서 깨어났다. 오두막은 따뜻하고 조용했다. 장작난로에서 장작이 탁탁 튀면서 내는 소리만 들려올 뿐이었다. 다시 잠에 빠져들려는 순간, 찰리의 시선이 느껴졌다.

찰리는 회색빛 후광을 받으며 테이블에 앉아 있었다. 은색을 띤 먼지 한 줄기가 마주 보고 있는 두 개의 작은 창문을 통해 들어와 방을 가로질러 갔다. 그의 흰색 머리가 마치 성상처럼 회색으로 둘러싸여 있었다. 그는 곤란한 표정으로 주의깊게 나를 바라보고 있었다. 그 시선에는 많은 질문이 담겨 있었다.

평소에 벌거벗고 잠을 자는 버릇이 있는 나는 순간적으로 내가 잠을 자다가 옷을 벗어버렸다고 생각했다. 재빨리 내 몸을 훑어본 나는 안심이 되었다. 여전히 솜 넣은 재킷과 진 바지를 입고 있었던 것이다. 하지만 나는 왜 이 노인이 난처한 표정을 지으며 불안해하는지 그 이유를 알아차렸다. 왜냐하면 내가 보기 민망한 자세를 취하고 있었기 때문이다. 코는 양털처럼 부드러운 검은색 모피더미 속에 파묻혀 있었고, 팔에는 이 따뜻한 모피더미를 두르고 있었으며, 손은 처미의 배 위에 놓여 있었다. 나는 그의 처미와 함께 잠을 잔 것이었다.

처미와 나는 재빨리 침대에서 빠져나와 찰리에게 갔다. 찰리는 이 상황에 대해서는 일체 언급하지 않고 그날 일정에 대해 얘기하며 오히려 나를 안심시키려고 애썼다. 그것은 날이 다시 좋아졌으며, 특히 내가 그 깊은 숲속에서 늑장부릴 이유가 더 이상 없다는 사실을 내게 이해시키려는 한 가지 방법이었다.

그렇지만 그는 점심식사에 나를 초대했다. 이번에는 돼지고기의 기름살 조각을 넣고 노랗게 볶은 감자와 달디 단 차가 나왔다.

찰리와의 대화는 순조롭게 이루어지지 않았다. 분위기가 뭔가 불편했다. 그는 내가 던지는 질문에 오직 끙 앓는 소리로만 대답할 뿐이었다. 나는 쉽게 패배를 인정하는 사람이 아니지만, 이번만은 내가 졌다는 사실을 받아들일 수밖에 없었다. 이제 찰리에게서는 아무 것도 얻어내지 못하고, 심지어는 덮 놓은 얘기도 더 이상은 듣지 못하고 떠나야 할 것이다. 그런데 기적이 일어났다.

문이 열리더니 톰이 들어온 것이었다.

"미안허이. 난 자네에게 약혼녀가 있는 줄 몰랐어."

그는 자기 얘기를 털어놓을 필요조차 없었다. 그가 어디서 왔는지 한눈에 알 수 있었기 때문이다. 술과 담배에 쩐 그의 목소리를 들으면 그가 오랫동안 슬럼가에서 어슬렁거렸다는 걸 알 수 있었다. 큰 키, 뼈만 앙상한 얼굴, 두개골에 겨우 몇 올 붙어 있는 머리카락, 고정되어 있는 한쪽 눈과 이리저리 굴러다니는 다른 쪽 눈. 찰리와는 정반대였다.

그의 멀쩡한 눈이 방을 한 바퀴 돌더니 찾던 걸 발견했다. 그는 금속양동이를 뒤집더니 거기 앉았다. 나는 내가 그의 자리에 앉아 있었다는 사실을 깨달았다.

"아름다운 여성분이 이 깊은 숲속에는 무슨 일로 오셨소?"

나는 남자들이 쉽게 수작을 걸 수 있는 타입의 여자가 아니다. 나의 넓은 어깨는 절로 경외심을 불러일으키고, 나의 시선은 내게 치근덕거리는 남자는 누구든지 소금 기둥으로 만들어버렸다. 하지만 "아름다운 여성분"이라는 말을 들으니 기분이 좋았다. 하지만 그것은 그가 평소에 여자를 어떻게 대하는

지 보여주는 일종의 립서비스에 불과했다. 그래서 다시 나는 죽어서 땅 속에 묻힌 것으로 추정되지만 만일 이 노인이 자신의 말장난에 휘말리도록 내버려둔다면 어떤 오두막집 어딘가에서 멀쩡하게 발견될 수도 있는 보이척과 대화재에 대해 알아내려고 서둘렀다.

톰은 대화재에 대해서도, 연기가 모락모락 나는 폐허 속을 며칠 동안 떠돌아다녔던 보이척에 대해서도 알고 있지 못했다. 그가 멀쩡한 눈으로 내 눈을 뚫어지게 쳐다보며 말했다. 내가 므두셀라(역주 - 구약성경의 '창세기'에 969세까지 살았다고 기록되어 있는 인물)라고 생각하면 안 돼요. 나는 너무 어려서 노아 이전에 무슨 일이 있었는지 몰라요. 여기서는 내가 가장 어립니다. 그는 자기가 어리다고 주장했지만, 내가 이미 알고 있는 옛 얘기를 들려주었다. 도시사람들이 불길을 피해 도망쳐 간 호수에서 아이를 낳은 여성, 불길 속으로 몸을 던진 또 다른 여성과 그녀의 뒤를 따른 아이, 그리고 잿더미 속에서 끼고 있던 결혼반지만 발견된 제 3의 여성. 그는 내가 믿든 말든 아랑곳하지 않고 이 모든 얘기를 자기 자신에 관한 얘기와 뒤섞어가며 내게 들려주었다. 그는 만일 자기 말이 믿기지 않는다면 그건 당신이 아무 것도 체험해보지 못했기 때문이라고 생각하는 듯 했다.

나는 그의 얘기를 듣고 그가 금 밀수꾼이었다는 사실을 알게 되었다. 그것은 지금 젊은이들이 코카인을 가방이나 창자 속에 감추고 국경을 넘는 것만큼이나 위험한 직업(금 밀수꾼을 직업이라고 부를 수 있다면)이었다. 톰은 뮤지션이었기 때문에 안에 금괴를 붙인 기타를 들고 토론토와 뉴욕까지 기차를 타고 갔다. 다른 것도 마찬가지지만, 그가 정말 진짜 뮤지션이었는지, 그것도 잘 모르겠다. 그날 아침 찰리의 식탁에는 모든 게 다 있었다. 사랑의 얘기가 있었다. 한 여인이 기차역 플랫폼에서 그의 이름을 소리쳐 불렀다. 기차가 천천히 움직이기 시작했다. 여자가 계속해서 그의 이름을 큰 소리로 불렀다. 러시아 공주가 그가 공연하는 호텔에서 플라멩코를 추고, 기차가 톰을 데려가는 동안 아기를 들어 올려 흔들어댔다. 그러고 나서 그의 삶은 느닷없이 절름발이의 삶이 되었다. 그를 고용한 금 밀수꾼 몰래 금을 빼돌리려다가 죽도록 두들겨 맞은 것이었다. 그가 금괴를 몰래 빼돌리기 위해 광산의 현장 사무소에서 광부들을 기다리고 있다가 그들과 금괴 가격을 협상하기 시작했는데 그를 고용한 금 밀수꾼의 부하들이 들이닥쳤다.

"안 믿겨요? 당신은 내가 어떻게 해서 내 한쪽 눈을 잃어버렸다고 생각해요?"

그런데도 그가 계속 금괴를 빼돌리자 그의 삶은 한쪽 눈을 잃어버리는 데서 끝나지 않았다. 다리가 부러졌고, 갈비뼈가 부러졌고, 한쪽 눈을 볼 수 없게 되었다. 하지만 심장은 멀쩡해서 그 뒤로도 이 여자 저 여자와 사랑을 나누었고, 이런저런 모험을 벌였다. 그가 믿기 힘든 자신의 삶에 대해 얘기하는 동안 나는 이 남자는 진짜 어떤 사람일까 생각했다. 내가 보기에 그는 숲속 깊은 곳의 오두막집에서 고독을 즐길 타입이 아니었다.

찰리는 즐거운 미소를 지으며 나를 관찰하고 있었다. 그는 아까부터 톰이 하는 진짜 얘기와 가짜 얘기에 귀를 기울이고 있었다. 그는 아마도 내가 뒤죽박죽 뒤섞인 이 얘기 속에서 어디쯤 위치해 있을까 생각하고 있었을 것이다.

이 두 남자는 재미있는 짝을 이루었다. 덩치 크고 심술궂은 곰처럼 습관적으로 투덜대는 찰리는 그가 대화하면서 느끼는 즐거움을 숨기는 데 어려움을 겪었고, 키가 크고 비쩍 마른 톰은 모든 방법을 다 동원해서 나의 관심을 끌려고 애썼다.

이 괴짜들은 숲속에서 뭘 하고 있었던 것일까? 평생을 몹시 더러운 호텔에서 살았던 이 남자들은 이제 숲속에서 자연스럽게 늙어가고 있다. 나는 맥주 마시는 사람들 사이에서 술잔을 겨우 들어 올리며 유령처럼 살아가지만 이곳이 집처럼 편하다고 느끼는 노인들을 만났다. 그들의 테이블은 멀찌감치 떨어진 한쪽 구석에 있는데, 이따금 자기네 테이블에 노인 한 사람쯤 있으면 좋겠다고 생각하는 손님들의 초대를 받기도 한다. 사람들은 그들에게 얘기를 들려달라고 부탁하고, 그들에게 장난을 걸고, 그들을 살짝 떼민다. 그러고 나서는 그들을 잊어버린다. 그들은 정해진 시간이 되면 꼭 보통 지하에 있는 자기 방으로 가서 낮잠을 잔다. 그들의 방은 어둡고 습하고 거의 대부분은 창문이 없어서 그들이 신고 다니는 슬리퍼와 피우는 담배에서 심한 악취가 풍긴다. 그들에게 행복하냐고 물으면 그들은 뭐라고 대답해야 할지 몰라 당황해할 것이다. 그들은 행복해질 필요가 없다. 그들에게는 자유가 있으며, 그들이 걱정하는 것은 오직 사회복지사가 와서 그들의 자유를 빼앗아가는 것뿐이다. 내가 무슨 이유로 이 외딴 곳까지 오게 되었냐고 묻자 톰은 정확히 이렇게 대답했다.

"어떻게 살 것인지 선택할 수 있는 자유를 누리려고 여기 온 거요, 이쁜이."

그러자 찰리가 덧붙였다.

"그리고 어떻게 죽을 수 있는지도 선택할 수 있지요."

그러고 나서 두 사람은 웃음을 터트렸다.

톰은 깊은 동굴처럼 생긴 이 호텔들 중 한 곳에서 살았다. 그는 빗질을 하고 잔을 씻고 파리를 쫓았다. 그에게는 건물 관리인이라는 칭호가 주어졌지만, 속아 넘어가는 사람은 아무도 없었다. 그것은 더 좋은 시절을 살았던 이 존경할만한 술꾼의 자존심을 지켜주는 한 가지 방법에 불과했다. 톰은 자기 몫보다 더 많이 술을 마셨는데, 주로 마시는 술은 스코틀랜드산 위스키였다. 스코틀랜드산 위스키는 내 술이지요. 술잔 속에서 얼음이 쨍그랑하는 소리가 지금도 귓가에 들려옵니다. 생각만 해도 온몸이 떨려온다니까요. 그는 때때로 나이를 잊고 젊은 사람처럼 만취하곤 했다. 이 술잔치는 몇날 며칠 동안 계속되다가 헛소리와 토사물 속에서 막을 내렸다. 그러다가 결국은 혼수상태에 빠져 병원에 입원하고 한 여성 사회복지사의 보살핌을 받아야하는 지경이 되었다. 이런 말 해도 될지 모르겠지만, 당신보다 더 건장한 여성이었지요. 이 거구의 사회복지사는 이 노인에게 흑심을 품었고, 이렇게 해서 불쌍한 톰은 자유를 잃게 되었다. 이 건장한 여성은 양로원의 깨끗한 방에서 행복을 누리고 싶어 했으며, 그가 육체적, 정신적으로 쇠약하고 알코올 중독으로 인해 노망이 들었기 때문에 정상적인 생활을 영위할 수 있는 법적 능력이 없다는 사실을 인정받기 위해 사방팔방으로 뛰어다니며 무진 애를 썼다. 심지어 그녀는 그의 아들과 딸을 힘들게 찾아내는 데 성공하기까지 했는데, 이 두 사람은 어렸을 때 그를 본 적이 있다는 사실을 어렴풋이 기억해내고 서류에 사인해주었다.

"난 쓰레기통에 던져질 운명이었지요!"

그러자 톰의 얘기에 빠져든 찰리가 말했다.

"저 사람, 여기 처음 왔을 때 영락없이 늑대 떼의 공격에서 겨우 벗어난 토끼새끼 같은 모습이었지요!"

나는 결정이 빠르게 내려졌다는 사실만 알고 있을 뿐 그가 어떻게 이 깊은 숲속 외진 곳까지 왔는지는 알 수 없었다.

"단 2분 만에 짐을 꾸려 자유를 찾아 길을 떠났지요!"

이렇게 말하고 난 톰은 다시 한 번 폭소를 터트렸고, 웃음을 꾹 참아왔던 찰리도 그를 따라 큰 소리로 걸걸하게 웃었다. 두 노인은 노인들을 양로원에 가둬놓으려고 하는 이 세상 모든 사회복지사들에게 한 방 먹였다는 생각을 하며 어린이처럼 즐거워했다.

찰리는 내가 처미와 함께 침대에서 잠을 잤다는 이유로 내게 화를 냈었다는 사실을 잊어버렸다. 이제 나를 바라보는 그의 두 눈은 거의 웃고 있는 듯 보였다. 그가 물을 끓이려고 일어났다. 그가 냄비와 프라이팬을 찾는 동안 톰은 마치 그가 술취한 어릿광대의 경력을 쌓았던 그 호텔 중 한 곳으로 되돌아간 듯 신이 나서 이런 저런 얘기를 늘어놓기 시작했다.

"아줌마 흉내를 내고 있는 저 뚱보 보이지요? 사실 저 뚱보는 정말로 저기 있는 게 아니에요. 저건 유령이란 말입니다. 저 사람은 15년 전에 죽었어요. 그걸 뭐라고 부르지, 찰리?"

"신부전증."

"그래요, 의사가 신부전증이라고 말했지요. 그래서 천천히 죽어가려면 뭘 해야 한다고 그랬지, 찰리?"

"혈액투석. 일주일에 세 번씩 혈액투석을 받아야 된다고 하더라고."

"일 주일에 세 번은 너무 많다고 생각한 우리 찰리는 그를 도와주려는 괜찮은 사람들에게 작별을 고했고, 이렇게 해서 지금 이렇게 우리에게 차를 끓여주고 있는 겁니다. 혹시 차 마시면서 먹을 설탕 쿠키 같은 거 없나, 찰리?"

만일 내가 그들의 대화에 그렇게까지 관심을 보이지 않았더라면, 그들은 이렇게 계속했을 것이고, 나는 그들이 나누는 얘기를 듣고 찰리가 어떻게 살아온 사람인지를 알게 되었을 것이다. 톰의 한쪽 눈이 뾰족해지더니 좁고 긴 검은색 구멍으로 변했고, 이리저리 굴러다니던 다른 쪽 눈은 결국 내게서 멈추었다.

"설마 정부에서 나온 건 아니지요?"

나는 둘 중에서 어느 것이(나는 지금 톰의 눈에 대해 얘기하고 있다) 살아 있는지, 구슬을 박아 넣은 눈이 멀쩡한 눈인지, 아니면 차라리 이리저리 굴러다니는 다른 쪽 눈을 따라가야 하는지 생각했다. 톰은 매우 약은 인물이었다. 그는 우스꽝스런 어릿광대짓을 할 수 있는 사람이었다. 하지만 거기에 속아 넘어가지 말아야 했다. 어릿광대짓 뒤편에는 늙고 교활한 원숭이가 숨어 있었다. 한쪽 눈을 고정시켜 상대의 주의를 끄는 동안 다른 쪽 눈은 이리저리 굴려가며 상대가 속으로 무슨 생각을 하는지 알아내려 애쓰는 것이다.

"만일 당신이 정부에서 나온 사람이라면, 여기서는 아무 것도 알아내지 못할 거라는 말을 당장 해주고 싶네요. 우리는 더 이상 누군가를 위해 존재하는 사람들이 아니라고요."

가방을 열어서 내 포트폴리오에 수록된 사진들을 보여주어야 할 시간이 되었다. 그렇게 안 하면 간신히 얻은 약간의 신뢰마저 잃어버리게 될 것이다. 나는 보통 만남이 끝나갈 무렵 다음 번 만남을 위해 어떤 흔적을 남겨두어야 한다고 느낄 때 이렇게 한다. 사진은 두 번째 만남에서 촬영한다. 사람들은 천천히 자신의 기억을 되살리고 내가 돌아오기를 마음속으로 원한다. 누군가 다른 사람이 자신에게 집중적으로 관심을 쏟는데, 그걸 싫어할 사람은 없다. 아무리 고집 센 노인도 내가 두 번째 나타나는 걸 보면 꿀처럼 부드러워질 것이다. 나는 장비를 가지고 간다. 삼각대와 주름막이 달린 위스타 카메라, 검은 베일. 나는 옛날식으로 사진을 찍는다. 살이 움푹한 부분에서 빛을 찾으려 하는 사진 입자가 선명해지도록 하기 위해서, 그리고 이 의식을 천천히 진행하기 위해서다.

내 포트폴리오에는 수백 장의 사진이 들어 있는데, 대부분은 인물사진이지만 오직 사진 찍히는 사람이 이런 분위기에 익숙해지도록 하기 위해 처음 만났을 때 니콘 카메라로 그 자리에서 바로 찍은 스냅샷도 있다.

찰리는 내 사진에 나오는 사람을 단 한 명도 알아보지 못했지만, 톰은 아는 사람을 여러 명이나 찾아냈다. 눈이 은은한 푸른색을 띠고 있는 여성 메리 교커리는 그가 어떤 친구의 도움을 받고 있을 때 알게 되었다. 키가 크고 비쩍 마른 피터 랭포드는 복싱 챔피언이었다. 백내장을 앓고 있어서 앞이 잘 안 보이고 이빨이 다 빠져서 웃을 때 우스꽝스러워 보이는 앤드류 로스는 나를 그의 방 두 개짜리 작은 아파트에 하루 동안 붙잡아두고 도시가 불타는 동안 그가 포큐파인 호수에서 보낸 네 시간에 대해 얘기해주었다. 기적적으로 살아남은 사무엘 뒤포는 그에게 맡겨진 개와 함께 시냇물에서 몸에 물을 끼얹다가 발견되었다. 그러고 나서 그의 어머니는 불과 싸우는 남편을 돕기 위해 집으로 달려갔다. 두 사람 다 죽었다. 톰은 뒤포가 어른이 되고 돈을 많이 벌어 파티를 벌일 때 그를 알게 되었다. 그는 얼마 전 구리를 광물화하는 방법을 발견했고, 톰이 기타를 치는 호텔에서 이 사건을 축하했다. 호주머니를 돈으로 가득 채우고 수많은 친구들에게 둘러싸여 있던 뒤포가 다음 날 아침 일어나보니 호주머니가 텅 비어 있었다. 돈 한 푼 없었지만, 그는 행복했다. 그는 숲속으로 돌아가 바위의 표본조사를 할 수 있었다.

"그럼 보이척은요? 그 사람도 탐광자였나요?"

나는 보이척이 얼마동안 광맥을 찾아다녔다는 사실을 알고 있었다. 하지만 너무나 좋은 기회가 찾아왔는데 그걸 그냥 흘려보낼 수는 없었다.

톰의 두 눈이 거의 맞닿을 뻔 했다.

"보이척은 바로 지난주에 죽었어요, 예쁜이. 그 사람 무덤을 파느라 손에 물집이 다 잡혔다니까요."

손에 물집이 잡히다니, 무슨! 이 노인들의 손바닥은 뼛속까지 각질로 이루어져 있는데, 겨우 몇 시간 삽질한다고 주름이 잡힐 리 있나.

절로 코웃음이 쳐졌다. 내가 믿기지 않는다는 표정으로 입을 삐죽거리자 그들은 나를 보이척의 시신을 묻은 곳에 데려가야 한다고 확신하게 되었다. 그들은 나의 호기심을 충족시켜준 다음 내게 작별을 고할 것이고, 나는 왔던 곳으로 다시 돌아가야 할 것이다. 아무 말도 하지 않았지만 이해가 되었다.

그래서 톰과 찰리, 나, 그리고 두 마리의 개(톰에게도 얼음조각이 쨍그랑거리는 소리를 추억하여 드링크라고 이름 붙인 블론드 색 라브라도르 사냥개가 한 마리 있었던 것이다)는 대열을 지어 출발했다.

우리는 호수를 따라 백 여 미터 가량 걷다가 오솔길을 통해 다시 숲으로 향했다. 나무가지를 쳐낸 큰 칼 자국이 아직도 선명하고, 땅이 매끈하다고 해도 될 정도로 잘 다듬어져 있어서 마치 양탄자 위를 걷는 것처럼 편안하게 오솔길을 걸을 수 있었다.

개 한 마리가 우리를 맞으러 왔다. 이 개는 무척 이상했다.

맬러뮤트 종과 라브라도르 종의 교배가 그다지 성공적으로 이루어지지 못한 것도 이상했지만, 특히 이상한 것은 이 개의 눈이 한쪽은 강청색이고 다른 쪽은 벨벳처럼 부드러운 갈색이라는 사실이었다. 나는 아라베스크 무늬가 있는 이 개의 이마 한가운데 박혀 있는 제 3의 눈이 나를 관찰하고 있다는 느낌을 받았다.

톰이 소개삼아 말했다.

"키노라고... 보이척이 키우던 개지요."

오솔길이 끝나자 개들이 찰리의 오두막집처럼 여러 채의 건축물로 둘러싸여 있는 오두막집으로 달려갔다. 그곳은 매우 매혹적인 장소였다. 호수까지 완만한 내리막을 이루는 언덕은 진한 녹색으로 덮여 있었다. 이 침엽수 숲은 유유히 흐르는 긴 강처럼 아름다운 아침 햇살을 흡수하여 널리 퍼트렸다. 나는 그것을 장엄한 고요라고 표현하고 싶다. 언덕 기슭의 넓은 숲속 빈터에 섬처럼 자리 잡은 그 오두막집은 몹시 불안정해 보였다. 그것은 뒤에는 마치 성채와도 같은 숲이 자리 잡고 있으며 앞에는 드넓은 호수가 펼쳐져 있는 작은 관측소였다. 나는 매일 아침 이 모든 것을 바라보고 있는 보이척의 모습을 상상했다.

그들이 내게 보이척의 무덤이라고 가리켜 보인 것은 정말로 그의 무덤일 수도 있었다. 평균 키의 남성을 파묻을 수 있을 만큼 흙이 파헤쳐진 흔적은 남아 있었다. 하지만, 매장이 이루어졌다는 걸 보여주는 표시는 단 한 가지도 없었다. 십자가도 없었고, 묘비명도 없었다. 어떤 사람이 정식절차에 따라 매장되었다는 단서 같은 건 눈을 씻고 봐도 보이지 않았다. 그래서 보이척의 시신이 과연 거기 묻혀있는 것인지 의구심이 강하게 들 수밖에 없었고, 두 노인에게서는 고인을 추념하는 엄숙한 분위기도 찾아볼 수 없었다. 그들은 담뱃불을 붙이더니 자기들끼리 조용히 얘기를 나누었다. 개들이 보이척을 묻었다는 직사각형 모양의 흙 위에 차례로 벌러덩 드러누웠다. 하지만 노인들은 개들을 말리지 않았다.

떠나야 할 시간이 되었다. 나는 지체할 이유가 없었다. 그렇지만 보이척이 어떻게 죽었는지는 알고 싶었다.

톰이 대답했다.

"죽을 때가 돼서 죽은 겁니다. 우리 나이가 되면 다르게는 안 죽어요."

작별인사는 없었다. 그들은 내가 내 소형트럭이 서 있는 곳으로 이어지는 오솔길로 접어들기 전에 그들을 향해 돌아서서 손만 한 번 까닥 했을 뿐 다른 인사 없이 떠나도록 내버려두었다. 이 집단에서 유일하게 문명화된 존재인 처미만 나를 오솔길까지 배웅해 주었다. 나는 찰리가 돌아오라고 처미를 부르기 전에 스냅사진을 몇 장 찍었다.

돌아가는 길에 나는 불쌍한 찰리의 머리 속에서 어떤 생각들이 분주히 교차하고 있을까 상상해보려고 애썼다. 나는 그에게 그의 개를 찍은 사진을 가져다주겠다고 소리쳤다. 그는 나를 떼어내 버렸다고 생각했을 것이다. 하지만 그는 이번이 끝이 아니라는 생각을 해야만 했다.

나는 돌아가다가 길을 잃어버렸다. 전전날 밤에 내가 묵었던 호텔 관리인이 길에 관한 정보를 이것저것 알려주었지만 더 이상 확실하지가 않아서 나는 복잡하게 얽힌 길들 속에서 헤매다가 결국은 빛에 잠겨 있는 호수까지 가게 되었다. 그것은 매일 아침 나의 나이든 친구들을 맞는 바로 그 호수였고, 이 호수를 따라 나 있는 단단히 다져진 모래 길을 따라가면 내가 출발했던 그 외딴 호텔이 나타났다.

호텔 관리인이 길을 잘못 가르쳐준 것이었다. 그는 보이척과 그의 친구들에게 곧장 갈 수 있는 이 동쪽 길이 있는데도 내가 괜히 서쪽으로 꽤 멀리 돌아가게 만든 것이었다.

그들에게는 보호자가 있었다. 여행자들이 뭘 물어보면 생각나는 대로 대답해서 그들을 엉뚱한 곳으로 보내버리는 이 남자는 그들의 은신처를 지키는 문지기라 할 수 있었다. 나는 그들이 숲속에서의 힘들지만 자유로운 삶을 지켜나가기 위해 이처럼 신중하게 행동하는 것을 보면서 한편으로는 흥미가 생기기도 하고 또 한편으로는 감동받기도 했다.

보이척이든 아니든, 나는 내가 다시 돌아올 것이라는 사실을 알고 있었다.

# 브뤼노

Bruno

이 얘기에는 또 한 명의 증인이 있고, 그 증인은 곧 현장에 도착할 것이다.

그때 그를 보면 삼십 대 초반 정도로 생각할 수도 있겠지만, 사실 그는 마흔 살이 넘었으며 본인은 자기가 스무 살밖에 안 되었다고 믿고 있다. 그는 길고 유연한 근육을 가지고 있으며, 긴 머리를 뒷머리 위쪽에서 하나로 묶은 다음 머리 끝을 망아지 꼬리처럼 늘어뜨렸고, 귀걸이를 찼다. 그리고 더 멀리 가 보면, 말하자면 그의 머릿속으로 들어가 보면 그것이 온갖 생각으로 가득 차 있는 걸 보게 될 것이다. 그는 계속해서 무엇인가를 찾고 있다.

그는 최신모델인 혼다 TRX 350을 타고 다니며, 호수를 따라 나 있는 도로에서는 미니트레일러를 끌고 간다. 찰리의 오두막집이 눈에 들어오면 그는 지붕을 올려다본다. 그가 항상 하는 이 행동은 굴뚝에서 연기가 나는지, 찰리가 거기 있는지,

그가 살아 있는지 확인하는 방법이다.

그는 이곳을 정기적으로 찾아오곤 했다.

겨울에는 덜 자주 온다. 이때는 큰 스캔딕 스키스쿠터를 타고 도착하는데, 이따금 그는 두껍게 쌓인 눈도 두려워하지 않는 이 성능 좋은 스쿠터를 타고 꽁꽁 언 호수 위를 전속력으로 달리곤 한다. 그는 그의 순종말을 타고 바람을 맞아 단단해진 눈 언덕을 빠르게 미끄러져 가고 이 언덕에서 저 언덕으로 날아다니며 허공을 탐색하고 모든 것에서 벗어났다는, 자기 자신을 넘어선다고 느낀다. 그는 이렇게 속도와 추위에 취해 있다가 찰리의 오두막집으로 돌아간다. 그는 세 줄기의 연기가 하늘로 솟아오르는 것을 볼 수 있었다.

그 역시 자유로운 인간이다. 그러나 그는 문지기가 아니다.

그의 이름은 브뤼노다.

브뤼노.

그들은 손님이 찾아왔다는 사실을 내게 알려주면서 그다지 자랑스러워하지 않았다. 그 여성은 자기가 사진작가라고 말했다고 한다. 그러나 그들은 우선 내게 보이척이 죽었다는 소식부터 알려줘야만 했다. 나는 그의 죽음을 예상했어야만 했다. 그는 너무 늙었다. 내가 보기에 그는 나이가 너무 많아서 죽으려는 노력조차 할 수 없었다.

톰이 내게 단언했다. 죽을 때가 돼서 죽은 거지. 나는 눈으로 찰리를 찾았다. 이 두 사람의 관계는 꼭 악기의 울림통 같았다. 톰이 한 말이 사실인지 아닌지 알고 싶으면 찰리를 보면 되는 것이었다. 찰리의 시선 속에는 불협화음이 존재하지 않았다. 보이척은 분명히 자연사했다.

우리 세 사람은 앎이 왜 중요한지 알고 있었다.

세 명의 노인들은 서로 죽음의 서약을 맺었다. 나는 그들이 자살충동에 사로잡혀 있었다고 말하는 게 아니다. 그들은 자살충동이라는 단어를 좋아하지 않았다. 이 단어는 어쨌든 그들을 그렇게까지 두렵게 만들지는 않는 것을 가리키기에는 너무 무겁고 비장하다. 그들이 중요하게 생각하는 것은 자유롭게 살고 자유롭게 죽는 것이었다. 그들은 협정을 맺었다. 이번에도 역시 가슴에 손을 얹은 채 무슨 맹세 같은 걸 하지도 않았고 비장한 분위기를 연출하지도 않았다. 만일 그들 중 한 명이 더 이상 걸을 수 없을 정도로 아프거나 그 자신과 다른 사람들에게 짐이 될 때, 해야 할 일을 못하도록 막지 않겠다는 약속을 서로에게 했을 뿐이었다. 협정은 손이나 팔이 골절될 경우에는 적용되지 않았다. 한쪽 손이나 한쪽 팔이 불구인 사람은 그래도 혼자 살아갈 수 있는 것이다. 하지만 숲에서는 다리만큼 중요한 게 없다. 톰이 '로코모션(locomotion)'이라는 단어의 '오'음을 자꾸 발음하다 보면 마치 일어나서 걸을 수 있다는 듯 이 음을 강조하면서 말했던 것처럼, 다리는 이동수

단(locomotion)이었다. 또 그들은 협약에 따라 필요할 경우에는 서로를 도우며 친구가 고통 속에서 시름시름하거나 자존감을 잃어버린 채 하늘만 올려보고 있도록 그냥 내버려두지는 않을 것이다.

나는 오래 전에 대화를 하다가 우연히 그들이 요란하게 떠들어대는 그런 사람들이 아니라는 사실을 알게 되었다. 그들은 무슨 큰일이 일어나면 늘 그렇듯 일단 투덜거리기부터 했다. 특히 찰리는 쉴 새 없이 뭐라고 중얼거렸다. 톰은 마치 호텔에서 몸을 파는 매춘부처럼 요란하게 수다를 떨며 모든 걸 농담으로 바꿔놓았다. 하지만 그걸 믿어서는 안 된다. 그는 매의 눈으로 상대를 노려보고 있다. 그와 의견을 나누어야 한다. 보이척에 대해서는, 그가 자신의 생각을 반추하는 것을 주의 깊게 지켜보아야 한다.

대화는 가장 편안한 찰리의 오두막집에서 이루어졌다. 톰의 오두막집은 그야말로 쓰레기장이나 다름없었다. 우리는 우리 생각이 스스로 말하게 내버려둔 채 몇 시간 동안, 어떤 때는 하루 종일 카드놀이를 하곤 했다.

보이척은 우리와 어울리지 않았다. 함께 한 적이 단 한 번도 없었다. 하지만 나는 그가 죽음의 서약을 맺었다는 사실을 알고 있었다.

톰이 이렇게 말한 적이 있었다.

"죽음은 우리 일이 되었어요."

눈 내리고 강풍이 불어 모닥불 옆에서 몸을 덥히는 그런 2월 어느 날, 우리는 포커게임을 하고 있었다. 나는 그 전날 도착했다. 겨울이 되면 나는 이곳을 덜 자주 찾아왔다. 산타 할아버지랑 좀 비슷하게 호주머니를 여러 가지 물건들로 가득 채웠다. 내 스쿠터썰매에도 이런저런 물건들이 잔뜩 실려 있었다. 과일과 야채, 우리 노인들을 위한 신선하고 촉촉한 케이크, 실생활에 필요한 파카나 긴 팬츠, 절단기, 나프타 랜턴, 그리고 때로는 신문. 그들은 이런 물건들을 보며 세상이 자기들 없이도 잘 돌아간다는 사실을 깨닫고 재미있어했다.

이번에는 휘발유 얼음송곳을 가져갔다. 그들은 이제 더 이상 송곳으로 힘들게 얼음에 구멍을 뚫지 않아도 될 테니 이것이야말로 엄청난 혁신이라 할 수 있었다. 이 얼음송곳을 사용하면 얼음이 꽁꽁 언 호수에 순식간에 구멍을 뚫어 많은 양의 물을 퍼낼 수 있을 것이다. 그리고 물고기도 잡을 수 있을 거요. 찰리가 말했다. 곤들메기 떼가 너무 검어서 파란색으로 보인다는 근처 호수에서 얼음송곳을 사용해보고 싶었던 것이 틀림 없었다. 하지만 눈보라가 몰아치는 바람에 우리는 이틀 동안 꼼짝없이 집 안에 갇혀 포커게임이나 하고 있을 수밖에 없었다. 그래도 찰리는 단념하지 않고 암청색 곤들메기를 잡고 싶어 했다.

그가 풀하우스(역주 - 포커 게임에서 쓰리 카드와 원 페어의 조합)를 잡으며 말했다.

"내일은 눈이 오든, 바람이 불든, 아니면 똥이 한 바가지 우리 머리 위로 쏟아지든, 낚시를 하러 갈 거야."

"그럼 누가 가서 추위에 온몸이 꽁꽁 얼어붙어 얼굴을 잔뜩 찡그리고 있는 자네를 데려오지?"

톰의 패는 원 페어 잭이어서 찰리의 상대가 되지 않았다.

"불안해하지 말게. 나는 분명히 얼굴에 한가득 미소를 짓고 죽을 테니까."

나 역시 원 페어조차 쥐고 있지 않아서 찰리의 상대가 되지 않았다.

나는 찰리에게 어리석은 질문을 던졌다.

"당신은 아직도 죽음에 정면으로 맞서고 싶은가요, 찰리?"

각각 테이블의 양쪽 끝에 앉아 있던 두 사람은 잘 알고 있다는 듯 아무 말 않고 미소만 지었다.

"그렇다면 여기서는 아무도 죽음을 두려워하지 않는 건가요?"

나는 정말 바보 같았다.

"그렇다면 당신의 그 소금상자를 내놓으세요, 찰리."

상자는 찰리의 침대 위 선반에 놓여 있었다. 그것은 양철로 만든 작은 원통형 상자였다. 그 안에는 절임용 소금 크기의 흰색 결정들이 들어 있었다. 이것은 스트리크닌이었다. 그들의 설명에 따르면, 그건 여우를 잡는 독약으로, 덫을 놓아 사냥을 하던 시절에 쓰다 남은 일종의 유물이었다. 이 독약을 먹으면 여우는 단 3초 만에, 그리고 사람은 10초도 안 되어 목숨을 잃는다.

각자가 자신의 소금상자를 가지고 있었으며, 만일 언젠가 다른 사람을 도와야 할 일이 생길 경우 그 사람의 소금상자를 어디 가서 찾아야 하는지 알고 있었다.

나는 내가 힘든 상황에 잘 적응할 수 있는 강한 사람이라고 생각해왔다. 하지만, 그들이 마치 오줌을 싸러 가거나 벼룩을 손가락으로 눌러 죽이는 것처럼 그들 자신의 죽음에 대해 얘기하는 걸 들으면 금방이라도 토할 것만 같았다.

톰이 쉰 목소리로 소리쳤다.

"우리의 죽음은 우리가 알아서 해야 하는 일이지."

그러고 나서 내가 좀 불편해하는 걸 느꼈는지 차분한 목소리로 덧붙였다.

"당신은 아직 젊으니까 이해하려고 애쓸 필요 없어."

찰리는 평소처럼 톰이 소란을 피우도록 가만 내버려두었다가 자기 생각을 말했다.

"난 벌써 두 번째 인생을 공짜로 살았어. 그러니 왜 세 번째 인생을 살아야 하는지 잘 모르겠네."

나는 찰리가 어떻게 살아왔는지 알고 있었다. 그가 내게 얘기해주었던 것이다. 그의 삶은 결코 평범하지 않았다. 결혼을 했고, 아이가 두 명 있었고, 우체국에서 일했지만, 주말에는 모피사냥꾼이 되었다. 그가 모피사냥꾼이었다는 사실이 그의 인생 전체를 얘기해준다. 모피사냥꾼은 더 이상 직업이 아니고, 심지어는 여가활동도 아니다. 그것은 몰상식하고 시대착오적이고 혐오스러운 일이다. 생각해보라. 야생동물을 죽이는 일을 하다니! 이웃에 사는 아이들은 길거리에서 그를 따라다녔고, 그가 야생동물의 가죽을 벗기는 지하실의 채광환기창을 통해 그를 염탐했다. 그는 자기 귀에까지 들려오는 중얼거림 속에서 그들이 두려움을 느낀다는 걸 알 수 있었다.

그렇지만 그는 숲속에서 인간으로서의 자신을 평가하고, 세계의 공기를 들이마시고, 자기가 우주의 힘의 일부라고 느꼈다.

나이가 들어감에 따라 그는 언젠가는 숲에서 애가(哀歌)도, 눈물 젖은 얼굴도 없이 한 마리 짐승처럼 죽을 수 있으리라는 희망을 품게 되었다. 오직 숲의 침묵만이 그의 진정한 친구인 비버와 족제비, 담비, 여우, 스라소니의 영혼을 만나러 가는 그를 찾아와 작별인사를 나눌 것이다.

그러던 어느 날 그의 주치의가 그가 신부전증을 앓고 있으니 일주일에 세 번씩 혈액투석을 받아야 한다고 알림으로써 그에게 명예로운 죽음을 권유했다.

그 당시 그는 은퇴를 했고, 그의 자식들은 이미 오래 전에 집을 떠났으며, 그의 아내는 연금을 받고 있었다. 그는 은행과 공증인 사무소를 찾아가 이것저것 정리할 걸 정리하고 죽음을 기다리기 위해 숲으로 왔다.

“난 모피사냥꾼들의 야영지에 자리를 잡고 죽음을 기다렸지. 하지만 죽음은 찾아오지 않았어. 그때 나는 제 2의 인생이 내게 주어졌다는 생각을 하게 되었어. 나는 이 두 번째 인생을 내가 살고 싶은 대로 살겠다고 결심했지.”

그는 일주일을 더 기다리다가 마치 트랩 라인을 향해 떠나는 것처럼 그가 자리 잡았던 야영지를 떠났다.

“분명 내 시신을 발견하기 위해 수색을 했겠지만, 내가 야생동물을 사냥하는 땅은 무척 넓었지. 그러니 사람들은 내가 물에 빠져서 소택지 어딘가에서 썩어가고 있을 거라고 멋대로 상상할 수 있었을 거야. 분명히 내 공식적인 죽음은 아무 문제도 되지 않았을 거야.”

그럼 신부전증은?

“난 정상인이랑 똑같이 소변을 봐. 의사들은 마술사가 아니어서 다른 사람들과 똑같이 실수를 하지. 나를 진찰한 의사도 실수한 거야.”

그렇게 어느날 찰리는 짐을 들고 나타났고, 보이척은 그가 자신의 야영지 근처에 자리잡도록 내버려두었다. 톰은 몇 년 뒤에 찾아왔다. 보이척은 그들이 각자에게 필요한 걸 갖고 있다고 판단했다. 안 그랬으면 그는 결코 그들이 정착하도록 내버려두지 않았을 것이다.

테드는 상처받은 존재였고, 찰리는 자연을 사랑하는 사람이었으며, 톰은 인간이 겪을 수 있는 모든 일을 다 겪었다. 하루가 지나고 이틀이 지나면서 그들은 함께 늙어 고령이 되었다. 그들은 자신들이 살아온 과거의 삶으로 통하는 문을 닫아버렸다. 그들에게는 이전의 삶으로 돌아가고 싶은 생각이 전혀 없었다. 뭐라고 왈가왈부하는 사람 없이 오직 자기들만의 하루를 맞게 되었다고 느끼며 아침에 일어나고 싶은 생각뿐이었다.

이 세 사람은 각자가 지구상에서 오직 혼자뿐이라고 믿도록 만들기에 충분한 범위와 거리를 유지하는 관계를 형성했다. 자급자족을 할 수 있는 각자의 야영지에서는 호수는 보였지만, 다른 사람의 야영지는 볼 수 없었다. 그들 사이에 나무가 빽빽이 들어찬 숲을 일부러 남겨두어 일종의 차단벽 역할을 하도록 했던 것이다.

찰리의 집이 가장 잘 관리되었다. 오두막이 네 채였다. 한 채는 거주용이고, 다른 한 채는 장작을 쌓아놓는 곳이며, 세 번째 오두막은 화장실, 네 번째 오두막은 창고로 쓰였다. 무엇

하나 주변에서 굴러다니지 않았고, 무엇 하나 버려져 있지 않았다. 삽 한 자루도, 도끼 한 자루도… 반면에 어떤 오두막에서 그가 살고 있는지 알기 위해서는 눈을 들어 벽난로를 올려다봐야 할 정도로 모든 것이 너무 낡고 아무렇게나 뒤죽박죽 쌓여 있었다.

테드의 집에 발을 디뎌본 사람은 아무도 없었다. 그러니 그의 집 벽에서 그가 하는 생각의 자취를 따라갈 수도 없었고, 그의 눈이 어디에 머무르고 있는지도 알 수 없었다. 테드는 겨울철에는 몇날 며칠, 심지어는 몇 주일 동안 집안에 틀어박혀 있었다. 캐나다 북쪽지방에서는 겨울이 끝도 없이 이어졌다. 눈 위에 남아 있는 그의 발자국을 보면 그가 덫에 걸린 토끼를 거두러 갔다는 걸 알 수 있었다. 그의 나무창고 근처에 나무 지저깨비가 한 무더기 쌓여 있으면 그가 불쏘시개용 나무를 비축했다는 걸 알 수 있었다. 하지만 그의 얼굴을 볼 수는 없었다. 그는 몇 달 동안 종적을 감추었다가 어느 날 갑자기 나타나곤 했다.

나는 테드가 화가였다고 말하기가 망설여진다. 우리가 그의 오두막에서 발견한 것은 그 어느 것과도 흡사하지 않았던 것이다. 그러나 그는 긴 겨울 동안 그림을 그렸고, 그림을 그리면서 내가 마리화나를 그의 숲에 심도록 그냥 내버려둬야겠다고 확신하게 되었다.

나는 보이척 전설의 흔적을 쫓다가 그곳까지 가게 되었다. 1916년에 일어난 매더슨 대화재의 마지막 생존자 중 한 사람인 그는 어렸을 때는 연기 나는 잔해 속을 걸었고, 어른이 되어서는 그를 괴롭히는 유령들을 피해 숲속으로 들어왔다. 나는 이 얘기를 거의 모든 곳에서 들었다. 캐나다 북부의 작은 도시에서 사는 사람들은 그들의 얘기를 되풀이해서 하는 걸 좋아한다. 아무 바에나 앉아서 맥주를 두세 잔 마시고 나면 누군가가 나타나서 당신 옆에 자리를 잡으며, 만일 당신이 그에게 시간을 할애하면 그는 당신이 알고 싶어 하는 모든 것에 대해 얘기해줄 것이다.

열린 상처... 이것은 내가 가장 자주 들었던 말이었다.

스티브도 내게 이 말을 했었다.

스티브는 그야말로 환상에서 완전히 깨어난 인물이었다. 그에게는 야심도 없고 허영심도 없었다. 그는 아무 열의 없이 소유지를 관리하고 있었다. 호텔은 그의 것이 아니었다. 주인이 호텔 경영을 그에게 맡긴 것이었다. 아니, 호텔을 그냥 방치해두었다고 말하는 편이 더 정확할 것이다.

나는 먼 곳으로 향해 있는 그의 시선을 좋아했다.

우리는 두 번째로 대마초를 피웠다. 스티브는 대마초 피우는 걸 무척 좋아했다. 나는 누가 그렇게 열심히 대마초 피우는 걸 본 적이 없었다.

우리는 내가 좋아하는 나른한 분위기 속으로 빠져들었고, 그는 꼭 우리가 그 문제에 관해 몇 시간 동안 논하기라도 한 것처럼 이렇게 말했다.

"당신이 찾는 걸 발견하기에는 여기가 이상적인 장소예요."

스티브도, 나도 대마를 심겠다는 나의 계획에 대해 얘기하지 않았다. 그러나 우리 두 사람은 우리가 무엇에 대해 얘기하고 있는지 알고 있었다. 나는 데이지 꽃이나 따려고 이 외진 곳까지 오지는 않았다.

"이상적인 장소이기는 한데 그 노인을 설득하기가 쉽지 않을 겁니다."

나는 그 다음 날 그가 내게 가르쳐준 길로 출발했다. 이 모래길은 나를 테드의 오두막으로 곧장 데려다주었다.

테드는 나를 기다리고 있었다. 그는 내가 하는 얘기에 귀를 기울였다. 이 남자는 자신의 숲에 대해 잘 알고 있었다. 그는 내 즈크 신발이 모래를 밟는 부드러운 발자국 소리를 듣고 오두막 앞 그루터기에 앉아 나를 기다리고 있었다. 그는 깊은 생각에 빠져 있는 듯 보였지만 사실은 나의 존재를 의식하고 있었다. 만일 내 귀가 내가 그에게 하려고 하는 말 때문에 멍해지지 않았더라면, 나는 그의 귀에 가까워지는 내 발자국소리 하나하나를 들을 수 있었을 것이다.

더부룩한 헝클어진 머리, 큰 키, 건장한 체격, 빅 빌 상표 체

크무늬 셔츠와 바지... 그는 우리가 산사람에 대해 상상하는 것과 정확히 일치했다. 그렇지만 그가 내게 눈인사를 하는 순간 나는 그가 세상물정에 밝았으며, 자신의 몫보다 더 많은 것을 가졌었다는 것을 알았다.

그 당시 나는 어설프고 건방진 젊은이였고 그는 이미 나이가 꽤 든 노인이었기 때문에 대화는 쉽지 않을 것으로 예상되었다. 그는 나를 도와줄 생각이 전혀 없었다. 내가 쩔쩔매며 횡설수설하도록 그냥 내버려두었을 뿐이었다. 심지어는 나 자신도 내가 무슨 얘기를 하고 있는 것인지 이해가 잘 안 될 정도였다. 그리고 그는 입을 꼭 다문 채 그루터기 위에서 꼼짝하지 않았다. 나는 앞뒤가 안 맞는 설명을 하려다 점점 더 깊은 모순에 빠졌다. 결국 나는 내가 하는 말을 더 이상 듣기가 힘들어서 차라리 입을 다물기로 했다.

그는 오랫동안 나를 바라보았다. 그리고 짤막하게 대답했다.

"그렇게 해도 될 것 같은데."

잠시 나는 오만하게도 내가 그의 정신을 혼미하게 만들어 불법에 매혹당하도록 만들었다고 믿었다. 이렇게 불법을 저지름으로써 그는 그가 거부했던 세상을 비웃는 것이었다. 하지만 나는 이 노인이 돈을 필요로 한다는 사실을 금세 알아차렸다. 그는 위엄 있는 태도로 이 거래를 협상했다. 그가 원하는 건 캔버스와 담비 털로 만든 붓, 뻣뻣한 돼지 털, 최고품질의 오일, 깊은 색감을 내는 물감이었다. 널리 알려진 윈저앤뉴튼사에서 만드는 미술용품은 무척 비싸서 그로서는 살 능력이 안 되는데다가 토론토에서밖에 안 파니 사다 달라는 것이었다. 그는 털이 다 풀어 헤쳐진 붓과 색이 변해버리는 물감으로 합판에 그림을 그리고 있었다. 이런 물건을 테드에게 사다주는 것은 스티브였지만, 그는 왕복 200킬로 정도 되는 이웃 도시의 철물점보다 더 멀리는 가지 않았다.

그래서 테드는 그림을 그렸다. 그것은 비밀이 아니었다. 긴 겨울을 나고 오두막에서 나오는 그의 옷은 온통 얼룩 투성이였다. 나는 그의 옷에서 그렇게 많은 색들이 반짝거리는 것을 볼 때마다 놀라곤 했다.

그가 내게 사다 달라고 한 것은 특히 어두운 색들이었다. 목탄 블랙, 애쉬 블랙, 회칠을 한 듯한 회색, 뭐라 정의할 수 없으며 그늘의 흙이라고 불리는 갈색. 그러나 우리는 그가 어떤 색깔을 써서 캔버스에 그림을 그렸는지에 대해서는 알지 못했다.

테드의 집은 톰의 집과 찰리의 집 중간에 있었다. 톰은 매일 아침 난로에 불을 붙이고 돼지고기 기름살 조각을 고구마와 함께 볶아 먹은 다음 찰리의 오두막 쪽으로 향하곤 했다. 매일 아침 톰은 테드네 집 앞을 지나갈 때마다 굴뚝을 흘낏 쳐다보았다. 만일 굴뚝에서 연기가 똑바로 솟아오르고, 굴뚝이 마치

침을 뱉고 딸꾹질을 하듯 연기를 조금씩 내뱉거나 널리 퍼져 나가 낮은 구름처럼 깔리면, 톰은 그날 찰리와 나누는 첫 번째 대화에서 이 모든 것을 그에게 설명해주었다.

테드의 집 굴뚝에서 연기가 솟아오른다는 것은 그가 그날 아침 잠자리에서 일어났고, 그 역시 돼지고기 기름살 조각을 고구마와 함께 볶기 위해 난로에 불을 피웠으며, 전날 했던 생각을 기억해내고 고독하게 살아가는 인간으로서의 하루를 시작했다는 가장 확실한 증거다.

나도 주의 깊게 굴뚝을 살펴보았다. 언젠가는 죽음이 내 앞을 지나갈 것이라는 예상을 당연히 해야만 했다. 이상하게도 나는 톰이 가장 먼저 세상을 떠날 것이라고 믿고 있었다. 그는 세 사람 중에 나이가 가장 적었고, 아직도 이전에 살았던 삶의 활기에 가득 차 있어서 결코 한 자리에 가만있지를 못하고 항상 이 얘기도 했다가 저 얘기도 했다가 정신이 하나도 없었다. 하지만 그는 젊었을 때 어리석은 짓을 저지르는 바람에 몸이 망가져서 애꾸눈에 금세 숨차하고 절름발이였다. 나는 항상 그가 필요한 걸 갖지 못했다고 생각하고 있었다. 하지만 그는 잘 견뎌냈다.

그들은 비 오는 날씨나 쾌청한 날씨에 대해 얘기하듯 죽음에 대해 얘기했고, 나도 거기에 익숙해져야만 했다.

"날씨 좋네."

"그래, 죽기 딱 좋은 날이로군."

슬프지도 않고 고통스럽지도 않았다. 그들은 그냥 하나의 가능성에 대해 언급했을 뿐이었다. 세 사람은 자신들이 점점 더 나이 들어가면서 모든 사람들로부터 잊혀지는 대신 그들 자신으로부터는 자유로워져간다는 사실을 재미있어했다. 그들은 자신들이 과거에 남겼던 흔적을 지워버렸다고 느꼈다.

찰리와 톰은 늘 그랬듯이 서로의 신경을 살살 건드렸다.

"오늘 죽을 것 같은가, 찰리?"

"지난밤에 살아 있었던 것처럼 오늘 밤에도 살아있게 된다면 아마도 내일 죽겠지. 그리고 만약 내일 죽어야 한다면 해질 무렵에 죽고 싶어. 뉘엿뉘엿 넘어가는 해를 바라보면서 말야."

"그렇다면 내일 해질녘에 죽겠군."

"맞아, 해질녘에 죽을 거야. 하지만 너무 늦어지면 죽는 건 나중으로 미룰 거야. 어둠 속에서 죽고 싶진 않으니까."

"맞아, 어두컴컴한 데서 죽으면 안 되지. 이봐, 찰리, 만일 자네가 지나치게 변덕을 부리면 죽음은 절대 자네를 원하지 않을 거야. 그럼 자넨 백 살을 넘길 거고, 그때가 되면 너무 늙어서 아무 쓸모 없게 되겠지. 당신이 싸놓은 똥만큼도 쓸모가 없어질 거라고."

그리고 톰은 나를 증인으로 삼았다.

"이 고집쟁이는 절대 죽겠다는 결심을 하지 않을 걸세."

그러고 나자 침묵이 이어졌다. 하지만 그것 때문에 불안해하는 사람은 아무도 없었다. 우리는 각자 다시 자신의 생각으로 돌아가는 그 침묵에 익숙해져 있었다. 이때의 침묵은 길고 무겁고 담배연기로 가득 차 있었다.

찰리가 차에 대해 얘기하려는 듯 그의 찻잔 위로 몸을 웅크렸다가 나를 힐끗 한 번 쳐다보고 다시 그 위로 몸을 구부리자 나는 우리가 진부한 대화를 나누지는 않을 것이라는 사실을 알았다.

"테드가 죽었네."

그건 언젠가는 일어날 일이었으니 나로서는 예상을 했어야만 했다. 하지만 나는 준비가 되어 있지 않았다. 그래서 그 말이 더욱 더 충격적으로 느껴졌다. 그 말은 날카로운 칼날처럼 내 몸을 꿰뚫고 지나갔다.

그는 영원히 살기 위해 태어난 사람이었다. 그러니 조용한 벽난로 말고는 아무 표시 없이 다른 사람이랑 똑같이 침대에서 죽을 수는 없는 것이다.

그들이 그를 그의 침대에서 발견했을 때 그는 속셔츠와 긴 속옷만 걸친 채 시트에 몸이 절반쯤 덮여 있을 뿐 고통에 맞서 싸운 흔적은 전혀 없었으며, 찰리가 서둘러 말해준 바에 따르면 입에 거품이 묻어 있지도 않았다고 한다.

"입에 거품이 안 묻어 있었다는 거, 확실한가요?"

나는 다시 한번 확인하고 싶었다. 나는 사람이 스트리크닌에 중독되어 죽는다는 생각을 하고 싶지 않았다. 그들은 이러한 죽음을 놓고 가볍게 농담을 나누었다. 하지만 나는 가슴이 미어지는 듯 했다.

다시 톰이 말했다.

"그냥 죽을 날이 돼서 죽은 거야."

그러고 나서 찰리는 떠나는 게 너무나 만족스러웠던 듯 테드가 입가에 살짝 미소를 띠고 있었다고 덧붙였다.

"죽은 사람이 미소를 짓는 건 마지막으로 예의를 차리기 위해서야."

테드가 자신의 시신에 미소를 남겨놓다니... 그가 웃는 걸 한 번도 본 적이 없는 나로서는 그 모습을 상상하기가 쉽지 않았다.

나는 두 사람이 테드를 어디다 묻었는지 알고 싶었다.

그래서 우리는 출발했다. 개들이 맨 앞에 섰고, 찰리가 그 뒤에서 아무 말 없이 곰처럼 느릿느릿 걸었으며, 톰은 그 옆에서 절뚝거리며 힘들게 걸어갔고, 나는 맨 뒤에서 따라갔다. 어느 화창한 여름날, 어디엔가에는 우리가 할 일이 있고, 테드는 자기 집 문 앞 나무 그루터기에 앉아 우리를 기다리고 있을 것만 같았다. 하지만 테드는 앞으로 더 이상 우리와 함께 일하지 않을 것이다. 이제는 나무를 베어 쓰러트리지도, 오두막집을 수리하지도, 산길을 보수하지도, 고라니를 사냥하지도 않을 것이다. 테드는 땅 속 어디에선가 자신의 시신을 보며 미소 짓고 있었다.

그의 무덤 위에서 새싹이 돋아나기 시작하고 있었다. 장방형의 흙으로 덮여 있는 무덤은 테드라는 인간의 삶에 비해 너무 작아 보였다. 거기서 몇 미터 떨어진 그의 오두막에서는 더 이상 연기가 솟아오르지 않아서 꼭 죽어버린 집 같아 보였다. 우리들의 생각은 그의 오두막으로 향했다. 우리 발밑에 묻혀 있는 그의 유해는 아무 것도 아니었다. 테드의 진짜 묘비는 바로 그의 오두막집이었다.

그의 오두막으로 가야 했다. 그에게 마지막 경의를 표하기 위해서인지, 아니면 호기심에서인지, 그건 잘 모르겠다. 나는 그의 오두막에 들어가서 그가 그 오랜 시간 동안 보았던 것을 내 눈으로 직접 보고, 그를 둘러싸고 있던 냄새를 맡아보아야겠다는 확신을 가지고 있었다. 보고 느끼고 듣고 만져보아야만 했다. 테드에게 작별인사를 하기 위해서는 그의 삶을 우리 삶으로 만들어야만 했다.

우리는 그의 오두막으로 향했다. 내가 앞장섰고, 톰과 찰리는 내 뒤에서 잠시 딴전을 피웠다. 이들은 테드의 오두막집에 들어가 그의 시신을 끄집어내왔지만, 지금은 망설이고 있다.

언뜻 보기에 테드의 오두막집은 찰리의 그것과 크게 다르지 않았다. 20제곱미터 정도 되는 방 하나. 마주보고 있는 창문 두 개. 오른쪽 창문 아래에는 에나멜을 칠한 낡은 주철로 만든 개수대와 실제로는 리놀륨을 씌운 널빤지를 확장시켜 놓은 것에 불과한 카운터가 있었고, 카운터 끝에는 자부심을 내세우는 이 오두막집의 가장 중요한 살림살이인 장작난로가 자리를 차지하고 있었다. 안쪽의 어두운 구석에는 도끼로 나무를 네모지게 깎아 만든 받침목 위에 매트리스를 깐 침실이 있었다. 일반적인 관행과는 달리 식당은 방의 다른 쪽 어두운 구석에 자리 잡고 있었다. 식당에는 역시 나무를 깎아 만든 식탁과 의자 하나뿐이었다. 테드가 누구를 초대하지 않는다는 건 잘 알려진 사실이었다. 그리고 남쪽으로 나 있는 왼쪽 창문 아래의 햇볕이 가장 잘 드는 곳에는 역시 나무를 깎아 만든 화가(畵架) 위에 잿빛으로 뒤덮인 바탕에 붓질 몇 번으로 검은 줄무늬를 그려놓은 캔버스가 놓여 있었다. 색들은 구분이 잘 되지 않았다. 붉은색인지, 오렌지색인지, 아니면 노란색인지, 말하기가 쉽지 않다. 색들은 겹쳐지고, 뒤섞이고, 서로 집어삼켰다. 그걸 보고 있노라니 한 세계가 숨죽인 외침 속에서 해체되어 가고 있다는 이상한 느낌이 들었다.

다른 그림들은 벽에 기대어 놓여 있었는데, 모두가 똑같이 밑칠된 회색과 마치 레퀴엠에 등장하는 플루트 음처럼 선명한 몇 가지 색으로 뒤덮여 있었다. 몹시 재미있는 것도 없었고, 시체가 미소 짓게 만들 만한 것도 없었다.

우리는 다른 오두막들을 둘러보았다.

찰리네 집처럼 테드네 집 오두막도 한 동은 장작더미를 쌓아 놓는 헛간으로 쓰이고 또 한 동은 창고로 쓰였으며, 이 두 동 사이에는 화장실이 있었다. 그리고 그 뒤편에는 훨씬 더 신경 써서 축조했으며 창문 하나 없이 완전히 폐쇄된 토대 위에 문에 자물쇠가 채워진 오두막이 서 있었다.

숲속에서 자물쇠라니, 그건 모욕이고 큰 잘못이었다. 테드는 이 같은 사실을 알고 있었다. 하지만 그는 오두막집 문에 자물쇠를 채워놓았다.

우리는 도끼의 뭉툭한 끝부분으로 자물쇠를 깨부수었다. 믿을 수 없을 만큼 놀라운 광경이 우리 눈앞에 펼쳐졌다. 우리가 방금 본 것과 흡사한 그림 수백 점이 끈으로 묶여 오두막을 꽉 채우고 있었다. 우리는 그 그림들이 붕괴되어가고 있는 한 세계에서 숨 막혀 하고 있다는 느낌을 다시 한 번 받았다.

그림으로 꽉 채워진 오두막 한가운데에는 몇 피트 가량 되는 텅 빈 공간이 남겨져 있었다. 그것은 출입문으로 비쳐드는 약간의 빛을 받아들이는 일종의 중앙 홀이었다.

우리는 바로 그곳에 있었다. 톰과 찰리, 그리고 나는 이걸 다 어떻게 해야 될지 생각했다.

톰은 오두막을 폐쇄해야 한다고 말했다.

"시간이 지나면 모든 게 흙으로 돌아가겠지."

찰리는 그 말에 동의하지 않았다.

"테드가 땅에 겨우 부식층 하나 덧붙이려고 이 그림을 모두 그린 건 아니지."

하지만 내게는 아무 확신도 없었다. 너무 혼란스러워서 머리만 지끈지끈 아팠다. 그들이 이 순간을 기다렸다가 내게 소식을 전한 게 아닐까, 하는 의심이 들었다.

"손님이 찾아왔었네."

그들은 스스로를 자랑스럽게 생각하지 않았다.

나도 마찬가지였다.

나도 그들에게 얘기해줄 방문객이 있었다.

이제 우리는 환멸 그 자체로서 역시 세상을 거부한 세 번째 증인 스티브를 만나게 된다. 그는 더 이상 존재할 이유가 없는 호텔을 관리하면서 자유를 발견했다. 이 호텔로 가려면 외딴 샛길과 교차하는 흙길을 이용해야 한다. 이 길 너머에는 그 여자 사진가처럼 절망의 노래에 매혹당하는 사람 말고는 아무도 관심을 보이지 않는 갈탄(가난한 자의 석탄)과 숲뿐이다. 이곳에 가면 시간이 팽창한 듯, 현실과 동떨어져 있는 듯 느껴진다.

스티브는 나이가 쉰 살일 수도 있고 그보다 적을 수도 있다. 그는 나이를 안 먹는 것처럼 보인다. 길을 잃어버린 사람들을 맞아들이는 사람이 바로 그였다.

스티브와 브뤼노가 불법을 좋아했다는 사실을 알아야 한다. 그들의 우정은 자기들이 다른 쪽에, 즉 오직 그들만 알고 있는 약간 가파르고 미끄러운 비탈에 있어서 특별히 자유롭다고 느끼고 싶은 그들의 욕구를 기반으로 한다.

스티브는 키가 크다. 팔도 길고 다리도 길다. 그의 눈에서는 긴장이 느껴진다. 그것은 다른 사람들의 시선을 멀리하려는 오직 그만의 방법이다. 하지만, 만일 당신이 그의 눈을 오랫동안 똑바로 쳐다보고 있으면 그는 경계심을 풀고 당신이 다가오도록 내버려둔다. 물론 그는 안 그렇다며 손사레를 치지만, 사실 그가 길을 잘못 들어 찾아온 낯선 사람과 이런저런 얘기를 나누는 것보다 더 좋아하는 건 없다.

브뤼노는 더 젊기도 한 데다가 상황에 더 잘 적응하기 때문에 세상을 포기하지 않았다. 그는 어디를 가나 친구가 있다. 그는 여기저기 오가며 끊임없이 움직인다. 그는 이 얘기와 관련된 사람들 중에서 가장 덜 관조적인 사람이다.

# 스티브

Steve

내가 처음 본 것이 그녀의 머리칼이니 우선 그 얘기부터 하자. 그녀의 헝클어진 머리칼이 자동차 계기판 위로 보였을 때, 나는 흰 빛이 튀어 오른 줄 알았다. 그리고 눈부시게 하얀 머리칼 아래, 겁에 질린 두 개의 검은 눈이 있었다. 뒷좌석에 웅크리고 앉아 있는 그녀는 무척 작아 보였다. 다른 건 볼 수가 없었다.

나는 브뤼노가 운전하는 쉐보레 서버번 자동차의 엔진 소리를 듣고 그가 도착하기 훨씬 전부터 집밖에 나가 있었다. 자동차 앞유리창에 보이는 흰 점은 멀리서 봐서는 그게 사람인지, 아니면 무슨 물건인지 알 수 없었다. 브뤼노는 지붕이 있는 이 화물트럭에 짐을 가득 싣고 다녔다. 연장, 건축자재, 옷가지, 우리 노인들에게 줄 작은 선물.

그의 자동차가 가까이 다가오는 순간, 나는 그 흰 점이 한 나이든 여성의 머리라는 사실을 깨달았다.

그가 평상시처럼 손가락 두 개를 모자에 갖다 대면서 내게 인사했다. 그건 만사 오케이라는 뜻이었다. 하지만 손을 천천히 올리는 것으로 보아 극도로 긴장하고 있는 게 분명했다. 모자에 손을 갖다 대며 인사를 하고 나더니 그 뒤로는 입을 다물었다. 말도 없고 설명도 없었다. 그는 오직 좌석에 몸을 파묻은 채 커다란 검은 눈으로 볼 수 있는 모든 것을 뚫어지게 바라보고 있는 그 작고 나이든 여성에게만 신경을 쓰고 있었다. 그녀는 지금 그곳에 와 있다는 사실이 한편으로는 기쁘면서도 다른 한편으로는 두려운 것 같았다.

브뤼노가 차 문을 살그머니 열었다가 소리 안 나게 닫고 나서 조수석 쪽으로 조심스럽게 걸어가 차 문을 열자 그 나이든 여성이 천천히 몸을 일으켜 차 밖으로 나왔다. 이 여성은 누구일까? 나는 그녀가 그의 전 부인이라고 생각했다. 우리 노인들은 정신없이 바쁘게 살다가 어느날 갑자기 모든 걸 다 버려두고 이곳으로 들어온 사람들이었던 것이다. 나는 특히 찰리를 생각했다. 그는 정식으로 결혼을 했었기 때문에 전 부인이 언제 어느 때 찾아와 소란을 피워댈지 알 수 없었다.

그 나이든 여성은 어찌나 작은지 열두 살짜리 아이 정도로밖에 안 보였고, 깨지기 쉬운 사기 인형처럼 허약해 보였으며, 걸음도 느렸다. 그녀는 브뤼노가 내미는 팔에 몸을 기대더니 남아 있는 것이 거의 없지만 내가 여전히 레바논인의 호텔이라고 부르는 건물을 향해 이끌려갔다. 호텔 주인은 몇 년 전부터 내게 수지계산서를 달라고 요구하지 않았다.

"저기 짐 있어요."

브뤼노가 뒷좌석을 머리로 가리키며 말했다. 내가 온갖 잡동사니가 어지럽게 널려 있는 뒷좌석에서 갈색 가방을 찾아 들고 나오자 나를 지켜보던 그 나이든 여성이 안도의 한숨을 크게 내쉬었다.

나는 앞에서 걸어가는 두 사람 뒤를 따라갔다. 우리는 넓은 홀로 천천히 걸어 들어갔다. 홀은 엄청나게 넓었다. 그래서 드물게 이곳을 찾아오는 손님들은 의심스러운 눈길로 홀을 한 바퀴 훑어본 다음 안으로 들어가곤 했다. 호텔 오너와 그의 친구들이 남겨놓은 헌팅 트로피들이 벽에 걸려 있기 때문이었다. 큰 사슴의 갈라진 뿔, 입을 활짝 벌리고 있는 곰, 스라소니, 발톱이 날카롭고 털이 많으며 눈이 사나워 보이는 늑대. 통째로 박제된 이 동물들 중 일부는 받침대 위에서 몸을 구부린 채 금방이라도 뛰어오를 것 같은 포즈를 취하고 있었다. 그걸 본 사람들은 충격이라고 표현해도 될 만큼 강렬한 인상을 받았다. 나는 이 모든 걸 바꾸려고 굳이 애쓰지 않고 그냥 그대로 놔두었다.

그런데 야생동물 조련사와는 영 거리가 멀어 보이는 이 작고 나이든 여성이 자신을 보호해주는 브뤼노의 팔을 뿌리치더니 홀 안의 동물들 중에서도 가장 무시무시한 동물을 향해 살금살금 걸어가는 것이었다. 그것은 커다란 분홍색 아가리를 활짝 벌리고 사납게 포효하며 힘차게 도약하는 모습으로 영원히 남아 있는 황금색 스라소니로, 만일 누구라도 가까이 다가오면 몸을 갈기갈기 찢어버리겠다는 듯 앞발을 들어올리고 있었다. 하지만 이 작고 나이든 여성은 받침대 쪽으로 다가갔다. 스라소니를 뛰어오르지 못하게 붙잡고 있는 뒷다리 높이에 그녀의 희고 고운 머리칼이 닿자, 그녀는 걸음을 멈추고 아무 말 없이 가만히 서 있다가 우리를 향해 돌아섰다. 그녀의 주름진 얼굴에서는 한편으로는 두려움이, 또 한편으로는 두려움에 대한 매혹이 느껴졌다. 그녀는 가늘고 섬세한 손가락으로 사납게 울부짖는 상태로 박제된 그 황금색 괴물을 가리켰다. 그녀는 그게 어떤 동물인지 짐작조차 하지 못했다.

"고모, 그건 스라소니예요. 자, 여기 와서 앉으세요. 차 내올 게요."

고모라고 ?

그는 그녀를 창가에 있는 흔들의자에 앉힌 다음 여행가방을 그녀의 발밑에 두고 부엌으로 갔다. 나는 그를 따라갔다. 그는 내게 설명을 해주어야만 했다.

"도대체 누굴 데려온 겁니까?"

"왜 저 양반을 데려올 생각을 했는지, 나도 잘 모르겠네요."

"정말 고모예요?"

"우리 아버지 동생이신데, 나는 저런 분이 존재한다는 사실조차 알지 못하고 있었어요. 하기야 그걸 아는 사람은 아무도 없었지요."

"왜 저 분을 이리 데려오셨는지 말씀해 주실렵니까?"

"나도 잘 몰라요. 날 좀 도와줘야 할 것 같은데요."

고모에게 샌드위치를 만들어주기로 하고 찬장에서 햄 찾으랴, 개수대 밑에서 빵 찾으랴 정신없어 하던 브뤼노가 신경질적으로 대답했다. 그의 두 손은 뭘 만지는지조차 모른 채 분주하게 이리저리 옮겨다니고 있었다.

"저분 이름이 뭔가요?"

"거트루드요."

"정말요?"

"예. 하지만 다른 이름을 붙여줘야 할 거예요."

나는 그의 말을 백 프로 이해하지는 못했지만, 그래도 안심이 되었다. 이 여성에게 가짜 서류를 만들어주는 거라면 그건 전혀 문제되지 않는다. 우리는 찰리에 이어 톰에게도 가짜 서류를 만들어주었고, 나는 그들의 원래 이름을 이제는 기억하지 못한다. 테드는 그 자신에게서 도망쳤지 다른 사람에게서 도망친 게 아니었기 때문에 가짜 서류가 필요 없었다.

진짜든 가짜든 서류 문제를 해결해주는 일을 하는 사람은 브뤼노였다. 그는 외부 업무를 맡아 했다. 나와 노인들은 농장 일을 책임졌다. 이런 식의 역할 분담은 지금까지 거의 아무 문제 없이 이루어져 왔다. 15년 동안 우리의 화단을 몰래 보러 온 사람은 단 한 명도 없었다. 길을 잃어버린 사냥꾼이나 낚시꾼이 호텔 문을 두드린 적은 몇 번 있었다. 그들은 인간이 단 한 번도 발을 디딘 적이 없는 미답의 땅을 찾고 있었다. 나는 그들을 서쪽으로 보냈다. 그곳에는 그들이 오후 내내 계속 원을 그리며 운전하게 만들 수 있을 만큼 많은 오래된 숲길이 있었다. 대화재가 일어난 시절에 향수를 느끼는 사람들, 테드라는 인물에게 열광하는 사람들, 회고록 작가들도 있었고, 녹음기와 카메라, 서류로 가득 채워진 서류가방을 들고 나타나는 역사가들도 있었다. 이들은 몇 시간 동안 이러저런 얘기를 나누다가 숲속에서 길을 잃고 헤매지 않아도 된다는 사실에 몹시 흡족해하며 더 이상 고민하지 않고 그냥 집으로 돌아갔다. 이들은 내가 그들에게 해주는 얘기에 만족해했다. 내 얘기를 듣고도 겁을 먹지 않은 건 딱 한 명, 그 여자 사진작가뿐이었다. 그녀는 꽤 튼튼해 보였다. 아니, 건장하다고까지 말할 수 있었다. 그녀에 관한 얘기는 브뤼노와 해야 할 것이다.

하지만 지금 당장은 이 작고 나이든 여성이 홀에서 기다리고 있다.

"저 분이 뭘 어쨌는데요? 누굴 죽였나요?"

“그래요. 도끼와 작고 하얀 손으로 사람을 죽였어요.”

좋아. 진지한 얘기를 하려면 좀 더 기다려야겠군.

그녀는 흔들의자에 앉아 꾸벅꾸벅 졸고 있었다. 고개를 푹 숙인 채 손을 벌리고 두 팔은 허벅지에 올려두었다. 그녀의 존재가 홀을 환히 밝혀주었다.

우리는 뒷걸음질을 쳐서 홀을 나왔다. 그 시간이 몹시 길게 느껴졌다. 그리고 천천히 문을 닫았다. 그 시간도 몹시 길게 느껴졌다. 경첩에 단 한 번도 기름칠을 하지 않아서 문이 삐걱거리며 끼익 끽 소리를 냈던 것이다. 우리가 그렇게 조심스럽게 행동했다는 것에 놀라서, 아니, 그보다는 쑥스러워서 우리는 서로를 쳐다보았다. 우리는 그렇게 행동하는 데 익숙하지 않았다.

이제는 이 여성이 왜 여기 와 있는지를 그가 내게 설명해줘야 한다. 그녀에게 가짜 서류를 만들어주기 위한 것이라면 그녀를 굳이 여기로 데려올 필요가 없다. 그러니 이건 그보다 더 복잡한 일인 것이다.

실제로 그것은 내가 상상할 수 있는 그 어떤 것보다 훨씬 더 복잡한 일이었다. 우리가 이름을 마리-데네주로 바꿔준 거트루드의 얘기는 길다. 아주 길다. 브뤼노가 그녀를 나에게 데려왔을 때 그녀의 나이는 여든두 살이었고, 그녀의 얘기는 66년 전 그녀의 아버지가 그녀를 정신병원에 입원시키면서 시작되었다. 그때 그녀는 열여섯 살이었다.

그건 대단히 충격적인 얘기였다. 나는 계속해서 브뤼노의 얘기를 중단시켜야만 했다. 그의 얘기가 새롭게 전개될 때마다 나의 두려움은 점점 더 커져만 갔다. 나는 끔찍하군요 라고 계속 말했고, 그는 맞아요, 끔찍한 얘기지요 라며 맞장구를 쳤다. 그는 자신이 해야만 하는 얘기에 마음 아파하면서도 얘기를 이어나갔다. 우리는 마리-데네주의 얘기에 분노하며 거의 한 시간을 보냈다.

브뤼노는 왜 그녀가 정신병원에 수용되었는지 그 이유를 알지 못했다. 사실 브뤼노의 가족들은 그녀에 관해 전혀 아무것도 모르고 있었다. 심지어 그들은 그녀가 존재한다는 사실조차 알지 못했다. 그녀는 브뤼노의 아버지가 죽고 난 뒤에 발견되었다. 이 지옥에서 구해달라고 거트루드가 오빠에게 애원하는 내용의 편지가 그의 유품에서 나왔던 것이다. 이 편지를 썼을 때 그녀는 서른일곱 살이었다. 편지는 1951년 5월 15일자였고, 편지지 윗부분에 온타리오 병원이라는 이름이 찍혀 있었다. 그러나 퀸스트리트웨스트 999번지라는 주소에는 인생의 모든 드라마가 응축되어 있었다. 퀸스트리트웨스트 999번지는 토론토에서 수천 명의 정신병 환자를 수용하는 장소로 이 지역에 널리 알려져 있었다.

더 이상의 편지 교환은 이루어지지 않았다. 오빠에게 보낸 편지에 '동생 거트루드'라고 썼던 이 여성의 다른 흔적은 전혀 남아 있지 않다. 이 편지에는 답장이 없었다.

나는 브뤼노에게 말했다.

"끔찍한 일이군요. 뭐라 할 말이 없어요. 정말 끔찍해요."

그러자 그가 고개를 끄덕이며 대답했다.

"맞아요, 충격적인 일이죠. 하지만 우리 아버지는 사랑을 베풀 줄 아시는 분이었어요. 우리를 타인을 돕고 배려할 줄 아는 사람으로 키우셨지요. 다만 그 분은 우리가 적당한 범위 내에서 그렇게 하기를 바라셨습니다. 이 '적당하게'라는 단어로 우리 아버지를 규정할 수 있을 겁니다. 그리고 아버지는 이처럼 지나치게 '적당하게'를 강조하다 보니 자기 여동생이 미쳤을지도 모른다고 추측하고 두려워하게 된 것이지요. 하지만 그건 추측에 불과했습니다. 고모는 미치지 않았으니까요. 단언컨대 고모는 정신이 멀쩡해요."

"하지만 정신병원에 60년 동안이나 가두어두다니… 그건 온당한 처사가 아니에요."

"맞아요, 그건 온당하다고 할 수 없지요… 하지만 이해해야 해요."

그의 가문에서 그보다 먼저 태어난 그의 아버지와 할아버지, 삼촌들, 고모들은 비난받아 마땅했다. 한 사람의 인생이 그들의 잘못으로 인해 망가진 것이다. 하지만 브뤼노로서는 어쩔

도리가 없었다. 그는 자기 아버지와 가문을 옹호해야만 했다.

"이해해야 해요. 그때는 보이지 않고 이해되지 않는 모든 것을 두려워하던 무지한 암흑기였어요. 시대가 그 분들을 그렇게 만든 겁니다."

다른 시대의 실패자들을 옹호하다니, 브뤼노답지 않았다. 그가 하는 행동도, 그가 하는 말도 그답지 않았다. 그는 불안하고 초초해서 과민해진 듯 두 손이 나비처럼 떨렸다. 그의 신경은 그의 뒤쪽, 다른 데 가 있었다. 그는 창문을 등지고 있었다. 그래서 창문을 마주보고 있는 나는 쉽게 볼 수 있는 것이 그에게는 보이지 않았다. 홀을 환하게 비추는 이 나이든 여성의 흰 머리칼이 그녀의 가슴 위로 쏟아져내리는 것처럼 보였다. 그것은 매혹적인 광경이었다.

그는 불안한 듯 가끔씩 물었다.

"아직 주무시고 있나요?"

"아직 주무시고 있으니 걱정 말고 얘기 계속하세요."

그는 얘기를 계속해야 했기 때문에 왜 이 늙은 고모를 여기로 데려왔는지, 그리고 앞으로 그녀를 어떻게 할 것인지 내게 설명해야만 했다. 그녀를 재우는 건 문제가 아니었다. 그럭저럭 괜찮은 방이 아직 몇 개 있고, 그 여자 사진작가도 거기서 푹 잘 잤다고 말하지 않았는가. 아니다, 더 심각한 문제가 있었다. 나는 그 다음 얘기를 기다렸다.

그 편지에는 답장이 없었다. 그녀는 브뤼노의 아버지가 죽고 나서야 발견되었다.

브뤼노가 다시 얘기를 시작했다.

"우리 어머니는…"

나는 그가 목이 메어 쉽게 말을 잇지 못하리라는 걸 알고 있었다. 그는 어머니와 관계가 좋았던 적이 결코 없었다.

그의 어머니는 그 편지를 발견한 후 스스로 감당할 수 없을 정도로 깊은 인상을 받았다. 편지는 완벽한 언어로 쓰여졌다. 철자도 틀린 것이 없고, 문장 구성도 나무랄 데가 없었다. 글씨체도 훌륭해서 우아하고 품격이 있었다. 글자를 세련되게 삐쳐 썼으며, 세로 획도 멋지게 장식했다. 이 모든 것이 열여섯 살 때 정신병원에 갇힌 한 여성의 손에 의해 쓰인 것이었다.

틀린 데가 단 한 군데도 없이 쓰인 이 편지를 읽고 난 그의 어머니는 무슨 일이 있어도 시누이를 찾아내야겠다는 결심을 하게 되었다. 특히 이 여성은 접속법(역주 – 프랑스어 문법에서 접속법은 말을 하는 시점에서 확실하지 않은 행동을 나타내기 위해 사용하는 어법이다)을 완벽하게 사용했다. 30년 동안이나 학생들을 가르쳤던 그의 어머니는 "나는 잔혹함과 불의가 내게 그렇게까지 큰 해를 끼칠 줄은 미처 몰랐어요" 같은 문장을 읽고 크게 감동했다.

그리하여 그의 어머니는 토론토 근교에 있는 어느 집에서 시누이를 찾아냈다. 그 집에서는 누구에게도 환영받지 못하는 장애인들과 병약자들, 정신병자들이 쉰 명 가량 아무렇게나 뒤섞여 살고 있었다. 아무도 그들을 원하지 않았고, 그들을 데려가겠다고 찾아오는 사람도 없었다. 그들은 이 시설에서 평생을 보냈다. 그들이 나이가 들고 거추장스럽게 느껴지자 사람들은 시끄럽게 떠들어대는 텔레비전이나 보라며 그들을 작은 방에 두 명씩 몰아넣고 하루 세 끼씩만 주었다.

나는 브뤼노가 이어가는 얘기를 들으면서 그가 그렇게 분노하는 게 이해가 갔다. 왜냐하면 거기서 끝이 아니었기 때문이다. 처음으로 시누이를 찾아가서 만나고 온 그의 어머니는 그녀의 인생을 아름답게 꾸며주기로 결심했다. 그녀에게 편지를 쓰고, 선물을 보내고, 크리스마스와 부활절, 그녀의 생일 때 전화를 했다. 브뤼노의 어머니는 그녀에게 친절을 베풀고, 애정어린 목소리로 자신의 피보호자에 대해 얘기했다. 방금 거트루드에게 편지를 썼어. 그녀는 지금 무척 지루해하고 있어. 불쌍한 거트루드 같으니... 브뤼노의 어머니는 스스로 만든 자신의 친절하고 너그러운 이미지를 즐기고 있었지만, 누가 잘 했다고 칭찬하면 그렇지 않다고 손사래를 치며 말했다. 이건 내가 할 수 있는 최소한의 일이지요. 지금 우리가 그녀를 위해 할 수 있는 건 이게 다예요. 그녀는 60년 넘게 갇혀 살았기 때문에 다른 식으로는 살 수 없을 겁니다. 우리가 연로한 그녀에게 줄 수 있는 건 몇 가지 작은 즐거움 뿐이랍니다.

그러다 친절을 베풀거나 동정을 하는 것만으로는 성이 안 차자 결국 브뤼노의 어머니는 그녀를 자기 집에 초대했다. 자식들이 성인이 되어 다 독립했기 때문에 빈 방이 많았고, 시간은 그보다 더 많았다. 하지만 겨우 며칠뿐이었다. 이 불쌍한 여인은 그 이상은 견딜 수가 없었다.

"어머니는 그냥 계속 바쁘게 지낼 수 있도록 해주는 뭔가를 원했을 뿐이예요."

브뤼노는 '계속 바쁘게 지낸다'는 것이야말로 가장 소모적이며 가장 나쁜 형태의 경박함이라고 생각했고, 그의 어머니가 머리가 텅 빈 사람이라고 믿었다.

그렇지만 그것은 잘못된 생각이었다. 거트루드가 도와달라고 애원했을 때 그의 아버지는 외면했지만 어머니는 그러지 않았던 것이다. 그런데도 비난을 받는 건 그의 아버지가 아니라 어머니였다. 그건 부당한 일이었고, 나는 그에게 그렇게 말했다.

"우리 어머니는 그냥 바쁘게 움직이고 싶었을 뿐입니다. 정신없이 시간을 보내고, 무슨 일이든지 하면서 기분전환이나 하고 싶었던 것 뿐이란 말입니다. 오랫동안 존재조차 몰랐던 시누이를 찾아내자 손님도 초대하고 음식도 준비해서 가족잔

치를 벌이면서 말이죠. 그러다가 모든 것이 끝나고 그녀가 바쁘게 움직이도록 할 수 있는 것이 아무것도 남지 않게 되자 어머니는 거트루드에게 작별을 고했습니다. 그리하여 이 불쌍한 정신병 환자는 그녀가 60년 넘게 갇혀 살았던 곳으로 다시 돌아가게 되었지요. 전혀 예상치 못했던 일이 한 가지 일어나긴 했습니다만…"

거트루드는 브뤼노의 삼촌들과 고모들, 사촌들, 5촌 조카들이 모여 있는 응접실에서 눈으로 열심히 그를 찾았다. 그녀의 시선은 오랫동안 곁눈질을 하며 응접실에 모여 있는 많은 사람들 사이로 슬그머니 끼어들더니 브뤼노의 귓불에 머물렀다.

"모든 사람이 그녀 앞을 줄지어 지나갔고, 모든 사람이 그녀가 정신적으로 매우 건강하다는 사실에 놀랐지요. 그리고 모든 사람이 한 마디씩 하면서 분노하는 척 하더군요. 하지만 나는 그들처럼 야단법석을 떨고 싶지 않아서 그냥 가만히 있었습니다. 그렇기는 해도 정신병원에서 나온 한 나이든 여성이 나를 눈으로 쫓고 있으니…"

이 반항적인 조카는 고모에게 가까이 다가갔고, 그녀에게 몸을 굽히고 나서야 그녀가 왜 그러는지 그 이유를 알았다.

"고모가 관심을 보인 건 바로 제 귀걸이였습니다."

그녀는 브뤼노의 귀걸이를 손으로 가리키며 마치 그가 큰 잘

못을 저지르고 있다고 경고라도 하려는 듯 비밀스러운 어조로 말했다. 넌 지금 잘못 생각하고 있어. 넌 여자가 아니고 남자라구! 브뤼노도 그녀와 같은 어조로 대답했다. 고모 말이 맞아요. 오늘 아침에 일어나면서 전 제가 여자라고 생각했어요. 그러자 그녀는 조카가 지금 장난친다는 걸 알고 맞장구를 쳤다. 맞아. 아침에 자신을 되찾는다는 게 항상 쉬운 일은 아니지. 그리고 두 사람은 함께 웃었다.

이 일이 있은 뒤로 그는 고모가 어머니 집에 와 있는 동안에는 거기 머물러야 한다고 확신하게 되었다. 그때만은 두 사람이 자기들만 알아들을 수 있는 농담을 주고받으며 웃어댈 수 있었기 때문이다. 물론 그의 어머니는 브뤼노와 그의 고모 사이에 무슨 일이 벌어지고 있는지 전혀 알아차리지 못했다. 하지만 나는 알아차렸다. 이 여인은 그녀가 속한 인간이라는 종(種) 중에서도 유일하고 그녀가 사는 지구에서도 유일한 사람이다. 그리고 브뤼노는 유일하고 독특한 사람들을 좋아한다.

"고모는 다른 사람들이 보지 못하는 걸 보는 분이지요."

그렇지만 사흘째 되는 날 밤, 그들은 더 이상 웃지 못했다. 그의 고모는 그 다음 날 아침 출발하기로 결정되었고, 그녀는 자신의 짐이 꾸려지는 걸 못마땅한 눈으로 바라보고 있었다. 브뤼노는 그녀의 이런 눈을 전에는 본 적이 없었다. 그녀가 정신병원에 수용되어 있던 66년 동안 그녀의 마음속 아주 깊은 곳에 쌓여 뭉쳐진 분노가 부글부글 끓어오르고 있었다. 그는 그녀가 그 분노를 그들의 얼굴에 집어던지려 한다고 느꼈다. 하지만 그녀는 그렇게 하지 않고 감정을 억눌렀다. 66년 동안 쌓인 분노를 억눌렀다. 그녀는 분노가 좋지 않다는 것을, 권력을 가진 자가 분노하는 사람을 벌한다는 것을 알고 있었다. 그리고 그 순간에 권력을 가진 자는 바로 그녀의 짐을 싸고 있는 두 사람이었다. 그녀는 자신이 무력하다는 사실에 화가 나서 사나워진 시선을 브뤼노에게 돌렸다. 그리고 그에게 말했다. 거기로 돌아가고 싶지 않아.

“어제 일어난 일인데 꼭 백 년은 지난 것 같아요. 만일 당신이 나라면 어떻게 할 것 같습니까?”

나는 말했다. “똑같이 했을 겁니다, 브뤼노. 당신처럼 했을 거라고요. 연로하신 고모가 정신병자들이 사는 곳으로 다시 돌아가게 만들지 않았을 겁니다. 하지만 말입니다. 그렇다고 해서 우리에게 닥친 문제가 사라지진 않아요. 유리창 저편에서 부지런히 머리를 까닥거리기 시작한 저 여인이 어디로 사라지진 않는다고요.”

“당신 어머니는 괜찮으세요?”

“걱정하지 마세요. 그건 내가 알아서 할 일이니까.”

그가 자기 대신 토론토 여행을 하지 않겠느냐고 제안했을 때 그의 어머니는 아무 의심도 하지 않았다. 심지어는 그 자신조차도 아무 의심을 하지 않았다. 그에게는 오직 고모와 함께 조금이라도 더 오래 시간을 보내겠다는 생각뿐이었던 것이다.

"맹세컨대, 다른 의도는 없었어요. 어쩌다보니 일이 이렇게 되어버렸네요."

두 사람이 남쪽을 향해 내려가면 내려갈수록 그녀는 좌석에서 몸을 도사리며 점점 더 움츠러들었다. 우리에 갇힌 작은 동물이 된 것이다. 그가 남쪽을 향해 차를 몰고 가는 동안 그녀는 단 한 마디도 하지 않았다. 그러다가 모든 것이 그도 모르는 사이에 이미 결정되기라도 한 것처럼 그가 느닷없이 차를 돌렸다.

"그러자 고모가 환하게 웃더군요."

바로 그 순간에, 오로지 그 순간에서야 그는 자기가 그녀를 이곳으로 데려오기 위해 북쪽으로 향했다는 사실을 깨달았다. 하지만 그녀를 앞으로 어떻게 할 것인지 등 그밖의 것에 관해서는 나도 잘 모르고 그도 잘 몰랐다.

"그럼 어머니는요?"

나는 다시 이렇게 물었다. 내가 보기에는 이것 역시 큰 문제였던 것이다.

"어머니 문제는 내가 알아서 할 테니 걱정 안 하셔도 돼요."

"그리고 다른 사람들은요? 토론토에서는 사람들이 불안해하면서 경찰에 신고할 겁니다."

"내게 다 계획이 있으니 신경 안 쓰셔도 됩니다."

그녀는 이제 잠에서 완전히 깨어났다. 나는 그녀의 흰 머리가 좌우로 움직이면서 빛을 분출하는 것을 볼 수 있었다. 그녀를 보자 가슴이 찡해졌다. 나는 그녀의 스토리를 듣고 큰 충격을 받았다.

우리는 그녀가 길 잃은 어린아이처럼 미소 지으면서 우리를 기다리고 있는 중앙 홀로 돌아갔다. 브뤼노는 그녀에게 샌드위치와 차를 가져다주면서 자기가 다 알아서 할 테니 걱정할 필요 없다고 말했다. 그가 손으로 크게 원을 그려 이곳 저곳 가리키며 말했다. 오늘 밤에는 일단 여기서 잘 거예요. 앞으로 어떻게 할지는 내일 생각해보기로 해요.

브뤼노가 손으로 가리킨 것은 높은 천장과 나무 장식을 댄 벽, 쪽매붙임을 한 마루바닥, 중앙 홀 위에서 빙빙 도는 웅장한 계단이었다. 이 모든 것은 떡갈나무를 깎아 만들어졌으며, 처음에는 니스를 칠해 눈부시게 반짝였지만 이제는 먼지를 뒤집어쓴 채 잠들어 있을 뿐이었다. 그곳의 상태를 보면 거기 머무르고 싶다는 생각이 들래야 들 수가 없었다. 하지만 그녀는 그런 것에는 전혀 신경쓰지 않는 듯 했다.

우리는 그 여자 사진작가가 일주일 전에 머물렀던 초록색 방으로 그녀를 데려갔다. 나는 브뤼노의 귀에 대고 한 마디 하려고 했다. 하지만 이 생각은 또 다시 어디론가 사라져버렸다.

그녀는 방이 조용해서 좋아했다. 그녀가 말했다. 난 이 방이 조용해서 좋아.

우리는 그녀가 그녀의 여행가방에 들어 있던 짐을 풀고 그 방에 머무르도록 자리를 내주었다. 세면도구, 여러 종류의 약, 낡은 옷가지 몇 점, 특히 브뤼노가 역겨운 표정을 지으며 벽장에 걸어놓은 보기 흉한 보라색 목욕가운.

"고모, 보풀이 곱슬곱슬한 모직으로 된 분홍색 목욕가운은 어떠세요, 잘 어울릴 것 같은데?"

모직으로 된 분홍색 목욕가운이라니!

자, 이렇게 해서 우리는 그녀를 책임지게 되었다. 나는 이 사실에 걱정이 되기보다는 오히려 마음이 가벼워지는 듯했다. 그래서 한편으로는 더욱 염려되었다.

우리는 그녀가 자신의 방을 조용히 바라보도록 내버려두고 질 좋은 마리화나 담배와 진지한 논의가 기다리고 있는(어쨌든 나는 이렇게 생각했다. 나는 해결해야 할 그의 고모 문제 말고 그 여자 사진작가 얘기는 아직 브뤼노에게 꺼내지 않았다. 그리고 나는 내가 키우는 암캐 달링에 대해서도 그에게 얘기하고 싶었던 것이다) 중앙 홀로 내려갔다.

개 한 마리 없이 숲속에서 산다는 건 불가능한 일이다. 테드와 찰리, 톰, 그리고 내게는 각각 개가 한 마리씩 있었다. 개는 우리와 동행하고 우리 말에 귀를 기울이고 우리를 이해했다. 내가 존재한다는 사실을 아무도 모른다는 생각이 들 때 슬그머니 다가와서 내 사타구니에 코를 갖다 대고 킁킁거리는 개야말로 매일매일 큰 위안을 준다. 나는 여러 차례 나의 개 달링과 함께 잠을 잤다. 내 작은 방은 밤이 되면 몹시 추웠다. 나는 식료품 저장실이 아닌 다른 곳에서는 결코 잠을 자본 적이 없었다. 2층에 있는 방에서 잘 수도 있었지만, 이미 식료품 저장실에서 자는 게 습관이 되어 있었다. 레바논 사람이 있을 때도 여기서 잠을 잤고 나 혼자 호텔을 운영하게 되었을 때도 역시 여기서 잠을 잤다.

달링은 그 여자 사진작가가 도착했을 때 짖지 않았다. 그래서 나는 불안했다. 달링은 으르렁거리거나 하지 않고 그냥 가만히 있다가 그 여자 사진작가에게 다가가 그녀의 다리에 몸을 비비더니 밤새도록 그녀 곁을 떠나지 않았다. 이 여성은 개들의 마음을 잡아끄는 특별한 능력을 타고난 듯 보였다.

달링은 누군가가 나타나면 내게 알리도록 되어 있었다. 그것은 정상적인 개라면 당연히 해야 할 일이었고, 달링은 농장과 노인들이 있으니 더더욱 그렇게 해야만 했다. 테드는 역사학자와 과거를 숭배하는 사람들말고는 아무도 두려워하지 않았지만, 톰과 찰리는 그들을 따라잡을 수도 있는 삶을 그들 뒤편에 놓아두고 왔다. 내가 그들의 연금수표를 현금으로 바꾸러 가곤 했던 인근 도시의 호텔 주인 제리는 우리의 상황이 불법적이라는 사실을 정기적으로 내게 상기시키며 자기 몫을 늘

리려고 애썼다. 하지만 그 역시 숨길 게 너무 많은 사람이었기 때문에 나는 그를 믿을 수 있었다. 불법 행위는 타인들의 속임수와 아주 잘 어울린다. 위험한 건 오직 마음이 순수한 사람들뿐이다. 그리고 사진작가는 의심의 여지 없이 이런 부류의 사람이었다. 그런데 만일 마음이 순수한 사람들이 지나가는데도 달링이 짖지 않는다면 우리는 어떻게 되겠는가?

나는 이 모든 문제에 대해 브뤼노와 얘기를 나누고 싶었다. 만일 테드가 죽었다는 걸 알았더라면 브뤼노와 테드 얘기도 했겠지만, 나는 그 사실을 알고 있지 못했다. 나는 테드가 죽었다는 사실을 알았어야만 했다. 그의 부재를 느꼈어야만 했다. 테드는 우리의 롤모델이었고, 우리에게 영감을 불어넣었으며, 이곳의 영혼이라 할 수 있는 인물이었다. 우리 모두는 그를 진심으로 존경했다. 우리는 그가 어떻게 살아왔는지를 알고 있었다. 그는 대화재 때 불에 다 타버려 연기만 모락모락 나는 잔해 속을 걸었다. 그는 나타났다 다시 사라졌다. 그는 열린 상처였다. 그는 전설이었다. 그가 처음 모습을 나타났을 때 레바논 인은 철로가 결코 자기 호텔까지 뚫리지 않으리라는 걸 예감했다. 보이척이 이곳에 정착한 것은 이곳에 아무 희망이 없기 때문이었던 것이다. 그러자 레바논 인은 내게 열쇠를 넘겨주고 다른 곳으로 희망을 찾으러 가 버렸다.

우리는 함께 마리화나 담배를 피웠지만, 나를 신경쓰이게 하던 문제에 대해서는 얘기를 나누지 못했다. 브뤼노가 서둘러 떠났기 때문이다. 그는 자신의 계획을 실행에 옮기기 위해 노인들이 사는 숲속으로 향했다. 그는 거기서 노인들과 함께 살며 모든 걸 배우게 될 것이다.

이 얘기는 천천히 형태를 갖추어가고 있다. 위도 49도 북쪽에서는 그 어느 것도 매우 빠르게 이루어지지 않는다. 톰과 찰리는 기지개를 켜며 하루를 시작한다. 그러고 나서 그들은 불을 피우고 돼지비계를 넣은 감자요리를 해먹기 위해 장작난로 쪽으로 천천히 향한다. 그들은 각자 자기 집 창가에서 어떤 하루가 자신들을 기다리고 있는지 관찰한다. 해가 떠도 좋고 눈이 와도 좋다. 눈과 해, 바람, 토끼 발자국, 까마귀의 활공비행 등 모든 것을 관찰할 수 있는 이때야말로 즐거운 순간이다. 삶이 새로워진다. 그들이 이미 보지 않은 것은 아무것도 없다.

돼지비계를 넣은 감자요리를 먹고 달콤한 차를 한 잔 마신 다음 첫 담배를 피운다. 그리고 담배를 피우면서 그날 처음으로 진짜 생각다운 생각을 한다. 그전에는 뇌가 살짝 움직였을 뿐이다. 그들이 뇌를 깨우고 생각이 구분될 수 있도록 하려면 니코틴이 필요하다.

보이척이 죽고 난 뒤로 그들은 아침이면 그들의 오래된 친구를 가장 먼저 생각한다. 그들은 자물쇠가 채워져 있는 보이척의 오두막집에서 그가 그린 그림들을 발견하고 끝없이 질문을 던지게 되었다.

찰리는 두 개비째 담배를 피우면서 아침 대화를 나누기 위해 톰을 기다리고 있다. 두 사람은 날마다 이렇게 한다. 장작 난로에 불을 붙인 다음 자신의 오두막집에서 나온 톰은 테드네 집 앞을 지나다가 잠시 걸음을 멈춘다. 그리고 미라가 된 군인들처럼 잠들어 있는 그 그림들에 대해 다시 한 번 생각한다. 그리고 찰리는 그것들에 대해 뭐라고 얘기할까 궁금해 하면서 계속 걸어간다. 왜냐하면 찰리 역시 그 전날 밤 그림들이 있는 보이척의 오두막에 갔던 것이다. 그들에게는 각자의 시간이 있다.

톰이 물었다.

"도대체 왜 보이척은 그렇게 많은 그림들을 남겨놓고 죽은 것일까?"

"유산으로 남긴 거지."

"그래, 유산이라고 치세. 그에게는 아내도 없었고 자식도 없었고 다른 가족도 없었어. 매더슨 대화재 때 다 죽었거든. 그런데 왜 그림들을 우리에게 유산으로 넘겨주겠나?"

"우리가 그런 것까지 신경쓸 필요는 없어."

"그래도 신경 안 쓸 수 있나?"

"그가 원한 게 바로 그것인지도 모르지."

"그게 뭔데?"

"우리가 그를 생각하는 것."

"자, 그럼 우리 그걸 시작해보세."

매일 아침 두 사람은 이렇게, 혹은 이와 비슷하게 아무 결론도 나지 않는 대화를 나누었다. 이것은 오직 두 사람만 함께 보내는 마지막 순간이었다. 얼마 안 있으면 이글이글 타오르는 듯한 눈을 가진 아주 작고 나이든 여성과 보이척의 전설에 대해 알아보고 싶다는 핑계를 대고 그들을 찾아온 건장한 여성이 호수 공동체에 합류할 것이기 때문이었다.

자, 여기서 잠깐 숨을 고르며 20세기 초에 온타리오 북부를 폐허로 만든 대화재에 대해 얘기해야겠다.

그럼 사랑 얘기는? 조금 더 기다려야 한다. 사랑 얘기를 하기에는 너무 이르다.

# 대화재

Les Grands Feux

20세기 초, 북부 온타리오는 모든 것을 잔인하게 휩쓸고 지나간 대화재에 의해 완전한 폐허로 변해버리는 바람에 어마어마한 피해를 입었다.

불길은 세차게 부는 바람을 타고 50킬로, 100킬로 번져나가면서 지나가는 길에 숲과 마을, 도시 등 모든 걸 불태우고 사람들의 목숨을 앗아갔다. 불의 바다가, 화염의 쓰나미가 무시무시하게 으르렁거리며 거침없이 전진했다. 그걸 피한다는 건 불가능한 일이었다. 불보다 더 빨리 달려나가다가 호수 속으로 뛰어든 다음 이미 정원을 초과한 작은 배나 나무줄기에 매달려 이 괴물이 자신의 분노를 집어삼키거나 불길들이 서로를 먹어치워 더 이상 아무 것도 남아 있지 않게 될 때까지 기다려야 한다. 불이 황폐해진 검은 흙과 냄새, 그리고 나중에 잿더미 속에서 발견하거나 발견하지 못하게 될 것만 남겨놓은 채 다른 숲과 도시로 향할 때까지 기다려야 한다.

특히 티민스라는 도시는 대화재로 인해 가장 큰 피해를 보았다. 이 작은 광산도시는 네 시간 동안이나 불에 타 결국은 더 이상 아무 것도 남지 않게 되었다. 살아남은 사람들은 포오큐파인 호수로 몸을 피했다. 그리고 거센 불길이 집과 상점, 기차역을 향해 달려드는 것을 몇 시간 동안 두려움에 떨며 지켜보아야만 했다. 이 모든 것은 건설된 지 이제 겨우 2년밖에 되지 않았다. 이 도시는 2년 전에 탄생한 것이다. 그러나 비극은 거기서 끝나지 않았다. 그러고 나서 불길은 북동쪽으로 향해 거기서 80킬로 떨어진 도시 코크런을 유린했는데, 이 도시는 그 전 해에도 불에 탔었고 5년 후인 1916년 일어난 매더슨 대화재 때 또 불에 탈 것이다.

매더슨 대화재 때 사람들이 가장 많이 죽었다. 사망자가 무려 243명이었다. 하지만 이것은 공식적인 숫자에 불과하다. 이 숫자에는 탐광자와 모피사냥꾼, 떠돌이처럼 이름도, 국적도 없는 사람들, 존재하지 않는 사람들, 이곳저곳 여행하는 사람들은 포함되어 있지 않았다. 이 지역은 새로운 개척지여서 온갖 부류의 모험가들이 몰려들었다. 그들 중 일부는 말라붙은 개울에서 발견되었지만, 거의 대부분 불에 그을린 작은 뼛조각으로 변해 바람에 멀리 날아가버리는 바람에 사망자 수에 포함될 수 없었다. 사망자가 5백 명에 달할 거라고 말하는 사람들도 있었다.

매더슨 대화재가 일어나고 나서 6년 뒤인 1922년 10월 4일, 이번에는 헤일리버리라는 도시에서 큰불이 일어났는데, 지금까지 발생한 화재 중에서 피해규모가 가장 컸다. 이 지역의 주도(州都)이며 북부 온타리오에서 유일하게 도시다운 도시였던 헤일리베리를 폐허로 만들어버렸던 것이다. 이 도시에는 전차역과 대성당, 수도원, 학교, 병원이 있었는데, 이 건물들은 모두 돌로 지어져서 불이 나도 끄떡없을 것이라 생각했지만 실제로는 불길의 벽 아래서 마치 짚줄기처럼 붕괴되어 버렸다. 불길을 피한 것은 오직 백만장자들의 거리뿐이었다. 헤일리버리의 벼락부자들은 이 거리에 위용을 자랑하는 열두 채의 대저택을 지었다. 그들은 몇 킬로 가량 떨어진 작은 도시 코발트의 은 광산을 개발해 큰돈을 모았는데, 이 도시는 고립된 화재를 당해 세 번이나 불에 탔지만 이번에는 웬일인지 불길이 방향을 바꾸어 무사할 수 있었다.

불은 아무 이유 없이 변덕을 부린다. 가장 높은 산꼭대기로 올라가서 하늘에서 푸른빛을 뜯어내고 불그르스름한 빛으로 퍼져나가면서 부풀어오르기도 하고 훽훽 소리를 내기도 한다. 불은 전지전능한 신처럼 살아 있는 모든 것을 향해 돌진하고, 이쪽 강 기슭에서 저쪽 강 기슭으로 뛰어오르고, 물에 잠긴 계곡으로 뛰어들고, 이탄지를 집어삼키지만, 둥근 목초지에서 풀을 뜯는 암소는 그냥 내버려둔다. 여기서 우리는 불이 이처럼 엄청난 힘을 가지면 오직 그 자신에게만 복종한다는 사실을 알 수 있다.

둥근 목초지에서 풀을 뜯고 있는 암소보다 훨씬 더 기적적인 것은 개울에서 발견된 아이들이었다. 사진작가는 개울에서 발견된 아이들에 관한 얘기를 여러 차례 들었다. 처음에 그녀는 이 얘기를 믿지 않았다. 하지만 사람들은 그 얘기가 사실이라는 주장을 끝까지 굽히지 않았다. 한 아이가 그 다음 날 발견되었는데, 온몸이 그을음과 진흙으로 덮여 있기는 했지만 다행히 살아 있었다고 했다. 사진작가가 믿을 수 없었던 건 아이가 '그 다음 날' 발견되었다는 사실이었다. 아무리 그래도 아이는 아이다. 불길이 폭풍처럼 밀려오자 아이가 본능적으로 물속으로 뛰어드는 건 당연한 일이지만, 불의 유령들 가운데서 공포에 사로잡히지 않고 밤새도록 머무른다는 건 상상하기 힘들다. 불은 땅이 한숨을 내쉬는 듯한 소리와 천천히 폭발하는 나무, 탁탁소리를 내기도 하고 휘파람 부는 듯한 소리를 내기도 하는 검게 탄 시신들을 남겨놓는다. 밤이 되자 괴물들이 사방에서 분주히 움직이는데 어떻게 어린아이가 구해주러 올 때까지 조용히 기다릴 수 있단 말인가?

사진작가는 우선 여섯 살짜리 소녀에 관한 얘기를 들었는데, 이 소녀는 아기 두 명을 돌보는 일을 맡았다가 그 다음 날 울음과 연기로 인해 눈이 빨개졌지만 멀쩡하게 살아서 발견되었다. 오직 이 소녀만 심각한 화상을 입었다. 그리고 다섯 살 먹은 소년도 있다. 이 아이의 부모는 건초 싣는 수레를 타고 도시로 피신하는 두 남자에게 아이를 맡겼다. 이렇게 하면 아이가 살아날 가능성이 높다고 생각해서였다. 그들은 그들의 작은 농가를 지키는 데 성공했으나, 수레보다 조금 더 넓은 오솔길을 따라가던 두 남자는 순간적으로 그들이 살아남지 못할 것이라 생각했고 과연 그들의 생각은 옳았다. 왜냐하면 오솔길이 화염의 터널로 변해버렸던 것이다. 그들은 아이의 생명을 위험에 빠뜨리기보다는 아이를 개울에 버려둔 다음 화염의 터널 속으로 들어가는 쪽을 택했다. 수레는 철골만 발견되었지만 아이는 살아남았다. 그 다음 날 아이를 발견한 것은 아이 아버지였다.

이 얘기를 내게 해준 것은 로즈 쿠슈너라는 91세의 할머니였다. 사진작가는 그녀가 이제 청년이 된 그 소년을 알고 있었다는 얘기를 그녀로부터 들을 때까지는 그녀의 얘기를 믿으려 하지 않았다. 로즈의 얘기에 의하면, 그는 살아남기는 했지만 그의 일부를 개울 속에 버려두었다고 하였다. 그는 사람들에게 어떻게 말을 해야 하는지를 알지 못했다. 단어가 입밖으로 나오지 않는 것이었다. 사람들은 꼭 유령에게 얘기를 하는 듯한 느낌을 받았다.

로즈 자신도 하나의 기적이었다. 그녀와 그녀의 가족은 감자

밭의 행 사이를 손으로 파헤쳐서 살아남았다. 그리고 화염의 파도가 그들 위로 밀려오는 동안 각자가 자신이 판 고랑 속에 얼굴을 땅에 붙이고 납작 엎드려 있었다. 그녀의 어머니는 등과 엉덩이에 화상을 입었다. 막내를 보호하기 위해 온몸으로 감싸고 있었던 것이다.

살아남은 사람들이 하는 얘기는 모두 끔찍하고 무시무시했다. 그래서 사진작가는 밤에 악몽을 꾸었다. 하지만 그녀는 결코 포기하지 않았다.

노인들을 한 사람 두 사람 만나면서 그녀는 마치 자신이 직접 겪어보기라도 한 것처럼 대화재에 대해 잘 알게 되었다. 그녀는 거의 모든 곳에서 이런 노인들을 만날 수 있었다. 매더슨에서, 티민스에서, 헤일리버리에서, 음산한 분위기의 마을에서, 지도에도 안 나와 있는 외딴 촌락에서, 윤이 반짝반짝 나는 깨끗한 오두막집에서(담브로비치 자매는 전기 설치하는 걸 거부했다. 하지만 그들은 한 사람은 피아노를, 또 한 사람은 첼로를 연주하며 연주회를 열었다), 양로원(그녀가 여기서 만난 사람들은 모두 치매를 앓고 있었다)에서 사람들은 대화재 얘기를 하며 거기서 살아남았다는 걸 놀라울 정도로 자랑스러워했다.

대화재 때는 영웅과 순교자들이 있었다. 보이척은 영웅도 아니었고 순교자도 아니었지만, 매더슨 대화재 당시 살아남은 사람들이 하는 모든 얘기에 빠지지 않고 등장했다. 심지어는 그를 알지도 못하고, 그를 단 한 번도 본 적 없으며, 그에 관해 증언할 게 아무것도 없는 사람들도 그에 대해 얘기할 정도였다. 에드 보이척, 테드 혹은 에드워드(그의 성이 무엇인지 아는 사람은 아무도 없었다)는 매더슨 대화재의 수수께끼 같은 인물이다. 연기 나는 잔해 속을 걷는 소년. 그는 자주 이렇게 불렸다.

엄청 더웠던 1916년 7월 29일 아침, 그는 열네 살이었다. 그는 건장한 소년으로 말은 별로 없었지만 쓸모 있는 일꾼이었다. 그는 매더슨의 한 상인이 살게 될 집을 짓는 공사에 석공 중 한 명으로 일하게 되었다. 그의 가족이 매더슨에서 10킬로미터 정도 떨어진 곳에 살고 있어서 그는 개척된 지 얼마 되지 않아 자동차 도로가 아직 깔리지 않은 이 지역에서 유일하게 도로다운 도로라고 할 수 있는 철로를 따라 매일 같이 아침과 밤에 집과 일터를 오갔다.

덥고 건조한 날이었다. 태양에게 바치는 제물처럼 펼쳐지는 숲이 없었더라면 사하라 사막에 와 있다고 믿을 수도 있었을 것이다.

철로를 따라 라모어 쪽으로 걸어가는 보이척의 모습이 목격되었다. 불은 아직 위협적이지 않았다. 여기저기서 연기가 솟아오르고 있었지만, 사람들은 이런 모습에는 이미 익숙해져 있었다. 그때는 산불의 계절인 여름이어서 연기는 자연스레 풍경의 일부를 이루었다.

사람들은 조금 뒤 밭에서 그의 모습을 보았다. 정오가 지나자 엄청나게 센 바람이 불기 시작하더니 이곳저곳의 산불을 한데 모아 거대한 횃불을 만들어냈다. 하늘이 석탄처럼 새까맣게 변했고, 기관차가 전속력으로 달릴 때 나는 것 같은 엄청난 굉음이 멀리서 들려왔다. 사람들은 그게 무엇인지 알고 있었다! 땅 속으로 움푹 꺼진 곳에 몸을 피했던 두 소년이 소리를 지르며 보이척의 주의를 끌려고 애썼다. 그가 자기들과 함께 은신하도록 하기 위해서였다. 하지만 소용없었다. 불길이 그들의 목소리를 뒤덮어버렸다. 그래서 보이척은 아무 소리도 듣지 못했다. 밭의 끝에 서 있던 그의 모습은 이미 보이지 않았다. 연기가 해를 완전히 가려버리면서 사방이 한밤처럼 어두워졌다.

사람들은 섬광 속에서 수레보다 조금 넓은 오솔길을 전속력으로 달려간 사람이 바로 보이척이었다고 믿었다. 그는 셔츠를 머리 높이까지 걷어 올린 다음 불길의 벽 속으로 뛰어들었다. 그게 보이척이라고 사람들이 믿은 것은 불길의 벽 뒤에 그의 집이 있었기 때문이다. 그렇지만 백프로 확실한 건 아니었다. 그를 봤다고 믿는 사람은 진흙 웅덩이에 입까지 잠겨 있었다. 그렇기 때문에 뜨거운 단도가 그의 망막 깊은 곳을 찌르는 듯한 격심한 통증을 느끼며 불길 속으로 뛰어드는 한 소년의 모습만 간신히 마음속에 영원히 간직할 수 있었을 뿐이었다.

어린 보이척이 어떻게 살아남을 수 있었는지는 알 수 없다. 그가 자기 집에 갈 수 있었는지도, 집에 가서 아버지와 어머니, 다섯 명의 형제를 보았는지 그것도 알 수 없다. 그의 가족은 야채 저장고 속에서 서로 부둥켜안은 채 모두 질식하여 숨져 있었다. 그들은 보라색 입술 사이로 공기를 들이마시려고 마지막까지 발버둥치다가 숨을 거두는 바람에 시신이 뻣뻣하게 굳어버려 푸르스름한 색을 띠고 있었다. 사람들은 이 모든 것에 대해 전혀 알지 못했다. 보이척이 입을 열지 않았기 때문이다. 그는 평생동안 대화재에 대해서도, 자신의 방랑에 대해서도 일체 언급하지 않았다.

늪에 있다가 살아남은 사람은 진흙층에서 몸을 일으켰다. 그가 움직일 때마다 그의 몸을 뒤덮고 있던 두꺼운 진흙이 딱지처럼 떨어져내렸다. 그는 보이척을 또 다시 보았다고 믿었다. 하지만, 뜨겁게 달구어진 단도로 망막을 찌르는 듯 끔찍하게 고통스러워서 앞을 제대로 볼 수 없었기 때문에 무거운 걸음으로 오솔길을 내려가는 불확실한 형태밖에는 구별할 수가 없었다. 이 남자는 몇 달을 병원에 입원해 있어야만 했다. 진흙이 반점처럼 그의 살 속에 박혀 익어버렸던 것이다.

모든 사람들은 대화재가 끝나고 처음 맞이하는 순간에 관해 얘기하면서 이건 무슨 색이다라고 딱 잘라 말할 수 없는 한 가지 색에 대해 언급한다. 그것은 다시 열린 하늘과 아직도 천천히 타고 있는 땅이 퍼트리는 빛의 색깔이다. 화염덩어리가 나무 밑둥에서 천천히 폭발하더니 불똥을 길게 분출하며 퍼져 나갔다. 밑동이 검게 타버렸지만 푸른 하늘 아래 여전히 서 있던 나무들은 웅웅거리는 소리와 함께 짙은 흰색 재를 자욱하게 내뿜으며 무너져내렸다.

사람들은 결국 말했다. 불길이 잦아들자 황금색 빛이 비치더군요. 신의 빛이 우리를 찾으러 온 것이죠. 그들 모두는 자기들이 세상의 종말을 체험했다고 느꼈다.

네 사람은 천사가 연못으로 찾아오기를 기다리고 있었다. 물이 그들의 겨드랑이까지 차 올랐다. 얼굴에 가늘고 긴 진흙 자국이 남아 있는 그들의 큰 눈은 멍해 보였다. 그들은 자기들이 지상에 마지막으로 남은 인간이라고 믿었다. 역시 연못으로 몸을 피한 고라니 한 마리와 이 얘기를 해준 사람의 어깨에 걸터앉아 목청껏 노래를 부르고 있는 새 한 마리도 그들과 함께 황금빛 속에 있었다.

그들은 어린 보이척이 지나가는 것을 보았다.

그는 연기가 모락모락 나는 잿더미 속을 정처없이 걷고 있었다. 온몸이 그을음과 긁힌 상처로 덮여 있었지만 건강해보였다. 웃통을 벗고 있었다. 오른손에 누더기 같은 걸 두르고 있었는데, 아마도 셔츠를 찢어서 만든 붕대인 것 같았다.

그들은 보이척을 소리쳐 불렀다.

소년은 아주 가까이 지나갔지만 그들을 보지 못했고, 그들은 그가 돌아보도록 뒤에 대고 소리를 질러야만 했다. 그러던 그들은 보이척의 핏발 선 눈과 멍한 시선을 보고 그가 앞을 보지 못하게 되었다는 사실을 깨달았다.

연못의 생존자가 말했다. 보이척은 아무 소리도 듣지 못한 것처럼 길을 계속 가더군요. 마치 신의 발자취를 따라 걷는 사람처럼 말입니다. 그는 꼭 어느 거인의 발자국에 발이 옭매인 사람처럼 걷고 있었어요.

그는 매더슨과 누슈카, 몬티스, 포키스 종크션, 앤슨빌, 이르퀴이 폴즈에 이어 다시 매더슨과 누슈카에서 목격되었고, 매더슨과 누슈카에 마지막으로 나타났다가 그 이후로는 완전히 종적을 감추었다. 왜 그가 이렇게 같은 곳을 뱅뱅 돌며 6일 동안이나 정처없이 걸었을까, 그 이유를 아는 사람은 아무도 없었다. 세상이 종말을 맞았다고 생각되던 7월 29일 토요일부터 한 여성이 생존자들을 토론토로 데려가는 열차 안에서 그를 보았다고 생각하는 8월 3일 목요일까지는 6일이라는 시간이 있었다. 이 6일 동안 왜 그는 그렇게 떠돌아다녔던 것일까?

매더슨에서는 누군가가 그의 손에 붕대를 감아주었다.

오직 세 채의 집만 대화재를 견뎌냈다. 그중 한 집은 보건소로 개조되었다. 여성들이 가정용 리넨 제품과 커튼, 수건, 시트를 찢어서 붕대로 만들었고, 겨울철에 쓰려고 단지에 보관해둔 거위 기름은 상처에 바르는 연고로 쓰였다.

이제 아흔세 살의 노인이 된 어린 소녀는 어린 보이척을 기억하고 있었다. 그녀가 그를 기억하고 있었던 것은, 그가 바지만 입고 있었고, 살에 달라붙은 누더기를 떼어내자 신음소리를 냈기 때문이다. 그의 손바닥은 그야말로 밝은 빨간색 근육 덩어리에 불과했다.

누슈카에서 그는 지팡이를 짚고 다녔으며 그의 것이 아닌 셔츠를 입고 있었다.

누슈카는 매더슨에서 북쪽으로 10여 킬로미터 떨어져 있으며 캐나다인과 프랑스인 농민들이 살고 있는 마을이었다. 지금 이 마을은 자기 교구의 신자들을 구하려고 애써서 이곳 사람들의 기억에 영웅으로 남아 있는 젊은 신부를 기리는 뜻에서 발 가네(역주 – 승리를 거둔 골짜기라는 뜻)라고 불린다. 스물일곱의 나이로 이 교구에 처음으로 부임한 이 신부는 전혀 아무 경험이 없었고, 특히 산불은 단 한 번도 겪어본 적이 없었다. 하지만 일체의 희망이 사라진 것처럼 보였을 때 그는 신자들에게 철도를 깔기 위해 언덕에 뚫어놓은 점토 회랑 속으로 피신할 것을 제안했다. 이것은 나쁘지 않은 생각이었다. 회랑은 점토질로 이루어져 있고 초목이 없는 가파른 경사지 속에 깊이 파여 있어서 불길을 피할 수 있을 것이라 생각되었던 것이다. 하지만 신부는 불의 역학을 전혀 이해하지 못하고 있었다.

불길은 실제로 점토 회랑 위로 지나갔다. 하지만 회랑 안에 있는 산소를 전부 다 빨아들였다. 그 바람에 쉰일곱 명이 질식하여 목숨을 잃고 말았다.

어린 보이척은 대화재가 일어난 날 밤에 목격되었다. 보슬비가 내리기 시작했다. 불을 끄기에는 턱없이 부족했으나 열기를 식히기에는 충분했다. 그는 시몽 오몽과 마주쳤을까? 아마도 아닐 듯하다. 시몽 오몽은 아마도 그의 귀리밭에서 의식을 잃은 채 쓰러져 있었을 것이다. 그의 옆에는 태어난 지 몇 달 안 되는 그의 아기가 주검이 되어 누워 있었다. 하지만 그는 이 끔찍한 비극이 끝나고 난 뒤에도 살아남게 되었다. 숲에서 일을 하고 있다가 불 폭탄이 터지자 가족을 구하기 위해 마을로 달려갔던 그는 아내와 아홉 명의 아이들이 질식사로 숨진 채 현관문 앞에 쓰러져 있는 것을 발견했다. 오직 아기만 어머니의 품속에서 여전히 숨을 내쉬고 있었다. 그는 탁 트인 공간에서는 공기를 충분히 마실 수 있을 것이라 생각하고 아이를 귀리밭으로 안고 갔다. 하지만 지독한 무더위를 이겨내지 못한 그는 아기를 옆에 내려놓고 털썩 주저앉았다. 시련을 극복하고 살아남은 시몽 오몽은 누슈카가 겪은 고통의 상징이 되었다. 사람들은 그의 스토리에 이것저것 살을 붙여서 자기들이 원하는 얘기를 만들어냈다. 막상 본인은 거기 대해 일체 언급하고 싶어 하지 않았는데 말이다.

누슈카는 죽음의 마을이었다.

보이척은 철로를 따라 걷다가 이 마을에 도착했다. 그는 대화재에 희생된 수많은 시신들 중 첫 번째 시신에 발이 걸렸다. 보이척이 그걸 시신이라고 생각한 것은, 이 사람이 빗속에서 꼼짝않고 누워 있었기 때문이다. 보이척은 이 사람이 죽었다고 믿었다.

한 여인과 그녀의 두 아이도 같은 길을 통해 몬티스를 향해 걷고 있었다. 그들은 자신들이 겨우 구할 수 있었던 유일한 재산인 암소 한 마리를 끌고 갔다. 세 사람은 아버지가 일하는 몬티스 실험농장에 갈 생각이었다.

그 당시 여덟 살이었던 아들과 여섯 살이었던 딸의 말에 따르면 그들의 어머니는 이미 오래 전부터 이 세상 사람이 아니었다. 우선은 짐짝처럼 포개져 있는 그 시신들을 보고 받은 충격 때문이었다. 아이들은 사람들이 잠을 자고 있다고 믿었다. 하지만 진실을 알고 있는 어머니는 아이들의 손을 잡아당겨 그들을 시체더미로부터 멀리 떼어놓았다. 바로 그때 길고 슬프고 단조로운 외침이 어둠 속에 울려퍼졌다. 암소가 본능적으로 죽은 사람들을 알아보고 오랫동안 그들을 애도하며 울었던 것이다. 어린 보이척은 암소의 울음소리를 듣고 죽은 자들 사이에서 깨어났다.

그는 꿈속에서 본 어떤 모습이 아직 머릿속에 남아 있었던 듯 살짝 미소지었다. 그러다가 빗방울이 얼굴에 떨어지는 게 느껴지자 졸린 듯한 목소리로 다 끝난 거냐고, 벌써 아침이냐고 물었다.

그들은 함께 길을 갔다.

이 일과 그 뒤에 일어난 다른 일들은 보이척이 정처없이 떠돌아다녔다는 사실을 확인할 수 있게 해주는 귀한 정보다. 왜냐하면 그날 7월 29일 밤에 그를 본 사람들이 또 있었기 때문이다. 이 사람들은 특히 슬프게 울어대는 암소를 기억하고 있었지만, 이 앞 못 보는 소년도 잊지 않았다.

대화재가 끝나자 대이동이 시작되었다. 아버지는 가족을, 아내는 남편을, 아이는 부모를 찾아다녔다. 어린 보이척은 이 수많은 떠돌이 중 한 명이었다. 하루 이틀 시간이 지나고 사람들이 이런 얘기 저런 얘기 덧붙이면서 전설이 탄생했다. 사람들은 오랫동안 대화재에 대해 얘기했고, 마구 뒤섞인 이 얘기들 속에는 연기가 모락모락 나는 잔해 속을 걷는 눈먼 소년이 어김없이 등장했다.

그렇지만 이 소년이 완전히 앞을 보지 못했던 것은 아닌 듯하다. 어떤 이는 기차에 시신을 실을 때 그가 도움을 주었다고 말했고, 또 어떤 이는 열차에서 구호물자를 내리는 사람들 속에서 그를 보았다고 말했다. 그리고 토론토 행 열차 안에서 그를 보았다고 말한 여성도 보이척이 앞을 보지 못하더라는 말은 하지 않았다. 이 여성에 따르면, 그녀가 그에게 관심을 가진 것은 그가 혼자였던 데다가 얼굴에 아무 표정이 없었기 때문이었다. 그는 사람들이 짐을 옮기는 걸 도와주었지만, 그때 그 자신은 거기 없고 다른 사람이 자기 대신 행동하도록 내버려두는 것처럼 보였다. 바로 이 멍한 시선 때문에 사람들은 모든 얘기에서 그를 알아보았으며, 그가 앞을 보지 못한다고 그렇게 오랫동안 믿었다. 화재로 인한 실명은 거의 대부분의 경우 일시적인 현상이기 때문에 그는 점차 시력을 회복했을 텐데 말이다.

연기가 모락모락 나는 잔해 속을 걸어가는 한 소년의 모습은 시간이 지나도 사라지지 않고 수많은 이야기를 낳았으며, 살아남은 사람들의 상상세계 속에 자주 나타났다. 그의 이 모습이 보이척 신화를 만들어냈다.

1916년 대화재의 기억을 보존하기 위해 지은 작은 매더슨 시립 박물관에는 보이척에 관한 기록이 단 한 가지도 남아 있지 않다. 사진도 한 점 없고 글도 한 편 없다. 하지만 만일 당신이 이 박물관을 책임지고 있는 여성과 얘기를 나누다 보면, 당신은 오직 한 가지 사실만은 기억해야 된다고 느끼게 될 것이다. 즉 대화재가 일어났기 때문에 이 눈 먼 소년이 그의 연인을 찾아 며칠 동안 걸어다녔다는 것이다. 이 소년이 왜 그렇게 이상하게 행동했는지 설명할 수 있는 것은 오직 사랑뿐이다. 첫사랑은 우리에게 날개를 달아주고, 우리가 우리 자신을 넘어서게 해준다.

사진작가는 박물관 책임자가 하는 얘기에 귀를 기울이기는 했지만, 그 얘기를 곧이곧대로 믿지는 않았다. 보이척에 관한 얘기는 수없이 많았지만, 그중에서 가장 기발한 것은 황금 부싯돌에 관한 얘기다. 북유럽 신화에는 늘 신비스러운 황금 부싯돌이 등장한다. 훔쳐서 어디엔가 묻어놓은 황금. 추격자들에게 쫓겨 도망치다 죽거나 돌아왔지만 황금을 어디에 숨겼는지 발견하지 못하는 도둑. 온타리오 북부에는 발굴되기를 기다리는 황금 부싯돌이 엄청나게 많을 듯. 그러니 보이척은 불이 나자 모습을 드러낸 황금을 찾기 위해 그렇게 여기저기 돌아다녔으리라는 것이다. 사진작가는 이 같은 주장을 전혀 믿지 않았다. 아버지 어머니가 목숨을 잃었고 주변이 온통 죽음과 폐허뿐인 상황에서 도대체 어떻게 황금을 찾아다닐 수 있단 말인가?

어쩌면 보이척은 아무 동기 없이 그렇게 떠돌아다녔는지 모른다. 어쩌면 그는 불의 광기(어떤 사람들은 이렇게 표현한다)에 휩싸여 고통스러워하다가 뇌가 마비되고 완전히 망가져서 정처없이 방황했는지도 모른다. 불길의 벽 앞에서 사람들이 일체의 감각을 잃어버리는 건 처음 있는 일이 아니었다. 이때 사람들은 아무 반응도 보이지 못하고 생존본능도 발휘하지 못한다. 불은 산소를 먹고 산다. 높은 곳, 낮은 곳 안 가리고 지나가는 모든 곳의 산소를 빨아들이고, 사람들이 눈치채지 못하는 사이에 그들의 뇌를 먹어치운다. 물론 불의 광기나 실명 상태는 짧게는 몇 초, 길어봤자 몇 분에 불과한 일시적인 현상이지만, 만일 누군가가 옆에서 흔들어 깨워주지 않으면 죽을 수도 있다. 뇌에서 산소가 제거되면 질식 상태가 되거나, 최악의 경우 뇌가 타서 탄화될 수 있다. 뇌가 숯이 되어버릴 수도 있는 것이다.

더 은밀한 불의 광기가 존재한다. 그것은 불길이 퍼져나가면서 불러일으키는 일종의 현혹이다. 불길은 무한한 힘을 가지고 있으며, 연기 속에서 눈부신 색깔을 띤다. 불에 대한 두려움은 살아남기 위해 달리는 내내 느껴진다. 그리고 자기가 살아 있다는 걸 확인하기 위해 계속 앞으로 나가고 싶은 억누를 수 없는 욕구를 이겨내지 못해 죽은 사람들의 숫자를 세다 보면 이 같은 느낌은 점점 더 강해진다. 사람들은 어린 보이척이 불을 보고 환각을 일으켰다고 말했다. 사진작가는 이 얘기는 어느 정도 믿었다.

하지만 꽃에 관한 얘기는 헛소리라고 생각하여 믿지 않았다. 보이척은 골짜기에서 목격되었는데, 한 손에는 꽃다발을, 다른 손에는 지팡이를 들고 허리까지 쌓인 잔해 속을 걷고 있더라는 것이었다. 꽃들은 꼭 태양처럼 꽃잎은 노란색을, 한가운

데는 황금색이 감도는 갈색을 띠고 있었다. 좋아하는 여자에게 줄 꽃이었다고 박물관 책임자가 말했다. 사진작가는 그녀가 이렇게 얘기하도록 그냥 내버려두었다.

보이척의 방랑은 평생 동안 계속된 듯 하다. 작업복을 입고 있었지만 수려한 그의 모습이 6년 뒤에도 다시 목격되었던 것이다. 그는 철로 보수반에 소속되어 있었다. 그는 잘생기고 품격이 있었지만 늘 침울하고 다른 사람과 대화를 하지 않았다. 누가 시키면 겨우 한 마디씩 할 뿐 결코 다른 이들과 얘기를 나누지는 않았던 것이다. 그는 석 달만에 떠났다 4년 뒤에 돌아오고, 다시 떠났다가 돌아오는 식으로 흔적을 남기지 않고 나타났다 사라지기를 되풀이했다. 선로공과 목수, 탐사자 등 그의 작업동료들은 함께 일하면서 들인 습관에 따라 그를 테드로 부르기도 하고 에드라고 부르기도 하고 에드워드라고 부르기도 했다. 이들 가운데 자기가 그의 친구라고 말하는 사람은 단 한 명도 없었다. 그의 이름은 계속 바뀌었다. 하지만 눈길은 여전히 촛점을 잃고 멍해 보였다.

사진작가는 어떻게 해야 이 시선의 부재를 사진에 고정시킬 수 있을까 생각했다. 그가 노인이라는 사실을 알고 있던 사람들은 그의 눈에서 무엇인가를 보는 건 불가능하다고 그녀에게 말했다. 그건 쓰여지지 않은 책을 읽으려고 하는 거나 마찬가지라는 것이었다. 자기가 뭘 보려고 하는지 생각하다보면 길을 잃어버리는 것이다.

나이든 사람들에게 가장 중요한 건 눈이다. 살은 입과 눈, 코, 귀 주위에서 떨어져나오고 내려앉고 뭉쳐져 주름진 매듭이 된다. 그것은 파괴되어 누구인지 알 수 없게 된 얼굴이다. 어떤 노인의 눈을 보지 않으면 그에 대해 아무것도 알 수 없다. 눈에는 그가 살아온 역사가 담겨 있는 것이다.

사진작가는 생각했다. 시선이 공허하면 사진도 공허할 거야.

그녀는 노인들 사진을 백여 장이나 찍었지만, 그걸 어디에 쓸 지는 생각해본 적이 없었다. 책으로 만들 것인지, 아니면 전시회를 할 것인지, 아직은 결정하지 못했다. 그저 막연하게 무언가를 찾아다니고 있을 뿐이었다. 그녀의 계획은 그녀가 나이가 매우 많은 사람들을 만나고 그들의 눈에 어떤 얘기가 담겨 있는지를 알게 되었을 때 느껴지는 즐거움 속에서만 의미를 발견했다.

그녀는 이 모든 것이 2년 전 4월 어느 날 오후 토론토 하이파크 공원에서 시작되었다는 것을 알고 있었다.

토론토에서 4월 초의 하루 하루는 축복이다. 푸른색 린넨 외투 차림의 키 작은 노파가 잎이 다 떨어진 키큰 참나무 아래 놓인 벤치 끝에서 햇빛을 쬐고 있었다. 사진작가의 눈을 가장 먼저 잡아끈 것은 겨울이 끝나갈 무렵의 그 엷게 바랜 갈색에 찍힌 선명한 색의 얼룩이었다.

외투의 진한 청색과 베레모의 진홍색, 베레모에서 삐져나온 흰색 곱슬머리, 눈부신 흰색이 있었고, 베레모의 둘레와 가운데에서는 꼭 수를 놓은 듯한 은색 구슬들이 햇빛에 흔들리고 있었다. 이 여성의 발밑에는 당초무늬가 수놓아진 커다란 천 가방이 놓여 있었고, 벤치 왼쪽에는 붉은색 바둑판 무늬가 들어가 있는 네모난 노란색 천 하나가 놓여 있었다. 이 여성은 이 천 위에 놓여 있는 빵 부스러기를 집어 새들에게 나눠주고 있었다.

사진작가는 벤치 반대쪽에 자리잡고 조심스럽게 그녀를 관찰했다.

그녀는 나이가 꽤 많이 들어 보였다. 심지어는 뼈까지 쪼그라진 것처럼 보일 정도였다. 그리고 그녀의 마음속에는 뭔가가 해결되지 않고 남아 있는 것 같았다. 비둘기들에게 빵 부스러기를 나눠주는 동안 그녀는 꼭 허공 속으로 퍼져나가는 무수히 많은 생각에 이끌려가는 듯 했다. 그녀는 천천히, 그러나 꼼꼼하게 행동했다. 노란색 천에 놓여 있던 빵 부스러기를 비둘기들에게 다 주고 나면 주머니 속에서 커다란 빵 덩어리를 꺼내어 속살을 파낸 다음 작은 공처럼 둥글게 빚어 천 위에 촘촘히 올려놓는 것이었다.

사진작가는 감히 그녀의 사진을 찍지 못했다. 하지만 찍었어야만 했다. 그녀의 눈가에서 주황색 빛 한 줄기가 반짝반짝 빛나고 있었다. 이 사진작가는 자기가 어떻게 해서 그녀와 대화를 나누기 시작했는지, 그리고 어떻게 해서 대화재에 대해 얘기하기 시작했는지 기억하지 못했다.

키 작은 노부인은 매더슨 대화재 때 살아남은 사람이었다. 그녀는 밤이 된 것처럼 어두컴컴한 하늘에 대해, 파리처럼 떨어져내리던 새들에 대해 사진작가에게 얘기했다.

그녀가 말했다. "새들이 비오듯 하늘에서 떨어져 내렸어요. 바람이 불기 시작하더니 검은 연기가 둥근 지붕처럼 하늘을 뒤덮자 공기가 희박해졌지요. 우리는 열기와 연기 때문에 숨을 제대로 쉴 수가 없었어요. 그건 새들도 마찬가지여서 우리 발밑으로 비오듯 떨어져 내렸답니다."

두 사람은 머릿속에 떠오르는 대로 이런저런 이야기를 나누었다. 하이파크 공원에서 살고 있는 사반나 참나무, 올 듯 말 듯 아직 오지 않는 봄, 때때로 그들의 귀에 들려오는 도시의 소음, 다시 대화재, 공원 오솔길에 버려져 있는 쓰레기, 실종된 시민의식, 그리고 또 다시 대화재.

그녀가 말했다. "불길이 하늘 높이 치솟아 올랐어요. 그 순간 우리는 꼭 불의 바닷속 깊은 곳을 헤엄치는 듯 했지요."

사진작가는 이 모습을 자신의 기억 속에 기록했다. 하지만 이 키 작은 노부인이 떠나려 하고 있었다. 비둘기들에게 주는 빵 부스러기가 다 떨어졌고, 해가 뉘엿뉘엿 넘어가고 있었던 것이다. 사진작가는 그녀에 대해 아무것도 모르는데, 심지어는 그녀의 이름조차 모르는데 떠나려 하고 있었다. 그러자 사진작가는 자기가 알고 싶은 건 오직 그것뿐이라는 듯, 그녀의 나이를 물었다. 마치 어린아이에게 묻듯 말이다.

키작은 노부인이 대답했다. "백두 살이예요." 그리고 그녀의 두 눈이 장난기로 반짝반짝 빛났다.

그녀는 지팡이를 짚고 벤치에서 몸을 일으키더니 어리둥절해하는 사진작가를 내버려둔 채 곧장 앞으로 걸어나갔다. 그녀는 정말 백두 살인 걸까?

모든 것은 거기에, 자기가 백두 살이라며 재미있어 하던 그 노부인의 눈 속에서 반짝반짝 빛나던 분홍색 빛과 새들이 검은 하늘 아래 비오듯 우수수 떨어져내리던 장면 속에 있었다. 모든 것은 이 분홍색 빛과 이 장면에서 비롯되었다. 만일 그때 사진을 찍었더라면, 만일 하이파크 공원에서 만난 그 노부인의 눈 속에서 우수수 떨어지는 새들의 사진을 찍었더라면, 이 사진작가는 위험하게 북부 지방의 도로를 달리지 않아도 되었을 것이며, 이렇게 사람들을 찾아다니는 일을 시작하지도 않았을 것이다.

그녀는 종말론적인 아름다운 광경을 기억 속에 간직하고 있는 한 노부인에게, 그리고 이어서 같은 광경을 기억 속에 간직하고 있는 모든 나이든 사람들에게 매혹되고 강한 호기심을 느꼈다.

그녀는 자신이 생각했던 것보다 더 많이 그들을 좋아하게 되었다. 그녀는 그들의 쇠약한 목소리와 초췌한 얼굴을 좋아했고, 그들이 느리게 움직이는 것을, 그들이 그들에게서 달아나는 단어와 되살아나지 않는 기억 앞에서 망설이는 것을 좋아했다. 그녀는 그들이 생각의 흐름 속에서 표류하는 것을, 그러더니 무슨 말을 하다 말고 꾸벅꾸벅 조는 것을 좋아했다. 그녀에게는 노년기가 자유의 마지막 피난처처럼 보였다. 이 나이가 되면 일체의 굴레를 벗어던지고 마음이 제멋대로 움직이게 내버려둘 수 있는 것이다.

그녀는 대화재에서 살아남았다고 알려진 모든 사람을 만났다. 보이척은 맨 나중에 만날 계획이었다.

찰리가 말했다. 죽어서 묻혔어요. 톰은 이렇게 말했다. 죽을 때가 돼서 죽은 겁니다. 매더슨 대화재의 전설은 더 이상 이 세상 것이 아니었다. 그녀는 이 같은 사실을 그다지 놀라워하지 않았다. 그 전날 죽은 사람의 집 문을 두드리기도 했고, 그 전전날 죽은 사람의 집 문을 두드리기도 했으며, 오래 전에 죽은 사람의 집 문을 두드리기도 했다. 그녀는 지나치게 슬퍼하지도, 실망하지도 않았다. 톰과 찰리는 한 번 찾아가서 만나볼 만한 사람들이었다. 잘 웃는 이 두 은둔자는 그녀의 노인 컬렉션에서 매우 보기 드문 존재들이다. 그녀는 그들의 은둔지로 돌아가기로 결심했다. 사진을 찍기 위해서든, 아니면 대화의 즐거움을 느끼기 위해서든, 그건 그다지 중요하지 않았다. 그녀의 탐색은 이미 오래 전에 사진 르포르타주를 넘어섰다.

톰과 찰리는 다섯 개피째 담배를 피우고 있었다. 아침 대화는 과연 테드가 죽을 시간을 알고 있었는지, 죽음이 다가오는 것을 알고 있었는지, 혹은 죽음이 갑자기 찾아왔는지에 대해 왈가왈부하느라 오랫동안 진전이 없었다.

죽음은 오래 된 친구다. 그들은 죽음에 대해 편안하게 얘기한다. 죽음은 매우 오래 전부터 그들을 쫓아다녔기 때문에 그들은 죽음이 어딘가에 웅크린 채 기다리고 있다고 느낀다. 죽음은 낮에는 신중하게 굴지만 밤에는 이따금 느닷없이 들이닥치기도 한다. 그들이 아침에 나누는 대화는 죽음과 거리를 두는 하나의 방법이다. 그들이 죽음에 대해 얘기하면 죽음이 나타나 대화에 끼어들더니 자신을 내세우며 이목을 끌려고 한다. 그러면 그들은 죽음을 무시하고 놀리고 때로는 모욕하다가 돌려보낸다. 그러면 죽음은 말 잘 듣는 개처럼 조용히 한쪽 구석으로 돌아가 자신의 뼈를 갉아먹는다. 죽음은 서두르지 않는다.

찰리는 죽음이라는 분야에서 권위를 가지고 있다. 그는 덫을 놓고 죽음을 기다리면서 죽음에 대해 더 잘 알게 되었다. 톰은 계속해서 그에게 묻는다. 봤나? 죽음을 봤어?

"아니, 못 봤어. 내가 죽을 때가 아니었거든."

"말해봐, 왜 그때 자네는 죽겠다고 결심하지 않았나? 그랬더라면 훨씬 간단했을 텐데 말야."

"내가 죽을 때가 아니었다고 말하지 않았나? 게다가 여름이라서 날이 푸근했고, 공기에서는 달콤한 향기가 풍겼지. 새들이 지저귀는 소리도 들려왔고. 그러니 내가 죽을 때가 아니었던 거지."

"내 생각에 자네가 죽는 날은 결코 오지 않을 것 같군, 찰리. 자네는 결코 죽을 결심을 하지 않을 것 같아."

얼마 지나지 않아 그들은 찰리의 오두막 안에서 이렇게 둘만 나누던 대화를 더 이상 나누지 않게 될 것이다. 이 작은 호수 공동체는 큰 변화를 맞이하려 하고 있었다.

# 호수 공동체

La communauté du lac

작은 호수 공동체는 큰 변화를 맞이하려 하고 있었다. 여성을, 더더구나 나이도 많고 몸도 무척 약한 여성을 이처럼 척박한 오지에 살도록 한다는 것은 상상조차 할 수 없는 일이었다. 하지만 상상조차 할 수 없는 이 생각은 서서히 구체화되어가고 있었다. 아무도 입밖에 내어 말하지는 않았지만, 그들은 이 여성이 그녀가 왔던 곳으로 돌아가도록 자신들이 내버려두지 않을 것이라는 사실을 알고 있었다. 이 공동체의 구성원들은 불가능한 것에 과감히 맞설 수 있을만큼 매우 반항적이고 허세에 차 있다. 하지만 무슨 방법으로?

브뤼노는 어머니와의 문제를 신속히 해결했다. 그는 주유소에서 그녀에게 전화를 걸어 말했다. 헌츠빌 주유소에서 기름을 가득 넣고 돈을 내는데 그 틈에 고모가 도망쳤어요. 사방으로 찾아다녔지만 헛수고였죠. 그는 경찰들이 오기를 기다렸다가 그들의 질문에 대답하고 진술서에 서명한 다음 그들이 정중하긴 하지만 일을 그다지 열심히 하지 않는다는 사실에 안심하며 집으로 돌아왔다. 경찰이 아무도 원하지 않는 한 나이든 여성을 찾겠다며 멀리까지 수색을 하지는 않을 것이다.

그러므로 그녀는 지금 세상에서 축출되어 완전히 그들에게 의지하게 되었고, 그들은 이 같은 상황이 자신들에게 불러일으키는 여러 가지 문제에 대한 해결책을 찾아내야 했다. 그중 첫 번째는 최소한의 안락함을 갖춘 거처를 제공하는 것이었다. 테드의 오두막이 이 최소한의 안락을 제공할 수 있을 듯 했다. 하지만, 그들은 망설였다. 테드가 아직도 거기 살고 있는 듯 느껴져서였다.

여전히 거트루드라고 불리는 마리-데네주는 새로운 거처에 완전히 적응하여 거의 밖으로 나오지 않았다. 그녀는 앞으로 자신에게 일어날 일이 걱정도 안 되는 모양이었다. 그녀의 현재 관심사는 장차 자기 것이 될 새 이름을 선택하는 것이었다. 그녀는 자기가 알고 있는 퀸 스트리트 999번지 거주자들의 이름을 두고 망설였다. 그들의 숫자가 꽤 많았던 것이다. 이름을 새로 지어볼까 하는 생각도 했다. 작명은 몰입해서 시간을 보내기 딱 좋은 일이었다. 그녀는 이 일이 책임감을 요구하는 명예로운 일이라고 생각하여 다른 일은 일체 하지 않고 오직 이 일에만 매달렸다. 그녀는 모든 사람의 이름을 종이에 적었다. 그들을 잊지 않기 위해서였다. 또 모든 이름에 주를 달았다. 그 이름을 가진 사람을 잊지 않기 위해서였다. 모든 종이를 침대에 늘어놓자 세상이 자기 앞에 펼쳐지는 것처럼 느껴졌다.

그녀가 그곳에 온 지 나흘이 지났지만, 브뤼노와 스티브가 머리를 쥐어짜는 넓은 홀에서도, 호숫가에서도 결정은 내려지지 않았다. 그렇지만 이 여성을 레바논 인의 호텔이 아닌 다른 곳에서 재워야만 했다. 이제 곧 가을이 찾아올 것이고, 그러면 사냥꾼들과 길을 잃은 사람들, 꼬치꼬치 물어보기 좋아하는 사람들도 함께 몰려올 것이다.

5일째 되는 날 아침, 그들은 그녀를 그들의 숙소로 데려가서 서로가 어떻게 지내게 될지 두고보기로 결정했다. 호텔에서 그들 숙소까지는 산악자전거를 타고 갔다. 이번에도 역시 그녀는 조금도 놀라워하지 않았다. 이 이상하게 생긴 자전거에 올라탄 뒤 두 팔로 브뤼노를 꼭 껴안아야만 했을 때도 놀라는 기색이 전혀 없었다. 스티브는 자신의 암캐와 함께 걸어서 두 사람 뒤를 따라갔다.

톰과 찰리는 시끄러운 소리가 들리자 집 밖으로 나와 그들을 기다리고 있었다.

찰리의 오두막 앞이 붐볐다. 남자 네 명, 여자 한 명, 개 네 마리, 그리고 그들을 맞이하러 온 모기 떼.

톰은 평소 습관대로 호기롭게 나서더니 마리-데네주에게 정중하게 환영인사를 하며 윙크했다. 그녀가 정신이 멀쩡한 여자라면 분명히 그걸 보고 얼굴을 붉히며 마음 설레할 것이라고 생각해서였다. 그러던 그는 그녀에게 사과해야 한다는 사실을 깨닫고 자기도 얼굴을 붉히려고 애썼다. 하지만 그 나이가 되면 피는 그 어디로도 흐르지 않는 법이어서 그의 얼굴은 여전히 창백했다. 그는 이 여자는 섬세하게 세공된 보석처럼 너무 아름답고 우아해서 자기들 같은 사람들과는 어울리지 않는다는 생각만 하고 말았을 뿐이었다.

찰리는 아무 말이나 막 해야 되는 상황에 처하지 않기 위해 호스트로서의 의무에 열중하고 있었다. 그는 편안히 앉아 있을 수 있는 둥근 통나무를 모두에게 하나씩 갖다주고, 모기를 쫓기 위해 불을 피우고, 물을 끓이기 위해 오두막집 안으로 들어가며 차를 탈 수 있는 그릇이 몇 개나 있나 마음 속으로 세어보았다. 머리칼은 꼭 비누거품처럼 헝클어져 있고 손이 매우 얇은 이 노부인은 어린 새처럼 약해 보였다. 이 어린 새는 누가 입김만 한 번 내불어도 잠자리에서 떨어져버릴 것 같았다. 이런 생각을 하자 그는 왠지 신경이 쓰였다. 입김을 부는 것보다는 어린 새를 잡아서 손바닥에 올려놓은 다음 잠자리에 다시 집어넣어 주고 싶었다. 하지만 이렇게 생각하자 더 한층 신경이 쓰이는 것이었다.

스티브와 브뤼노는 쾌청한 날씨와 송어낚시에 관한 대화를 주고받으며 그들의 마음속에 있는 것을 향해 슬그머니 다가갈 수 있는 기회를 기다리고 있었다.

차도 다 마시고 해도 중천에 가까워지고 있었지만 여전히 그들은 도달할 수 없는 목표처럼 보이는 것을 향해 내디뎌야 할 걸음을 아직 내딛지 못하고 있었다. 과연 마리-데네주가 테드의 오두막집에서 지낼 수 있을지 확신이 안 서는 것이었다.

그때 찰리가 처음으로 입을 열었다.

"부인, 부인을 어떻게 불러야 하지요?"

그러자 브뤼노의 고모는 물론 자기 침대에 남겨놓았던 모든 이름 중에서 어떤 걸 골라야 할지 여전히 망설이긴 했지만 그래도 대답을 이미 준비라도 해둔 듯 즉시 대답했다.

"마리-데네주요."

"마리-데네주, 멋진 이름이네요."

찰리는 자신도 모르는 사이에 방금 마리-데네주의 존재를 그들 사이에 받아들인 것이었다. 별안간 그의 뇌가 무척 빠르게, 평소보다 빠르게, 너무 빠르게 기능하기 시작하더니 이런저런 생각들이 한꺼번에 밀려들었다. 하지만 그는 그 모든 생각을 다 따를 수가 없었다. 그래서 그는 생각이 그의 마음 속에서 형태를 갖추기도 전에 이렇게 말했다.

"부인, 내 오두막집에서 너무 멀지 않은 곳에 부인이 편안하게 지낼 수 있는 오두막집을 지어드리지요. 우리는 부인이 평생을 숲속에서 산 것처럼 살게 할 수는 없으니까요."

찰리가 느닷없이 이렇게 말하자 다들 당황해했지만, 어쨌든 그건 충분히 실현 가능한 일이었다. 이 생각이 각자의 머릿속에 금방 자리를 잡으면서 모두가 유령으로 살아가고 있는 테드를 방해하지 않아도 된다는 사실에 안도의 한숨을 내쉬었다. 게다가 새 오두막을 짓는다는 생각을 하자 살짝 흥분이 되기도 했다. 톰의 오두막을 지은 뒤로는 오두막을 새로 지은 적이 없었던 것이다. 헛간이 무너져서 몇 번 다시 지은 적은 있지만, 주거용 오두막집은 그것과는 달랐다. 주거용 오두막집에서는 사람이 살고 죽는다. 해가 여름 아침에는 우리를 기다리고 겨울에는 지평선 너머로 넘어가는 걸 보는 곳이 바로 여기다. 밤의 소리를 듣는 곳도 여기다. 거주용 오두막집은 우리가 생각을 하는 내내 우리와 함께 하기 때문에 여기서 사는 동안 우리는 결코 혼자가 아니다.

찰리는 편안하게 지낼 수 있는 오두막집을 지어주겠다고 말했고, 그의 이 말은 옳았다. 마리-데네주에게는 매우 안락한 오두막집이 필요했다. 그녀에게 흐르는 물이 필요하다는 데 금세 의견이 모아졌다. 그것은 그야말로 엄청난 도전이었다. 그래서 이 문제를 오랫동안 검토했다. 그러고 나서 그녀에게 샤워실과 실내 화장실도 필요하다는 결정을 내렸다. 그들은 다 함께 달려들더니 열의를 다해 다른 기술적인 문제도 해결했다. 그들은 마리-데네주가 장차 살게 될 오두막집을 짓는 데 온통 정신을 뺏기는 바람에 통나무에 앉아 멍해 보이는 눈을 이리저리 굴리고 있는 그녀의 존재조차 잊어버렸을 정도였다.

"집에 고양이가 한 마리 있었으면 좋겠어요."

이 말을 들은 남자들은 한편으로는 불편하면서도 또 한편으로는 안도했다. 그녀는 방금 그들의 태도가 무례하다는 사실을 상기하고, 집에 고양이만 한 마리 있으면 모든 것에 동의하겠다고 말한 것이었다.

그래서 그들은 찰리의 오두막집 근처에 그녀가 살 오두막집을 지었다. 살기 편한 집이었다. 수도를 설치하고 샤워실과 실내 화장실을 짓기 위해 큰 공사를 해야만 했다. 물은 단열재로 감싸고 휘발유로 움직이는 발전기를 이용하여 실내에서 퍼 올리는 파이프를 통해 호수에서 끌어왔다. 그리고 프로판 가스로 샤워를 할 물을 덥히고 조명과 난방을 하며 요리용 화덕과 냉장고를 작동시키기로 했다. 깊은 숲속에서 이렇게 해놓고 산다는 것은 사실 큰 사치였으나, 장작으로 불을 피우거나 집을 관리하는 것이 익숙하지 않은 여성에게는 이런 것들이 필요하다고 판단되었다. 그녀는 할 줄 아는 게 전혀 없는 것 같았다. 66년간 갇혀 살다 보니 그녀는 무슨 일을 해야 할지도 모르고 일할 능력도 갖추지 못한 사람이 되어버린 것이었다. 찰리는 그녀가 잠자리에서 떨어진 어린 새라고 생각했다.

공사는 3주 동안 계속되었다. 두꺼운 널빤지와 절연패널을 사용하는 전통적 구조를 택했기 때문에 오두막집은 금세 형태를 갖추었다. 통나무로 오두막집을 지었더라면 시간이 꽤 오래 걸렸을 것이다. 오두막집에는 거실이 있고, 뒤편 북쪽에는 그들이 욕실이라고 부르는 작은 방이 붙어 있었다. 다들 마리-데네주의 집에 깊은 인상을 받았다. 특히 아주 오래 전부터 이런 편의시설을 잊고 살았던 톰과 찰리는 오두막집이라는 단어를 잊어버리고 오직 그녀의 작은 집에 대해서만 얘기하기 시작했다.

공사는 아침 일찍 스티브와 마리-데네주가 자전거를 타고 도착하면서부터 시작되었다. 마리-데네주는 묵고 있는 호텔방을 좋아했지만 호텔에 혼자 있는 걸 못 견뎌해서 공사에 전혀 도움이 되지 않는데도 불구하고 낮 시간을 여기서 보내곤 했다. 브뤼노는 그들보다 늦게 도착했다. 그는 승합차를 소형트럭으로 개조하여 공사를 하는 데 필요한 물품들을 싣고 왔다. 돈은 문제가 되지 않았다. 아니, 문제가 된 적이 단 한 번도 없었다. 대마 재배지에서 필요한 것보다 더 많은 돈이 나왔던 것이다.

하루가 지나고 이틀이 지나면서 마리-데네주의 기분에는 서서히 균열이 생기기 시작했다. 처음에는 그녀의 눈 속에 아주 작은 섬광이 반짝거렸으나 이윽고 어두운 부분이 나타났고, 다시 눈길이 공허해지면서 결국 그녀는 모습을 감추어버렸다.

그녀의 노래소리가 이따금 들려오곤 했다. 그녀는 호수 근처의 풀밭에 앉아 오랜 시간 호숫물만 하염없이 바라보고 있었다(그들은 이렇게 생각했다). 그들이 평소에 들었던 것과는 너무나 다른 목소리가 조금씩 커져갔다. 그 맑고 투명하고 경쾌한 목소리는 멀리서 들려왔다. 오직 피리를 부는 듯한 몇 개의 음만 공사장의 망치소리를 뚫고 그들의 귀에까지 도달하였다. 그들이 일의 속도를 줄이면 멜로디가 멀리멀리 퍼져나갔다. 그것은 옛날옛적 노래였다. 마리-데네주는 양치는 여인을 사랑한 왕자와 단두대로 끌려가며 작별하는 남자가 등장하는 이 슬픈 얘기를 부드러운 목소리로 불렀다. 계속해서 이어 불렀다. 한 번 부르고 두 번 부르고 세 번 부르자 그녀의 목소리가 이 얘기의 가장 슬픈 대목에서 쉬어버렸고, 여섯 번 부르고 여덟 번 부르자 목소리가 점점 더 작아지더니 속삭임으로 변했다. 그리고 아홉 번 부르고 열 번 부르자 일하던 사람들은 망치질을 멈추면서 호수 쪽을 바라보았다. 마리-데네주는 두 팔로 무릎을 꼭 껴안은 채 앞뒤로 몸을 흔들면서 중얼거리듯 노래했고, 이 노래에 절절하게 깃든 아픔은 적막하고 절망적인 음들이 되어 그들의 귀에 닿았다.

그녀가 호숫가에서 이렇게 주문에 가까운 노래를 부르자 그들은 그녀가 다시 천천히 광기에 사로잡힐까봐 두려웠다.

공사는 계속되었고, 9월 초가 되자 마리-데네주가 살 집이 마련되었다. 찰리의 오두막집보다 조금 더 큰 이 작은 집은 창문에는 방충망이 쳐져 있고, 바깥벽에는 각재를 붙인 검은색 종이를 발랐으며, 함석으로 덮인 지붕은 출입문 위로 돌출되어 있었다. 남자들은 톡 튀어나와 있는 이 부분이 방충망으로 둘러싸인 현관이 되어 거기서 여름밤에 마리-데네주가 몸을 흔들며 슬픈 노래를 부를 수도 있겠다고 상상했다. 광기란 겨우 그것, 슬픔의 과잉에 불과할 것인지도 모르니 그냥 그녀에게 공간을 제공해주어야 했다.

드디어 마리-데네주가 자기 집으로 이사를 해야 하는 날이 되었다. 하늘이 구름으로 뒤덮이고 보슬비가 부슬부슬 내리는 흐린 날이었다. 가구들은 서둘러 무계획적으로 옮겨졌다. 다른 사람들의 호기심을 불러일으키지 않기 위해 브뤼노가 이미 만들어진 가구들을 여기저기서 사왔다. 마리-데네주가 쓸 테이블을 도끼로 나무를 다듬어 만든다는 건 있을 수 없는 일이었던 것이다. 있을 수 없는 일이기도 했고, 시간도 충분하지 않았다. 마리-데네주에게는 예쁜 새 가구들이 필요했다. 테이블 하나, 의자 세 개, 침대 받침대 하나, 매트리스 하나, 가스레인지 하나, 소형 냉장고 하나… 호텔 중앙홀에 보관되어 있던 이 모든 가구들을 소형트럭에 싣고 가야만 했다. 그런 다음 이것들을 다시 산악자전거 트레일러에 옮겨 싣고 가서 손으로 마리-데네주의 작은 집까지 날라야 했다.

남자들이 냉장고 주위에서 분주히 움직이고 있을 때 사진작가가 오솔길 끝에 나타났다. 다들 그녀를 잊고 있었다.

찰리가 개들에게 둘러싸여 있으며 뭔가를 머리 위에서 흔들어대고 있는 그녀를 맨 먼저 발견했다.  그는 생각했다. '처미의 사진이군. 저 사진작가가 처미의 사진을 갖고 우리에게 다시 올 거라는 사실을 어떻게 잊어버릴 수가 있었지?'

그녀가 머리 위에서 흔들고 있는 것은 과연 찰리가 키우고 있는 개 처미의 사진이었다. 그러나 이 사진은 지금 같은 상황에서는 환영받기가 매우 힘들었다.

네 남자는 사진작가가 마리-데네주의 집 안으로 들어가는 것을 막고, 무엇보다도 만일 마리-데네주가 집 밖으로 나가고 싶어할 경우 그녀를 숨기기 위해 일제히 문 앞으로 모여들었다. 하지만 그것은 비가 오지 못하도록 막으려는 거나 마찬가지였다. 이제 몇 분 뒤면 사진작가가 이것저것 물어볼 것이고, 그들이 그 질문에 아무 대답도 하지 못하게 되면서 상황이 반전될 수도 있을 것이다.

사진작가에게 적대적인 남자들은 문 앞에 밀집하여 그녀를 맞이하면서 열심히 머리를 굴렸다. 스티브는 그녀의 도착을 미리 알려주지 않은 개들에게 괜히 화를 냈다. 저 여자는 재능이 있다고 그는 생각했다. 브뤼노는 사진작가가 덩치가 좀 있긴 하지만 비율도 좋고 얼굴도 예쁜 편이어서 꽤 괜찮은 여자라고 생각했다. 한 가지 생각이 그의 눈속에서 환하게 빛을 발했다. 로맨스를 상상하며 즐거워하는 톰의 눈 역시 환하게 빛났다. 찰리는 카빈총을 쏴서 이 침입자를 쫓아내야겠다는 생각을 버렸다. 하지만 그는 입을 꼭 다문 채 다짐했다. 저 여자는 내게서 아무것도 얻어내지 못할 거야. 난 한 마디도 안 할 거니까.

하지만 이 모든 생각은 순식간에 아무 쓸모도 없는 것이 되었다.

남자들에게 인사하는 사진작가의 목소리가 들려오는 순간, 마리-데네주의 마음속에서 어떤 기억과 희망, 유쾌하고 절대 저항할 수 없는 무엇인가가 깨어난 듯 했다. 쏜살같이 집에서 나오더니 남자들 사이를 뚫고 나가 사진작가 앞에서 환하게 웃었던 것이다.

그녀가 중얼거렸다.

“앙주-에메(역주 – 사랑받는 천사라는 뜻)…”

그들은 그녀의 옛 삶이 서서히 사그러져 가는 것을 목격하고 있었다. 그녀가 알아보았다고 생각했던 누군가가, 그녀에게 소중했던 어떤 사람이, 상상할 수 없을 만큼 고통스러웠던 시간을 그녀와 함께 보냈던 어떤 동료가 그녀의 기억 속에서 한 명 두 명 사라져가는 것이었다.

"앙주-에메..."

마리-데네주가 다시 한 번, 그러나 이번에는 서글픈 어조로 중얼거렸다. 그녀의 목소리는 또렷하지 않았지만, 그녀가 실망했다는 건 분명히 느낄 수 있었다.

남자들은 그녀가 걱정되어 위로해주고 싶었지만, 슬픔에 잠긴 한 여성 앞에서 어떻게 행동해야 될지 알 수가 없었다. 그러나 사진작가는 이런 경우에 어떻게 행동해야 될지 알고 있었다. 그녀는 마리-데네주에게 몸을 숙이더니 그녀의 두 손을 잡아 자기 입술로 가져갔다.

"원하신다면 절 앙주-에메라고 부르셔도 돼요."

그러자 마리-데네주가 수줍게 미소지었다.

사진작가는 방금 마리-데네주의 친구가 되었으며, 동시에 그녀의 집에 들어갈 수 있는 권리도 획득했다. 남자들은 그 순간에는 이 같은 사실을 알아차리지 못했다. 마리-데네주가 사진작가를 집 안으로 데리고 들어갔고, 두 사람의 웃음소리와 수다 떠는 소리가 들려오고 나서야 그들은 그들의 작은 공동체가 앞으로는 예전 같지 않으리라는 사실을 깨달았다.

두 여인이 드디어 집 밖으로 나왔고, 사진작가는 마리-데네주에게 침대시트와 수건, 커튼이 필요하다고 알렸다.

커튼?

자, 됐다. 이 집에는 두 명의 여인이 살게 되었다. 한 명은 여기서 계속 살게 되었고, 또 한 명은 손님으로 이 집을 자유로이 드나들 수 있게 되었다. 남자들은 이 두 여인 사이에서 싹트는 우정 앞에서 할 수 있는 게 아무 것도 없었다.

남자들은 이 두 여인이 부탁한 대로 호텔에 가서 침구와 식기류, 그리고 기타 집안에 필요한 물건들을 날라왔지만, 호텔에 있는 커튼은 너무 낡아서 가져오지 않았다.

"내일 커튼을 사러 갈게요."

사진작가가 이렇게 결정했고, 이날 하루는 그녀의 이 엄숙한 약속으로 막을 내렸다.

자, 이렇게 해서 마리-데네주는 자기의 집에 입주하여 밤을 보내게 되었다. 여행용 가방을 열어서 옷을 벽에 걸고 잠옷을 입은 그녀는 침대에 누워 두 손을 허벅지 위에 납작하게 올려놓고 등을 곧게 편 다음 자신의 몸이 다시 천천히 구성되기를 기다렸다. 그날 하루종일 그녀는 자기 몸이 자신에게서 빠져나가려 애쓴다고 느꼈다. 처음에는 차가운 느낌이 폐 속에서 들었다가 위로 옮겨가더니 어느 순간 사라져서 더 이상 아무것도 느껴지지 않았다. 차가운 느낌이 지나간 곳에서 아무것도 느껴지지 않자 불안해졌다. 이제 자기 몸이 서서히 붕괴되리라는 것을 알고 있었기 때문이었다. 그녀는 몸이 해체되는 이런 느낌에 익숙해져 있었다. 평생 동안 그녀는 이 느낌과 싸워야만 했다. 약이 그녀를 도와주었다. 하지만 가지고 있던 약이 다 떨어지면 그녀는 자기 몸의 온전한 상태를 되찾기 위해 정신을 집중시키려 애쓰곤 했다.

노래소리가 어둠 속에서 울려퍼졌다. 바람이 잦아들었고, 숲은 어두워져 침묵에 잠겼다. 들려오는 건 나무들의 속삭임 뿐이었다. 마리-데네주의 노래가 점점 더 커지고, 밤은 그녀의 기도를 끝없이 펼쳐진 하늘로 높이높이 들어 올렸다.

찰리는 자지 않고 있었다. 그는 빛이 자신의 작은 집 안에서 완전히 사라져 침대에 누울 수 있게 되기를 기다리고 있었다. 그는 담배를 피우고 차를 마시며 마리-데네주에게 설명해준 프로판 가스 등의 작동 방법을 그녀가 과연 잘 이해했을까 생각하고 있었다.

그는 누가 도와주어야만 그녀가 가스등을 끌 수 있을 거라고 확신하고 집에서 나설 준비를 하고 있었는데 그녀의 노래소리가 그의 귀에 들려왔다.

그것은 좌절된 사랑에 절망하여 느리게 부르는 아주 오래된 뱃노래로, 그 애달픈 사연을 거대한 파도와 짜디짠 물보라, 거친 바다에서의 요동(搖動)이 등장하는 멜로디에 실어 널리 퍼트렸다. 이 멜로디는 여러 차례 되풀이되면서 더 격렬해지고 까다로워져 무자비한 바다 밑바닥을 긁어냈다. 찰리는 이 노래를 더 이상 듣고 싶지 않았다. 하지만 노래는 다시 처음으로 돌아갔다. 그리고 선원은 다시 배를 탔고, 그의 마음은 점점 더 한층 무거워졌다. 그는 자신의 불행을 바닥이 없는 바다 속에 흘려보냈다. 찰리는 더 이상 참을 수 없었다. 노래가 멈추었으면 싶었다. 마리-데네주가 그녀의 것이 아닌 그 모든 불행에서 이제 그만 벗어났으면 싶었다. 하지만 그녀는 다시 불행해졌다. 불행을 즐기고 불행에 젖어들었다. 그녀는 망각을 찾아 전 세계를 돌아다녔던 바로 그 선원이었다. 그녀의 노래는 더 내밀한 고통으로 채워지더니 목소리가 잊혀지고 사라져 어둠 속의 중얼거림에 불과해졌다. 찰리는 마리-데네주가 바로 근처의 작은 집 침대에서 꼭 어린아이가 인형을 재울 때처럼 자기 몸을 꼭 부둥켜안은 채 앞뒤로 흔들고 있다는 것을 알고 있었다.

마리-데네주는 과연 선원의 노래 마지막 절을 낮은 목소리로 자신의 몸에게 불러주며 흔들어 달래고 있었다. 그녀는 자기 몸이 자신에게 다시 돌아오기를 바라고 있었다. 그녀는 이런 방법을 사용하여 자신의 몸이 다시 자신에게 돌아오도록 하는 데 여러 번 성공했었다. 하지만 이번에는 저항이 있었다. 무엇인가가 거기에 맞섰고, 어떤 반대되는 힘이 그녀가 하소연하는 걸 거부한 것이었다. 그녀는 집이 너무 새 집인 데다가 자기 혼자뿐이어서 그러는 거라고 생각했다. 그녀는 아무도 없는 집에서 혼자 자본 적도 없고, 옆에 누가 없이 혼자 자본 적도 없었다.

찰리는 문을 두드리는 소리가 나자 문 뒤에 누가 있는 지를 알았다.

그녀는 잠옷 위에 외투를 걸쳐 입었다. 그녀의 머리칼이 달빛 속에서 눈부시게 빛나고 있었다. 밤의 어둠 속에 잠긴 그녀의 두 눈은 그녀가 매우 힘들어한다는 것을 드러내 보여주었다.

"나, 여기서 자도 되나요?"

그러자 찰리는 손을 크게 움직여 그녀를 기다리고 있는 모피 침대를 가리켰다.

그들은 각자 자기 자리에 있었다. 마리-데네주는 모피 침대 속에 있었고, 찰리는 방 반대편에 깔려 있는 매트리스 위에 있었다. 그러나 오두막집은 작고 밤은 침묵에 싸여 있어서 그들은 서로가 움직이는 소리, 숨쉬는 소리를 들을 수 있었다. 찰리는 이처럼 내밀한 분위기를 견디기가 힘들었다. 자신의 밤을 오직 처미와만 함께 하는 게 습관이 되어 있었던 것이다. 게다가 잠이 오지 않았기 때문에 이 침묵은 더욱 더 무거워졌다. 그는 자기 두 사람이 이 무게를 덜어버리기 위해서는 뭔가 질문을 던져야겠다고 생각했다. 하지만 도대체 무슨 질문을 던진단 말인가?

“앙주-에메라는 사람이 친구였나요?”

“우리 동(棟)의 여왕이었어요. 모두가 그녀를 존경했죠. 그녀는 여왕처럼 걸었고, 여왕처럼 말했답니다. 나는 그녀의 친구이자 하녀였어요.”

“하녀였다고요?”

두 사람은 말을 하기보다는 속삭였다. 찰리의 목소리는 벨벳처럼 부드러웠는데, 그것은 바로 그가 겁에 질린 동물에게 가까이 다가갈 때 내는 목소리였다. 마리-데네주는 마음이 한결 편해졌다. 그녀는 공동침실과 이 침대에서 저 침대로 속삭이는 속내 얘기에 익숙해져 있었다. 정신병원에서 그녀는 억눌려 들릴 듯 말 듯한 목소리로 자기가 스코틀랜드 여왕이라고 생각하며, 그녀를 보호해주는 대신 그녀에게 빨아야 할 양말과 가장자리를 접어 감쳐야 할 옷을 주는 이 친구와 함께한 자신의 삶에 대해 조금 얘기했다.

“그 어느 누구도 감히 스코틀랜드와 잉글랜드, 카르파티아 산맥, 연합국의 여왕인 앙주-에메를 괴롭힐 엄두를 내지 못했답니다.”

“카르파티아 산맥은 나라가 아닌데요.”

“연합국도 나라가 아니에요.”

두 사람은 한편으로는 동시에 거의 같은 것을 생각했다는 게 재미있기도 하고, 또 한편으로는 자기들이 공범이 되었다는 사실이 놀랍기도 해서 함께 웃었다.

“그런데 왜 이름이 마리-데네주인가요?”

“우리들 중에 마리라는 이름을 가진 사람이 많이 있었어요. 마리-콩스탕스, 마리-조제프, 마리-로르, 마리-잔, 마리-클라리스, 마리-마들렌, 마리-루이즈, 마리-클라랑스… 하지만 마리-데네주라는 이름은 하나뿐이었어요. 가장 예쁜 이름이었죠.”

“맞아요. 예쁜 이름입니다.”

찰리가 굿나잇 인사를 할 때의 말투로 이렇게 말했고, 실제로 그들은 더 이상 아무 말도 덧붙이지 않고 잠이 들었다.

# 찰리의 세 번째 삶

La troisième vie de Charlie

사진작가는 드디어 이름을 가지게 되었다. 그녀에게는 물론 이름이 있었지만, 사람들은 그에 아랑곳하지 않고 정신병자들을 다스렸던 카르파티아 산맥과 스코틀랜드 여왕의 이름을 따서 그녀를 앙주-에메라고 불렀다. 마리-데네주는 본인은 의도하지 않았지만 결국은 모든 일이 대부분 이런 식으로 진행되게 만들었다.

호수 공동체 생활은 마리-데네주가 원하든 원하지 않든 그녀의 필요를 중심으로 이루어졌다. 그녀에게는 고양이와 커튼, 사진작가 친구가 있었다. 고양이는 얼룩무늬가 있는 두 살짜리 수컷으로 그녀는 이 고양이를 몽세뇌르라고 불렀고, 앙증맞은 꽃무늬의 옅은 연분홍색 커튼은 집 안팎을 장식했다. 그리고 또 다른 삶에서는 여왕의 보호자였던 친구 앙주-에메는 이제 그녀를 돌봐주기도 하고 그녀의 말상대가 되어주기도 했다.

마리-데네주는 새로운 삶에 놀랍도록 잘 적응했다. 프로판 가스 다루는 법을 배웠고, 손을 베지 않고 감자 껍질을 벗겼으며, 매일 아침 하늘의 색깔을 관찰했다. 하지만 그녀는 집 안에서는 옆에 아무도 없이 혼자 있을 수밖에 없었다. 찰리는 어느 날 사냥을 마치고 돌아오다가 그녀가 집 안에서 모피 이불을 뒤집어쓴 채 녹초가 될 때까지 몸을 흔들고 있는 것을 보았다. 눈을 보니 그녀는 덫에 걸린 짐승처럼 절망적인 싸움을 벌이고 있었다.

사진작가 앙주-에메는 귀신들을 쫓아내기 위해서뿐만 아니라 필수품을 가게에서 찾아내는 데도 꼭 필요한 존재가 되었다. 슬리퍼도 있어야 했고, 잠옷도 있어야 했으며, 뜨개질 도구도 필요했고, 특히 연애소설이 있어야만 했다. 이제 겨울이 다가오고 있으니 연애소설이 훨씬 더 많이 필요할 것이다.

물론 그녀는 아파트와 암실, 그녀에 의해 운명이 결정되기를 기다리고 있는 그 모든 사진들이 있는 토론토로 돌아가곤 했지만, 초록색 방은 당연히 그녀에게 배정되었다. 이 작고 나이 든 여성이 정신병원에서 도망쳐 세상의 끝에서 자기보다 훨씬 나이가 많은 두 남성과 함께 새로운 삶을 살려 하는 지금, 대화재와 보이척, 그에 관한 미스터리 등 모든 것은 이제 기억조차 희미한 먼 옛일이 되어가고 있었다.

마리-데네주는 그들이 처음 만나 우정을 나누기 시작했을 때 친구 앙주-에메에게 이렇게 말했다. 난 내가 하나의 삶을 살게 되리라는 걸 늘 알고 있었답니다. 그래서 나만의 삶을 살게 될 수 있을 것이라는 희망을 결코 버리지 않았지요. 사진작가 앙주-에메는 하나의 새로운 삶이 시작되려 하는 것을 보고 크게 감동하여 그녀 역시 자신의 삶을 서서히 변화시켜 가기 시작했다.

어떤 집에 아기가 태어난 것이랑 조금 비슷하게 일종의 축복이 호수 공동체에 내려져 다들 어떻게 하면 새로 공동체의 일원이 된 마리-데네주가 편하게 지내도록 해줄 수 있을까에만 관심을 쏟았다. 가장 주목할 만한 변화는, 죽음에 대해 더 이상 얘기하기 않게 되었다는 사실이다. 마리-데네주가 정착하면서 다들 정신이 없었고, 그러고 나서는 그녀가 이것저것 새로운 걸 보고 재미있어 하자 죽음이라는 주제는 슬그머니 자취를 감추었다. 그녀는 태어나서 처음으로 흑기러기떼와 눈 속에 남겨진 토끼 발자국, 호수로 물을 마시러 온 고라니, 헐벗은 자작나무 가지에 앉아 있는 부엉이를 보았다. 그녀의 눈에는 모든 것이 새롭고 신기하게 느껴졌다.

죽음은 전혀 아무 관심도 끌지 못했다. 그들은 더 이상 죽음에 대해 얘기하지 않았다. 아니, 생각조차 하지 않았다. 날개를 활짝 편 새로운 삶이 그들을 기다리고 있었던 것이다. 하지만 그들의 나이든 여자친구는 그들이 뭘 믿고 싶어하든 아랑곳하지 않고 항상 여기저기 돌아다니다가 이따금 남자들이 부주의한 틈을 이용하여 자기와는 아무 상관도 없는 대화에 슬그머니 끼어들곤 했다. 예를 들면 아직 많이 쌓이지는 않았지만 어쨌든 땅에 남아 있는 눈에 관한 대화가 있다. 이제 겨울이 자리를 잡으려고 본격적으로 서두르고 있었다. 어쩌면 장작이 작년보다 더 많이 필요할지도 몰랐다. 남자들은 테드가 비축해놓은 장작을 가져다 쓰면 어떨까 생각했다. 그러자 마리-데네주는 테드가 어떤 사람이었는지 알고 싶어 했다. 그들이 그녀에게 설명을 하는 동안 죽음의 여신이 편히 숨을 내쉬더니 자신의 권리를 되찾았다. 하지만 사람들이 죽은 보이척보다는 살아 있는 보이척에 더 큰 관심을 보이자 죽음의 여신은 금세 모습을 감추었다.

어느 날, 대화가 이상한 방향으로 흘러가면서 죽음의 여신은 그들이 찰리의 침대 위 선반에 눈에 잘 띄게 놓여 있는 소금 상자에 관심을 갖게 하는 데 성공했다. 앙주-에메(이제는 사진 작가를 이렇게 불러야 한다)는 며칠 전부터 마리-데네주의 집에 머무르고 있었다. 그녀는 토론토에서 엄청나게 큰 이탈리아 케이크를 가져왔는데, 케이크가 너무 위에 부담을 주고 달아서 수저로 조금씩 떠 먹었다. 그러니 소금 상자에 관심을 가질 아무 이유가 없었다. 이 상자는 선반에 놓여 있었고, 그들은 식탁에 둘러앉아 이 엄청나게 단 케이크를 먹고 있었다. 그들은 어떻게 해서 소금 상자에 관심을 갖게 되었을까?

톰이 케이크를 먹다가 느닷없이 이렇게 말했다.

"너무 맛있어서 오늘은 소금을 뿌려 먹어봐야겠어, 찰리."

그 순간 그들의 시선을 철제 상자 쪽으로 돌려놓을 수 있었던 것은 오직 기대가 어긋나자 복수심에 사로잡혀 오두막집 구석 어딘가에 웅크리고 있던 교활한 죽음의 존재뿐이었다.

모든 사람의 시선이, 심지어는 아무것도 모르는 마리-데네주와 앙주-에메의 시선까지도 그 원통형 상자로 향했다. 누군가가 설명을 해주어야만 했다. 찰리가 나섰다.

그는 죽음의 여신이 집 안에 숨어 있다는 것을 본능적으로 알아차리고 쫓아내려고 애썼다. 그는 그 상자에 비상약이 들어 있다고 설명했다. 이곳에는 의사도 없고 병원도 없는데, 사람에게는 견딜 수 있는 한계가 있다는 것이었다. 공포가 섬광처럼 마리-데네주의 눈 속을 지나갔다. 찰리가 서둘러 덧붙였다.

"여기 사는 사람들은 누구도 죽고 싶어 하지 않아요. 하지만 누구도 더 이상 자신의 것이 아닌 삶을 살고 싶어 하지는 않아요."

마리-데네주가 눈을 감았다. 그녀는 얼마나 오랜 시간을 자기 것이 아닌 삶 속에 갇혀 있었으며, 도대체 몇 년을 도둑 맞았던가? 찰리는 그녀의 닫힌 눈꺼풀 아래에서 만감이 교차하고 있다는 사실을 모를래야 모를 수가 없었다. 그는 상자를 가리키며 말했다.

"뼈가 욱신욱신 아플 때 저 약을 먹으면 편안하게 석양을 바라볼 수 있어요. 살맛이 나는 거죠. 내게 선택의 여지가 있다는 걸 알고 있으니까요. 살 수 있는 자유와 죽을 수 있는 자유 중 하나를 선택할 수 있는 겁니다. 삶을 선택할 수 있는 것보다 더 좋은 건 없지요."

됐다. 찰리가 이렇게 말했으니 그들은 더 이상 이 얘기를 꺼내지 않을 것이다. 찰리의 오두막은 다시 자유롭게 숨을 내쉬기 시작했다. 죽음은 다시 나타날 수도 있겠지만, 어쨌든 당분간은 그것의 소용돌이가 남기고 간 희미한 흔적밖에는 남아 있지 않게 될 것이다. 이때부터는 대화가 뭔가 더 확실한 근거를 제시하며 전개되었다. 왜냐하면 톰이 이곳에는 죽고 싶어 하는 사람이 아무도 없다며(그는 이렇게 말하면서도 약간 미심쩍어 하긴 했다) 마리-데네주를 설득하기 위해 찰리의 얘기를 하기 시작했기 때문이다. 그가 말했다.

"그 늙고 고집센 나귀가 순전히 허세를 부리느라 제 소금 상자를  여기까지 싣고 왔지요."

그러자 마리-데네주가 말했다.

"난 이게 내 첫 번째 삶이에요. 그래서 이 삶을 꼭 붙들고 있죠."

이 대화가 끝나자 다른 대화들이 이어졌다. 이제 곧 겨울이 되면 숲은 날씨가 얼음처럼 차가워져 이동할 수 없게 될 것이다. 그렇게 되면 그나마 약간의 활기를 느낄 수 있는 유일한 방법은 불 주변에 모여 대화를 나누는 것 뿐이었다. 그리고 그해 겨울의 숲은 특히 활기찼다. 대화가 이렇게 즐거웠던 적은 지금까지 없었다. 자신에게 주어진 삶을 살기로 결심하고 그렇게 살려고 애쓰는 마리-데네주의 모습이 대화를 통해 드러났다. 그녀는 몹시 격분해서 자신의 삶을 도둑맞았다는 말을 되풀이했다.

이 같은 대화는 거의 대부분 찰리의 집에서 이루어졌었다. 이 대화에는 세 명의 노인이 참여했고 이따금 앙주-에메도 끼어들었다. 브뤼노와 스티브가 스노우 스쿠터를 타고 도착하는 걸 보는 건 드문 일이 아니었다. 그들은 찰리의 집에 여섯 명이 모이자 좁게 느껴져서 마리-데네주의 집으로 장소를 옮겼다. 그녀의 집은 더 넓었고, 이미 의자 세 개를 갖추고 있었다. 그러니 찰리의 집에 있는 의자 두 개와 모두가 앉을 수 있는 금속통만 가져가면 되었다.

기억할 만한 순간들이 있었다. 예를 들면 브뤼노가 이웃 도시에 있는 한 식당에서 중국음식을 가져왔을 때였다. 여섯 개의 알루미늄 접시에 볶음밥과 데친 야채, 마늘을 넣고 요리한 돼지갈비, 빵가루를 입혀 튀긴 새우가 수북하게 쌓여 있었다.

왕복 거리가 2백 킬로에 달해서 음식이 식었다. 음식을 오븐에 집어넣었다가 다시 끄집어내자 부글부글 끓어오르며 김이 모락모락 솟아나고 맛있는 냄새를 풍기는 요리가 되어 나왔다. 그들은 그 뒤로도 며칠 동안 이 음식에 대해 얘기했다.

그해 겨울은 밖에 나가기만하면 바로 콧구멍이 따끔따끔할 정도로 유난히 춥고 혹독하고 거침 없었다. 톰은 독감에 걸려 2주일 동안이나 침대에서 꼼짝 못했다. 앙주-에메가 간호사 노릇을 했다. 찰리는 하루 종일 마리-데네주 집에서 시간을 보냈다. 그녀의 집에 박혀 있던 못들이 추위에 뽑혀져 나오면서 소리를 내자 그녀가 무서워서 바들바들 떨었던 것이다. 스티브와 브뤼노는 토끼 올무를 설치하고 얼음에 구멍을 뚫고 물과 장작을 나르는 등 나머지 일을 맡았다. 하지만 톰은 감기에 걸려 몸이 허약해진 상태였고 마리-데네주는 자기 집에서 소리가 난다며 겁에 질려 있었기 때문에 실제로는 이 두 사람이 모든 일을 해야만 했다.

호수 공동체는 이 해 겨울의 엄청난 추위 속에서 결코 너무 멀리 떨어지지 않고 서로 몸을 바짝 붙이고 지내면서 더욱 더 단단히 결속하였다. 마리-데네주는 모든 사람들의 관심 속에서 어린 소녀처럼 활짝 피어났다. 꼭 주문을 외는 듯 피를 얼어붙게 만드는 그 노래는 더 이상 들려오지 않았다. 그렇긴 하지만 그녀는 억제할 수 없는 두려움에 여전히 시달리고 있었으며, 그중에서 가장 끔찍한 두려움은 자신의 몸이 자꾸만 자신에게서 벗어나려 한다고 느끼는 것이었다. 그래서 그녀는 이 무서운 일이 또 다시 일어날까봐 두려운 나머지 매일 밤 찰리네 집 문을 두드렸다.

그녀는 자기 집에서는 단 하루도 자지 않았다. 그녀가 찰리에게 해준 설명에 따르면, 그녀는 공동침실에서 자는 것에 익숙해져 있었다. 스무 명의 여자들이 함께 자는 공동침실의 그 무거운 냄새와 그들이 내뿜는 뜨거운 입김, 그들의 뒤섞인 꿈의 무게 속에서 잠을 자는 게 습관이 되었다는 것이었다. 바로 옆 침대에서는 친구 앙주-에메가 자고 있었다.

찰리는 마리-데네주를 기다리고 있었다. 그는 모피 이불을 깔아놓고 난로에 잘 마른 자작나무 장작을 채운 다음 그녀가 자기 집 문을 두드릴 정확한 시간을 그에게 알려줄 그 가슴 떨리는 순간을 기다렸다.

그녀는 외투 차림으로 나타났다. 그녀의 눈은 자기를 자기 자신으로부터 보호해달라고 그에게 애원하고 있었다. 그녀는 외투 속에 목 부분을 분홍색 테두리로 장식한 흰색 플란넬 잠옷만 입고 있었다. 찰리의 눈에 이 잠옷은 눈부시게 아름다워 보였다. 호수 공동체의 두 여성이 낮에는 두꺼운 셔츠와 남자 바지를 입고 있었으므로 이 잠옷은 그가 정말 오랜만에 본 여자 옷이었다.

마리-데네주는 곧장 침대로 향하더니 모피 이불 속으로 미끄러져 들어갔다. 찰리는 이 순간을 기다렸다가 불을 껐다. 그는 그의 몸 전체를 덮고 있으며, 그가 겨울에도, 심지어는 잠을 잘 때도 벗지 않는 이 긴 스탠필드표 모직 내복 차림으로 마리-데네주를 맞이하지 않을 것이다. 이 제 2의 피부는 진짜 피부처럼 냄새가 났지만 매끈매끈하고 균일하게 회색을 띠고 있었다. 그래서 그는 어둠 속에서 기다리다가 스탠필드표 내복 차림이 되어 담요 속으로 미끄러져 들어가는 것이었다.

날씨가 너무 추워서 처미도 오두막집 안에 있었다. 방 한가운데 몸을 길게 뻗고 누워 있는 이 개는 일종의 성채나 눈에 안 보이는 칸막이 역할을 해서 두 사람은 자신들이 너무 지나친 내밀함으로부터 보호받는다고 믿을 수 있었다. 그들은 자신들의 머릿속에 무슨 생각이 떠오르든 불안해하지 않고 말할 수 있었다. 그들은 어둠 속에서 서로 떨어져 있었고, 얼마 안 있으면 그들의 모든 대화를 집어삼키게 될 잠 속으로 쓸려들어갈 것이기 때문이었다. 자장가 역할을 하는 이 긴 대화를 위해 모든 것이 자리를 잡았다. 마리-데네주가 먼저 잠들었고, 찰리는 이때를 기다렸다가 슬그머니 침대에서 빠져나와 장작을 난로 속에 집어넣었다.

그들이 밤에 나눈 대화는 그 다음 날 전혀 아무 반향을 불러일으키지 못했다. 먼저 일어난 찰리는 난로불을 다시 피우고,

찻물을 끓이고, 분주히 아침식사를 준비했다. 마리-데네주도 일어나 그를 도와주었다. 그럴 때 찰리는 이따금 생각했다. 이러고 있으니 우리가 꼭 노부부 같네. 그리고 그는 이런 생각을 했는데도 그가 15년 전에 떠난 여인의 모습이 떠오르지 않는다는 사실에 매번 놀라워하곤 했다.

톰 역시 두 사람이 이러고 있는 모습을 처음 목격했을 때 한 노부부가 아침일과를 하는 모습을 보고 있다는 느낌을 받았다. 마리-데네주는 잠옷 차림이었고 찰리는 옷을 다 입고 있었다. 하지만 그의 침대는 흐트러져 있었고, 모피 이불은 오두막집 한쪽 구석에 얌전히 개어져 있었다. 의심의 여지가 없었다. 두 사람은 함께 밤을 보낸 것이다.

"으음… 찰리…"

그는 평소처럼 찰리와 아침 대화를 나누기 위해 왔다가 찰리가 동거 비슷한 걸 한다는 사실을 알게 된 것이었다. 그는 이런 사실을 알고 모욕당했다고 느낄 수도 있었고, 배신감에 치를 떨 수도 있었으며, 무언가를 빼앗겼다고 생각할 수도 있었다. 아침 대화는 일종의 독점적인 그 무엇이었으며, 그들이 단 한번도 거른 적이 없는 의식이었다. 그런데 외로움을 함께 나누던 이 친구가 잠옷을 입은 여자와 함께 있었다. 하지만 숲속에서는 뒤틀린 감정이 오래 가지 않는다. 아무도 이런 감정을 견디며 살아가려 하지 않을 것이다. 그래서 톰은 신중하고 침착하게 테이블에 자리를 잡았다. 그는 해야 될 말을 찾아내기 위해 마음속의 동요가 잠잠해지기를 기다렸다.

사람들은 마리-데네주와 찰리가 함께 있는 모습을 보는 데 익숙해졌다. 이 두 사람은 그녀가 그의 집에 없으면 그가 그녀 집에 있었고, 아니면 두껍게 쌓인 눈 속에서 함께 쉽사리 오지 않는 봄의 징조들을 찾았다. 그녀는 여전히 금방이라도 사나운 바람에 날라가버릴 것 같은 어린 새처럼 작고 허약해 보였다. 반면에 그는 그 무엇에도 흔들리지 않을 화강암 덩어리처럼 묵직했으며 너무나 무겁고 느렸다.

그녀가 가리키는 곳에 그가 손을 올려놓기만 하면 그녀는 생기를 되찾았다. 그녀가 말했다. 저기에요. 그것은 허파나 위, 혹은 간이었고, 이 기관들은 날이 너무 추워서 언제 어느 때 사라져버릴지 몰랐다. 그러면 찰리의 손이 천천히, 그리고 부드럽게 틈을 메웠고, 다시 평온해진 마리-데네주는 자신에게로 돌아온 생명을 보며 미소짓는 것이었다.

땅에서 사는 늙은 곰이 공중에 사는 생명체를 끌어안았다. 그러자 이 생명체가 말했다.

"찰리, 이제 당신은 제 3의 삶을 살기 시작한 것 같아요"

찰리의 오두막집은 추웠다. 보름달이 뜬 밤이었다. 추위가 살을 에듯 매서웠다. 난로불을 피웠지만 겨우 그 주변만 따뜻할 뿐 오두막집의 양쪽 끝까지는 온기가 전해지지 않았다.
찰리는 침대에 누운 채 모피 이불에서 새어나오는 작은 흰색 김을 불안불안해하며 관찰하고 있었다. 그는 마리-데네주가 따뜻하게 이불을 덮고 있었으면 했지만, 그녀가 이미 시작한 얘기를 끝내기 전까지는 잠을 자지 않을 것이라는 사실을 잘 알고 있었다.
"처음에는 다른 누군가가 내 몸속에서 살고 있다고 생각했어요. 난 그게 천사라고 생각했죠. 천상의 존재가 내 몸을 빌린 거라고요. 그래서 내가 날아다닐 수 있을 거라고 믿었어요. 난 무섭지 않았어요. 그것은 현실적이면서 동시에 비현실적이었어요. 게임을 할 때처럼 말예요. 나는 내 몸이 있던 곳에 그것을 버려두고 어머니에게 가서 내가 천사가 되었다고 말했죠."
마리-데네주는 사춘기 때부터 그녀를 위협했던 영혼과 육체의 분리 과정을 설명하려고 애썼다.
"그들은 나를 정신병원에 가두었어요. 내가 열여섯 살 때요."
찰리는 불안했다.
"이제는 이상한 존재가 안 보여요. 천사도 안 보이고, 천국에서 온 존재도 안 보인답니다. 오직 나뿐이에요. 그러면서 공허한 느낌이 들어요. 매우 구체적이지만, 설명을 하기는 힘드네요. 처음에는 아주 느리고 흐릿했던 그 공허한 느낌이 자리를 잡으려고 애써요. 난 그것이 어디서 시작되는지를 정확히 알고 있답니다. 내 장기에서, 거의 대부분은 간에서 시작돼요. 공허함은 일단 자리를 잡으면 그 나머지 모든 것을 빨아들여 버린답니다. 떠나는 건 쉽지만 돌아오는 건 공포스런 일이에요. 공허함이 나를 공격한다고 느끼는 순간 이 공포의 기억이 나를 두려움에 빠트리죠."

찰리는 모피 이불을 덮고 있는 마리-데네주의 일부에 대해서 불안해하지 않았다. 그는 처미와 함께 이 아늑한 잠자리에서 자주 잠을 자곤 했기 때문에 이곳이 얼마나 따뜻한지 알고 있었다. 그를 불안하게 하는 것은 환하게 빛나는 흰색 반점, 이불 밖으로 나와 있는 마리-데네주의 얼굴, 거기서 새어나와 이제는 작고 흰 구름을 만들어내는 김이었다. 점점 더 추워지고 있었다.

"앙주-에메 얘기 좀 해줘요."

그는 그녀가 벌써 여러 차례나 했던 얘기를 하다가 모피 이불 속에 몸을 더 깊숙히 파묻고 잠들기를 바랐다.

"나는 열일곱 살 때 그녀를 알게 되었지요. 그때 그녀는 스물한 살이었어요. 그녀는 첫 번째이자 유일한 아이를 낳고 나서 심각한 신경쇠약을 앓다 정신병원에 들어오게 되었답니다. 그들은 그녀가 진행성 우울증을 앓고 있다는 진단을 내리고 자궁을 절제했지요. 내가 그녀를 처음 만났을 때 그녀는 정말 비참한 상태에 있었어요. 있지도 않은 아이를 안고 커다란 방에서 하루종일 몸을 좌우로 흔들고 있더라니까요. 나는 내 몸이 분해되는 걸 본다는 이유로 조기 치매라는 진단을 받았고요. 그러고 나서는 정신분열증이라는 진단을 내리더군요. 나는 그녀의 아기를 흔들어 재웠지요. 그렇게 해서 우리의 우정이 시작되었어요. 내가 그녀에게 그녀의 아기를 안아서 재워도 되겠냐고 물어보자 그녀가 조심조심하면서 아기를 내게 건네주더군요. 나도 그렇게 조심스럽게 아기를 건네받아서 아기에게 노래를 불러주며 아주 오랫동안 달래주었답니다. 그리고 이렇게 각자가 돌아가며 존재하지 않는 아기를 달래다 보니 우리는 우리가 있는 곳에 있지 않는 법을 배우게 되었답니다. 우리는 1년 동안 이 아기를 달래주었지요. 그러다가 아기가 죽었어요. 우리는 장례식을 치러주었고, 앙주-에메는 스코틀랜드와 잉글랜드 여왕이 되었답니다. 카르파티아 산맥과 연합국은 나중에 팔렸지요. 그렇게 해서 우리는 목숨을 구했어요. 오랫동안 우리는 우리 자신을 통치했지요. 우리는 쥐와 바퀴벌레를 보지 않았고 외침과 고함소리를 듣지 않았답니다. 우리에게는 우리 자신의 세계와 법, 우리 자신의 환상이 있었어요. 그녀는 나의 여왕이었고, 나는 그녀의 하녀였지요. 내 몸은 잘 버텨냈답니다. 내 몸이 날 떠나는 걸 이따금 보긴 했지만, 내가 매달리면 다시 돌아왔지요."

"추워요?"

그는 나머지 얘기를 듣고 싶지 않았다. 그녀가 나머지 얘기를 하는 걸 원하지 않았다. 이별, 전기충격, 인슐린 쇼크… 그는 그 나머지 얘기를 더 이상 견딜 수가 없었다. 마리-데네주와 앙주-에메는 분리되었다. 그들의 우정이 해롭다고 판단되었던 것이다. 그런데 도대체 누구에게 해롭고 왜 해롭단 말인가? 사람들은 퀸 스트리트 999번지의 정신병원에 갇혀 있는 환자에 대해서는 이런 질문을 던지지 않았다. 앙주-에메는 정신분열증 환자들이 수용되어 있는 층으로 옮겨졌고, 마리-데네주에게는 지옥이 시작되었다. 공황발작이 더 심해졌다. 그녀의 몸은 예고 없이, 이따금은 완전히 사라져버리곤 했다. 그녀는 전기충격과 인슐린 쇼크 등 그 당시의 끔찍한 정신과 치료란 치료는 다 받았다. 그녀는 어떻게 해야 뇌의 백질을 제거하는 수술을 받지 않을 수 있는지를 알지 못했다. 그녀는 앙주-에메가 어떻게 되었는지도 알지 못했다. 마리-데네주는 그 뒤로 다시는 앙주-에메를 보지 못했다.

"아니, 난 안 추워요. 그런데 당신이 추워 보이는군요."

포근하고 따뜻한 잠자리에서 그녀는 그가 온기를 찾아 침대에서 몸을 뒤척이는 소리를 들었다. 추위가 칼로 살을 에듯 매서웠다. 난로는 제 할 일을 하고 있었지만, 보름달이 뜬 밤은 가혹했다. 찰리는 규칙적으로 일어나 새 장작을 난로에 집어넣곤 했다. 그녀는 그가 잠을 자지 않을 거라는 사실을, 밤새도록 불을 살펴볼 것이라는 사실을 알고 있었다.

"자, 이리 와요. 여긴 따뜻해요. 당신 침대에 누워 있다간 얼어 죽을지도 몰라요."

그는 그녀의 권유에 마음이 끌렸다. 그는 모피가 몸을 감싸주어 매우 따뜻하다는 것을 알고 있었다. 그러나 마리-데네주 옆에서, 한 여자의 내밀함 속에서 잠들 수는 없었다. 그의 몸이 거부했다. 그러려면 너무나 많은 걸 포기해야 할 것이다.

그는 다시 한 번 난로에 장작을 집어넣으려고 침대에서 몸을 일으켰다. 그 순간, 추위에 날카롭게 찔린 그의 몸이 그를 마리-데네주의 침대로 데려갔다.

"봐요. 그렇게까지 어려운 일이 아니었잖아요."

그녀가 침대에 그가 누울 자리를 내주며 말했다. 그는 그녀 옆에 누웠다. 그들이 내쉰 안개 같은 입김이 합쳐져 작은 흰색 수증기가 되더니 어둠 속으로 사라졌다.

처미가 그들과 함께 침대에 누웠다.

그들은 모피 이불 속에서 이렇게 첫날밤을 보냈다.

# 긴 머리 처녀들

Jeunes filles aux longs cheveux

봄이 오기까지는 오랜 시간이 필요했다. 얼음은 5월 중순이 되어서야 호수를 해방시켜 주었고, 정말로 쾌적하다고 느끼기 위해서는 6월 초까지 또 기다려야만 했다. 숲속에는 여전히 눈이 여기저기 남아 있었다. 차가운 북풍이 불어 한낮에도 몸이 절로 부들부들 떨렸다.

6월 중순이 되자 땅이 첫 번째 대마를 받아들일 준비가 되어 있다는 판단이 내려졌다. 한 달도 더 전부터 호텔 주방을 차지하고 있는 묘목들이 다 시들어버리기 전에 서둘러 땅에 옮겨 심어야만 했다. 재배지는 톰의 오두막집에서 멀지 않은 산비탈에 위치해 있었다. 그렇게까지 복잡한 일은 아니었으나 대신 여러 날이 소요되었으므로 마리-데네주와 앙주-에메는 남자들이 재배지에서 일을 하는 동안 집에 그냥 남아 있기로 했다.

앙주-에메는 남자들이 뭘 하고 있는지를 이미 오래 전부터 알고 있었다. 그들은 돈 걱정을 안 했고, 스티브와 브뤼노는 호텔에서 굵은 마리화나 담배를 나눠 피웠으며, 주방에는 비료부대가 쌓여 있었다. 매사에 빈틈이 없는 이 여성에게 이 정도면 너무나도 확실한 증거였다.

반면 마리-데네주는 아무 것도 이해하지 못했다. 남자들이 몇 번씩이나 설명을 해주었지만 도무지 무슨 말인지 알아듣지를 못하는 것이었다. 그것은 그녀가 이해할 수 있는 범위 밖에 있었다. 현실에서 벗어나고, 그들의 말에 따르면 여행가방이나 랜드마크 없이 머릿속에서 여행한다니… 그녀는 멀쩡한 사람들이 광기에 빠지려 한다는 사실이 이해되지 않았다.

그래서 이 두 여성은 긴 산책을 하며 며칠을 보내게 되었다. 모든 것이 싹을 틔웠고, 여름은 서둘러 모습을 나타내려 하고 있었다. 두 여인은 오솔길을 따라가다가 계단식 하천에 이르렀다. 거기서 더 내려가면 곤들매기 양어장이 있었고, 그보다 멀리 가면 아주 작은 제비꽃이 우거져 있었다. 앙주-에메가 자신의 또 다른 삶을 기억하며 말했다.

"북부 삼림지대에서 자라는 제비꽃이에요. 그냥 먹을 수도 있고, 잼을 만들 수도 있답니다."

자, 이제 두 여성은 덤불 숲속에 쭈그리고 앉았다.

그들은 한 마디로 쓰레기장인 톰의 오두막집에는 이미 들어가봤고, 테드의 오두막집은 여러 번 앞으로 지나다니다가 결국은 한번 들어가봐도 괜찮겠다는 생각을 하게 되었다. 그의 오두막집은 겨울 대화를 통해 성스럽고 신화적인 장소가 되었다. 그리하여 이 집에 들어가는 건 금지되었고, 지난 여름 이후로는 아무도 여기 들어가지 않았다. 그래서 두 사람은 한편으로는 호기심에서, 또 한편으로는 경건한 마음으로 테드의 오두막집에 들어갔다.

앙주-에메는 사진가의 눈으로 금방 그림들을 보고 호기심을 느꼈다. 그는 테드가 그린 그림들이 유치하거나 서투를 거라고 생각했지만, 전혀 그렇지 않았다. 그것은 검은색 선들이 통과하는 두터운 스푸마토 화법(역주 - 몽롱하게 그리는 화법)의 그림으로, 이 검은색 선들 뒤에 화가가 진짜 그리려고 했던 것들이 숨겨져 있을 것만 같았다. 잿빛 아래에는, 서로 만나 남청색 선으로 둘러싸인 나뭇가지를 만들어내는 색 반점들이 있었다. 세 점의 그림은 동일하게 구성되어 있었다. 이젤에 놓여 있는 그림은 감정이 더 풍부하게 표현되어 있었으며, 가운데 부분은 다른 그림들이 가지고 있지 못한 입체감으로 환하게 밝혀져 있었다.

마리-데네주가 말했다.

"그들은 죽었어요. 전부 다요. 동굴 속에 많이 있어요."

"뭐라고요? 그게 무슨 얘기에요?"

"그들은 여섯 명이에요. 어쩌면 더 많을지도 몰라요. 오렌지색 반점 안에 있는 분홍색 점은 더 작은 누군가일 수 있어요. 아이일 수도 있고, 아주 어린 아이일 수도 있지요. 갓난애일 수도 있고… 그들이 전부 다 죽었어요. 그들을 둘러싸고 있는 푸른색이 얼마나 거칠고 차가운지 보세요. 오렌지색 반점은 지금 아이를 가졌고, 어머니는 아직 출산을 하지 못했어요. 분홍색 점은 태어나게 될 아기이거나 아니면 어머니 품에 안겨 있는 아주 어린 아기일 거에요. 동굴 안에는 움직이는 게 아무것도 없어요."

동굴이 아니라 지하 창고였다. 야채를 저장하는 지하 창고에서 테드의 아버지와 어머니, 다섯 형제가 죽었다. 마리-데네주는 딱 한 가지, 지하 창고를 동굴로 잘못 보았을 뿐이었다. 그 나머지는 놀랄만큼 정확했다. 그녀가 이 그림을 놀라울 정도로 명석하고 날카롭게 해석해냈기 때문에 앙주-에메도 오렌지색 반점 속의 아이와 어머니가 아기를 보호하고 있는 자세, 그리고 그 옆 노란색 반점 속에서 역시 아이를 보호하고 있는 아버지, 아버지 무릎에 눕혀져 있는 또 다른 아이를 알아볼 수 있었다. 이 아이는 진홍색으로 그려져 있었다. 마리-데네주가 설명했다. 이 아이는 울면서 죽었어요.

"그걸 어떻게 아세요?"

"난 60년 이상 내 주변에서 말해지는 것과 말해지지 않는 모든 것을 해독했어요. 동작, 시선, 그들의 이해력에서 벗어나는 모든 것, 그리고 내가 이해하지 못한다고 그들이 믿는 모든 것, 나는 이 모든 것들을 이해하고 저장해 놓았지요. 그리고 밤에 침대에서 그날 하루를 기록한 필름을 되돌려보면서 장면 하나 하나를 분석하고, 아주 사소한 단어와 동작까지도 해부했어요. 모든 걸 다시 돌아보는 거죠. 정신병원에서 살아남으려면 경계를 늦추지 말아야 해요. 그렇게 하다보면 감각이 날카로워지지요."

사진작가는 브뤼노가 자기 고모에 대해 했던 얘기를 떠올렸다. 그녀는 남이 보지 못하는 것을 보는 사람이다.

"다른 건 뭐 보이는 거 없으세요?"

"지금 당신은 나를 다른 오두막으로 데려가고 싶어 하는군요. 당신의 모공이 확장되고 몸이 뜨거워지는 걸 보니 그림들이 다른 오두막에서 우리를 기다리고 있다는 생각에 흥분하고 있어요."

"그림이 수백 점이나 있어요."

"자, 불쌍한 앙주-에메, 좀 기다려야 해요. 내 뼈가 피곤해하네요. 내일 날씨가 산책을 하기에 좋으면 갈 수도 있을 거에요."

앙주-에메는 다시 사진작가로 돌아갔다. 그곳, 바로 근처에 쌓여 있는 그 모든 신비로운 그림들은 한 사람의 삶에 관한 얘기를, 연기 나는 잔해 속을 걷는 소년과 자신의 불행 속에 갇힌 남자의 얘기를 그려내고 있었다. 그녀가 평생을 대화재에 대해 조사하면서 찾았지만 결코 찾지 못했던 얘기가 색이 있는 반점들 속에 숨어 있었고, 이 반점들의 비밀을 풀 수 있는 열쇠는 오직 마리-데네주만 가지고 있었다.

그러나 마리-데네주는 이제 많이 늙었다. 그녀는 너무 피곤해서 허리를 구부린 채 빈혈이라고 해도 될 만큼 창백한 얼굴로 테드의 의자에 앉아 쉬고 있었다. 산책을 한 데다가 그림까지 읽느라 몹시 지친 것이었다. 저 분에게 너무 많은 걸 요구한 거야. 사진작가로 돌아온 앙주-에메는 이렇게 생각하며 가슴 아파 했다. 그녀는 결심했다. 내일은 산책을 하지 않고 내가 가서 그림을 찾아다가 이분께 보여드려야겠어. 다 들고 올 수는 없고 그중에서 일곱 점이나 여덟 점? 그 이상은 힘들 거야.

그녀는 이 소식을 남자들에게 전했는데도 그들이 시큰둥한 반응을 보이자 실망했다. 그들은 대마 심는 일이 끝나자 그동안의 노고에 대한 보답으로 다음 날 낚시를 하러 가자고 자기들끼리 약속한 모양이었다. 아마도 그들은 그림 속 깊은 곳에 남겨진 수수께끼보다는 호수의 차가운 물 속에서 사는 송어에 더 끌리는 모양이었다. 반응을 보인 사람은 톰 뿐이었다. 그는 이렇게 말했다. 만일 테드가 자기 그림이 누군가로부터 이해받기를 원했다면 더 잘 그렸을 겁니다. 브뤼노와 스티브는 마리화나를 실컷 피워대더니 정신 나간 사람처럼 웃으며 느릿느릿 움직였다. 앙주-에메가 그림 얘기를 했지만 그들은 마리화나에 취해 제 정신들이 아니었다. 눈이 멀었다고 믿었던 한 소년이 80년 뒤에 대화재 장면을 그렸고, 마리-데네주가 그 장면을 읽어내는 데 성공했다는 사실에 놀라워하는 사람은 아무도 없었다. 오직 한 사람, 찰리만 놀라워했다. 하지만, 그건 마리-데네주에 대한 놀라움이었다. 사람들은 그가 감탄스러운 눈길로 오랫동안 그녀를 바라보는 것을 놓치지 않았다.

그래서 그 다음 날은 하루종일 낚시를 하느라 바빴다. 송어는 테드의 오두막집에서 마주 보이는 땅끝 뒤쪽의 깊은 물굽이에서 살고 있었다. 카누를 타고 족히 20분이면 갈 수 있는 거리였다. 카누는 작은 나무 배였다. 동시에 네 명밖에 탈 수 없었으므로 모든 사람을 건너편 호숫가로 실어나르려면 두 번 왔다갔다 해야만 했다. 개들은 헤엄을 쳐서 따라갔다.

감탄사가 절로 나올 만큼 멋진 장소였다. 빛과 어둠이 좁고 긴 땅 뒤에 숨어 있는 이 만의 호수물 위에서 장난치며 재미있어 하는 듯 했다. 호수가에는 몇 개의 바위 절벽과 모래가 깔린 갈색 통로들, 햇빛이 내리쬐는 아주 작은 모래사장들이 있었고, 그 뒤에는 무성한 식물들과 삼나무 숲이 있었다. 이 숲에서 풍기는 장뇌향이 모기들을 쫓았고, 이것이 바로 이 장소의 큰 이점이었다.

이곳에 그들이 여름에 사용하는 산장이 있었다. 이 오두막집은 그들이 호수 건너편에서 주거용으로 사용하는 오두막집과 모든 점에서 흡사했다. 하지만 가구는 주거용 오두막집보다 훨씬 더 적어서, 작고 보잘 것 없는 난로와 둘둘 말린 모피가 놓여 있는 침대 틀 세 개, 식탁, 의자 세 개, 그리고 벽에 기대어 놓은 조리대와 몇 가지 주방용품뿐이었다. 거의 백 살이 되어가고 있으며 깊고 깊은 숲속에 살고 있는 이 세 남자가 날 좋은 여름날 그들의 외진 오두막집에서 20분 정도 떨어진 장소로 휴양을 하러 간다고 생각하니 정말 놀랍다고 사진작가는 생각했다. 도시에 사는 사람들이 별장으로 휴가를 가는 거나 마찬가지였다.

테드는 이 장소와 연관이 깊었다. 그는 말없이 고기만 낚는 친구였다. 그래서 하루종일 그들은 송어가 미끼를 물 때마다 테드를 떠올리곤 했다.

그들은 테드 얘기를 자주 했다. 그는 항상 그늘지고 구석진 장소에서 절제된 동작으로 낚싯줄을 던졌으며, 입질이 확실하게 올 때도 보일 듯 말 듯 미소만 지을 뿐 결코 무슨 말을 하지 않았다. 심지어는 월척이 낚일 때도 아무 말 없었다. 그는 자신의 승리를 남에게 알리지 않았다. 다른 걸 할 때와 마찬가지로 낚시를 할 때도 그는 아무런 감정을 내비치지 않았다. 감정의 변화도 없었고 초초해하지도 않았다. 그는 자신과 관련한 모든 것에 입을 다물었다. 그리하여 결국 그들이 테드가 남기고 죽었으며 그의 미스터리를 풀 해답의 일부를 포함하고 있을 수도 있는 그림들에 대해 얘기하기 시작하자 사진작가는 몹시 만족스러워했다. 하지만 그들은 회의적이었다. 테드는 그 누구에게도, 심지어는 자기 자신에게도 존재하지 않았다. 그렇다면 왜 굳이 애를 써가며 사람들이 이해하지 못하는 그림들 속에서 자신을 설명하려고 애쓰겠는가?

하지만 찰리는 생각이 달랐다. 테드는 아마도 사람들이 상상할 수 있었던 것보다 훨씬 더 충만한 삶을 살았을지도 모른다고 그는 주장했다. 우리 세 사람 중에 할 얘기가 가장 많은 사람이 바로 그였어. 어쩌면 할 얘기가 너무 많아서 그걸 말로는 표현하지 못했는지도 몰라. 할 얘기가 너무 많았기 때문에 색 얼룩에 어떤 의미를 부여하려고 머리를 쥐어짰던 거야.

찰리의 말은 설득의 효과를 발휘하여 다음 날과 그 뒤로 이어진 날들, 그리고 여름 내내 그들은 테드의 미스터리를 이해하려고 애썼다.

그들은 그림들을 마리-데네주에게 가져갔다. 찰리가 맡아서 하루에 딱 다섯 장씩만 그녀의 오두막집으로 들고 간 다음 꼬리표를 붙이고 시간순으로 분류했다. 사진작가는 그 그림들을 보고 금세 알아차렸다. 이 그림들은 매더슨 대화재가 일어났을 때 테드가 엿새 동안 떠돌면서 겪은 일을 얘기하고 있었다.

총 367점에 달하는 이 그림들에서는 거의 대부분 같은 모티브가 사용되었는데, 자욱한 연기 속에서 밝은 색이 섬광처럼 터져나오는 것이었다. 그러나 이 많은 그림들 중에는 전경이 환하게 빛나는 그림들도 있었다. 예를 들면 대화재가 일어난 직후의 순간을 그린 그림도 그중 하나였다. 사진작가는 마리-데네주가 굳이 해석해주지 않아도 이런 그림들을 알아볼 수 있었다. 생존자들이 그녀에게 얘기해준 그 황금빛 덕분이었다. 이 빛은 그림에서 공간을 전부 다 차지하고 있으며, 불에 새까맣게 타버린 나무줄기는 배경에 얇은 톱니 모양의 선으로만 그려져 있었다. 그렇지만 그림 아래 부분의 불분명한 검은 색 속에 시체들이 그려져 있다는 사실을 알아내기 위해서는 마리-데네주의 눈이 필요했다.

사진작가는 여름 내내 조각들을 한데 모으기 위해 애를 썼다. 왜냐하면 테드는 어떤 얘기를 하려고 애쓰는 작가처럼 그림을 그리지는 않았던 것이다. 그는 어떤 장면에 관심이 가면 그것으로 하나 혹은 여러 개의 버전을 만든 다음 오두막 안에 보관했다. 그러고 나서 이틀이나 닷새 뒤에 또 다른 장면을 그리는 것이었다. 그는 자기 기억의 시간 순서는 그다지 중요하게 생각하지 않았다. 그는 자신의 기억에서 해방되기 위해, 그 기억을 고양시키거나 있을 것 같지 않은 후손에게 남기기 위해 그림을 그렸다. 캔버스 전체에 물감을 두껍게 칠한 걸로 보아 그가 그림을 그리는 데 많은 시간을 들였다는 것을 알 수 있었다.

테드는 떠돌아 다니는 동안 내내 장님이 아니었다. 사진작가는 그가 부분적으로라도 장님이었던 적이 있었는지 의심했다. 젊은 보이척이 완전히 장님으로 여겨졌던 에피소드들을 그린 그림들이 있었다. 예를 들어 호수에서 살아남은 사람들을 그린 그림은 완전히 초현실적이다. 호수의 흙탕물에 몸이 반쯤 잠겨 있는 세 명의 남자, 같은 물 속에 잠겨 있는 고라니 한 마리, 그들 중 가장 나이가 어린 사람의 오른쪽 어깨에 앉아 있는 새 한 마리. 사진작가가 어깨에 새가 앉아 있는 청년에게서 그녀에게 이 에피소드를 얘기해주었던 노인의 모습을 떠올린다는 것은 쉬운 일이 아니었다. 하지만, 모든 세부는 바로 거기, 두껍게 흐르는 색깔들 속에 달라붙어 있었다. 그러므로 이 종말론적 시각에서 벗어나는 건 불가능한 일이었다. 이 노인은 그녀에게 이렇게 말했다. 그는 잔해 속을 비틀거리며 걷고 있었지요. 그는 그에게는 너무 큰 걸음으로 걷는 것 같았어요. 신의 걸음으로 걷는 것 같기도 했고요.

어떤 그림들은 그녀가 전혀 모르는 에피소드들을 보여주었다. 그 어떤 생존자도 뗏목을 타고 블랙리버 강을 따라 내려가는 두 젊은 여성에 대해 그녀에게 얘기해준 적이 없었다. 눈부시게 빛나는 아름다운 금발머리가 그들의 몸 전체를 덮고 있었다. 두 여성은 뗏목 위에 엎드려 있었고, 보이는 건 오직 점점이 이어진 황금색 자국 뿐이었는데, 마리-데네주는 이 자국이 강물이라고 해석했다. 그렇지만 그녀는 검은색 바탕에 남겨진 빛의 흔적이 무엇을 의미하는지는 읽어내지 못했다. 그녀가 뭉쳐진 머리카락 아래에서 인간들의 형태를 구분해내기 위해서는 같은 모티브를 다른 각도에서 그려낸 다른 그림들에 이어 이 두 젊은 여성이 뗏목 위에 서 있거나 무릎을 꿇고 있는 또 다른 그림들이 필요했다. 이 여성들은 다른 시리즈에 다시 등장했고, 마리-데네주는 즉시 그들을 알아보았다. 그림에서 그들은 팔을 머리 위로 올려 흔들어대고 있었다. 마리-데네주가 말했다. 자기들을 도와줄 수도 있을 사람이 강가에 서 있는 걸 보자 도와달라고 소리치고 애원하는 거예요.

여름이 지나가는 동안 이 여성들은 몇 번이나 다시 모습을 나타냈다. 처음에는 멀찌감치 떨어져 있던 찰리와 톰도 이 두 젊은 여성의 얘기에 관심을 갖기 시작했다. 처음에는 그들의 모습이 강 위에 멀리 보인다. 하지만  더 가까이 보면 그들은 손으로 노를 젓고 있다. 그러다가 그들이 타고 있던 뗏목이 뒤집혀 전복된다. 어쨌든 마리-데네주는 이렇게 가정했다. 이 시리즈는 분명치 않은 부분이 많아 해석하기가 쉽지 않았다. 얘기 속으로 깊이 들어가면 들어갈수록 점점 더 이해하기 힘들어지는 것이었다. 그림들은 선명한 색깔들의 흐름과 분출에 불과해졌다. 테드는 주걱을 들고 드립 페인팅을 시작한 것이다.

어느 날, 마리-데네주는 유난히 모호하고 혼동되는 그림을 읽어내는 데 성공해서 그 그림이 두 젊은 여성의 초상화라고 그들에게 알려주었다. 그녀는 그들의 얼굴 윤곽과 입, 뺨, 분홍빛이 광채를 발하며 스쳐 지나가는 눈, 그리고 가느다란 황금색 실이 얽혀 있는 것처럼 보이는 그들의 머리(무엇보다도 이 머리를 보고 그게 그 두 여성이라는 걸 알 수 있었다)를 그린 두터운 물감 속에서 그들이 따라가야 할 선을 가리켰다.

톰이 그 혼란스런 그림 속에서 누군가를 알아보고 놀라서 소리쳤다.

"폴슨 쌍둥이다!"

"누구라고?"

"폴슨 쌍둥이! 정말 예뻤지! 저 머리 좀 봐! 저건 굉장한 장식품이야! 하지만 테드는 잘못 봤어! 저 두 사람 머리가 길긴 했지만 아무리 그래도 발목까지 내려올 정도는 아니었어."

톰은 이 두 미인에 대해서 그렇게까지 많이 알지는 못했다. 매더슨에서 스코틀랜드 출신 아버지와 라트비아 출신 어머니 사이에서 태어난 이들은 이 마을의 스타였다. 두 사람을 보려고 허스트처럼 먼 곳에서 찾아올 정도였다. 그들은 점점 더 예뻐졌고, 사춘기가 되자 부모는 사람들이 보지 못하게 그들을 숨겼다. 그렇게 작은 마을에서 살기에는 너무 예뻤던 것이다. 톰은 그들이 뗏목을 타고 블랙 리버 강에서 벌인 모험에 대해서는 전혀 모르고 있었다. 그들 중 한 명은 코크런에서 온 남자와 결혼했고 다른 한 명은 어떤 뮤지션을 따라갔다고만 막연히 알고 있을 뿐이었다.

확실한 게 한 가지 있다면, 젊은 보이척이 그들에게 깊은 인상을 받았다는 사실이다. 그들을 그린 그림은 모두 합쳐 서른두 점으로 확인되었다. 테드는 그들 중 한 명을 좋아했었던 걸까? 아니면 두 명을 다 좋아했었던 걸까? 충분히 던져볼 만한 질문이었다.

폴슨 쌍둥이의 초상화를 발견한 다음 날, 찰리는 마리-데네주가 쉴 수 있도록 그녀를 여름 산장으로 데려갔다. 오직 그것만이 그녀를 그림으로부터 떼어놓을 수 있는 유일한 방법이었다. 그녀는 그림을 해석하느라 기진맥진한 상태였다.

사진작가는 마리-데네주가 쉬러 간 틈을 이용하여 그림들을 분류하고 꼬리표를 붙였다. 가장 어려운 건 그림마다 제목을 붙이는 일이었다. 폴슨 쌍둥이를 그린 시리즈의 경우에는 〈긴 머리 처녀들 1〉에서 〈긴 머리 처녀들 32〉까지 제목을 붙일 수 있었다. 그러나 어떤 그림들은 제목이 붙여지지 않은 채 남아 있었고, 오두막의 벽을 따라 놓여진 채 사진작가가 문득 영감을 받아 그림에 딱 맞는 제목을 생각해내기를 기다리고 있었다. 어떤 그림은 '강의 아이'라는 제목을 생각해내서 속으로는 그렇게 불렀으나, 사실 그 그림에 이렇게 너무 평범한 제목을 붙이는 게 만족스럽지는 않았다. 이 아이가 겪었던 비극을 그린 그림들은 좀 더 고민해보고 제목을 붙여야 했다. 누슈카의 비극과 관련한 시리즈도 있었다. 이 대참사를 그린 그림들이 제목이 붙여지지 않은 채 남아 있었다. 그렇지만 그녀는 이 시리즈 중에서 '우는 암소'를 그린 두 점을 따로 떼어놓았다. 제목은 저절로 붙여졌다. 〈우는 암소 1〉에서는 눈물이 황폐화된 풍경 속에서 빗방울처럼 한 방울 한 방울씩 떨어지는 반면 〈우는 암소 2〉에서는 펑펑 쏟아졌다. 그녀는 왜 테드가 이런 환상을 품었는지 이해가 가지 않았다.

마리-데네주와 찰리는 휴식을 취하고 미소 지으며 느긋하게 오후 늦게 돌아왔다. 하루동안 기분 전환을 하고 나자 몸과 마음이 한결 편안해졌다.

다시 그림을 해석하기 시작했지만, 그 뒤로는 마리-데네주에게 휴식시간을 주려고 신경을 썼다. 그림을 해석하는 것은 생각보다 훨씬 더 힘든 일이어서, 마리-데네주는 나흘이나 닷새 동안 일을 하고 나면 무기력하고 느려졌으며, 시력을 거의 잃어버렸다. 그럴 때마다 마리-데네주는 피곤한 미소를 지으며 말하곤 했다. 또 하루 늙었네. 그러면 찰리는 그녀를 여름 산장으로 데려갔다.

북부 지방의 여름은 짧지만 무척 더웠다. 바람 한 점 불지 않는 건조한 더위가 움직이지 않고 공기를 가둬놓기 때문에 호수 속으로 뛰어드는 것말고는 다른 선택이 있을 수 없었다. 물론 마리-데네주와 찰리도 호수 속으로 뛰어들었다. 그들은 그 어느 때보다 더 활짝 웃으며 여름 산장에서 돌아왔다. 두 사람 머리에서 물이 방울방울 떨어져내렸다. 마리-데네주는 뱃머리에 선수상(船首像)처럼 앉아 있었는데 머리카락이 머리에 찰싹 달라붙어 있어서 겨우 알아볼 수 있었고, 찰리는 뒤쪽에서 왕자처럼 노를 젓고 있었다.

여름이 꽤 지났을 때 사진작가는 그녀의 탐색에 전혀 다른 의미를 부여하게 될 그림을 보게 되었다. 이 그림은 놀라울 정도로 사실적이었으며, 테드가 그린 다른 작품들과는 완전히 달랐다. 그녀는 이 초상화의 주인공을 즉시 알아보았다. 보랏빛이 도는 배경에 선명한 색조로 그려진 이 여성의 눈길은 그 누구라도 눈을 뗄 수 없을 만큼 강렬했다. 그녀의 눈길은 너무 매력적이고, 몹시 부드럽고, 무척이나 다정했다. 이 여성의 존재 전체가 푸른색 아니면 초록색인(그녀의 눈 색깔을 구분해내는 것은 쉬운 일이 아니었다) 그녀의 눈 속에 자리잡고 있었다. 하지만 그녀의 눈에서 뿜어져나오는 빛은 사진작가의 마음에 의심의 여지를 남겨놓지 않았다. 그녀는 스무 살이나 서른 살쯤 더 젊었을 때여서 주름도 덜 깊이 패여 있고 머리도 아직 완전히 백발이 아니었으나, 그때도 눈가에서는 여전히 분홍색 빛이 번쩍이고 있었다. 의심의 여지가 없었다. 그녀는 바로 하이 파크 공원에서 새들에게 모이를 주던 그 키 작은 노부인이었다. 사진작가는 다시 한 번 생각했다. 백 두 살이라니, 그게 가능한가?

그림에서 그녀는 눈을 반짝이며 누군가를 놀리는 것이 아니었다. 그녀는 누군가를 사랑하고 있었다.

마리-데네주가 말했다.

"그녀는 사랑하고 있어요."

"사랑하고 있다고요?"

"자기를 바라보고 있는 남자를 사랑하고 있어요."

그들은 여름 산장에서 방금 돌아와 아직까지도 물을 뚝뚝 떨어트리며 모피 침대에 누워 있었다. 그들은 방금 수영을 했고, 마리-데네주는 공황발작과 싸우느라 지칠대로 지쳐 있었다. 공황발작은 느닷없이 일어났다. 그들이 손을 잡고 물 속을 걸어가고 있을 때 찰리는 마리-데네주의 손가락이 살짝 경련을 일으키는 걸 느꼈다. 물이 그들의 어깨까지 올라왔을 때 그녀가 공황발작을 일으켰다.

찰리는 무슨 일이 일어나고 있는지 즉시 알아차렸다. 그녀의 눈빛이 무언가에 집중하고 있는 듯 거칠어 보였다. 그는 그녀를 안고 호숫가로 데려갔다. 그녀는 동작으로도, 말로도 항의하지 않고 찰리가 자기를 안고 가도록 그냥 내버려두었다. 여름 산장에 도착하여 그가 그녀를 모피 이불 위에 내려놓으려 하자 그녀는 그의 팔에 매달리며 그에게서 떨어지지 않으려고 했다. 그래서 그는 그녀를 그대로 안고 있었다.

"자, 이제 됐어요. 지나갔어요."

그들은 오두막집의 가장 그늘진 모퉁이에 있었으나, 태양이 뜨겁게 내리쬐는 이 여름날에는 어두운 모퉁이도 환해서 찰리의 눈은 마리-데네주의 몸을 주름진 부분까지 두루 돌아다니는 빛을 따라갔다.

그들은 벌거벗고 있었다. 그들은 처음에는 속옷을 입고 수영을 했지만, 물에 젖은 속옷을 입으면 얼마나 불편한지 알고 나자 그냥 알몸으로 수영을 하게 되었다. 상대의 알몸을 본 두 사람의 반응은 서로 달랐다. 마리-데네주는 웃음이 터져나오려고 했지만 겨우 참았다. 상체가 육중한 찰리의 몸은 활처럼 휜 작은 두 다리 위에 서 있었고, 두 다리 사이에는 그녀가 보기에 균형이 안 맞을 정도로 큰 생식기가 매달려 있었다. 찰리는 흰 꽃다발처럼 풍성한 그녀의 음모에서 눈을 뗄 수가 없었다. 그렇지만 그들은 상대의 알몸을 보는 것에 익숙해져 있었다. 수영은 그 어떤 옷도 부드러운 물과 그들의 피부 사이에 끼어들지 않을 때 한층 더 즐거워지기 마련이다.
"쉬이이잇, 제발 하지 말아요."
그의 품에 안겨 있는 그녀가 너무 작아서 그는 마치 아이를 흔들어 재울 때처럼 그녀의 몸을 좌우로 흔들었다.
"쉬이이이잇, 안 돼요, 제발, 노래, 하지 말아요. 노래, 하지 말라니까요."
그녀는 아직도 싸우고 있었다. 자신의 몸을 완전히 복귀시키지 못했던 것이다. 찰리가 품에 안고 흔들어주자 그녀는 조금 진정이 되었다. 하지만 그와 동시에 그녀가 탄식하는 어조로 노래를 부르기 시작하면서 그녀의 몸이 다시 그녀에게서 멀어져갔다. 그는 이 애가를 도저히 듣고 있을 수가 없었다. 그래서 그는 그걸 듣지 않으려고 음 하나를 발음한 다음 세 음표에 걸쳐 단조롭게 읊조리는 식으로 노래를 부르기 시작했다. 이것은 다른 삶에서 그의 아내가 아이들을 재우려고 부르던 노래였다.
"아하하하하, 우후후후후, 오호호호호…"
자장가는 효과를 발휘하였다. 마리-데네주는 긴장을 풀었다.
그녀가 말했다.
"거기요."
찰리는 그녀를 모피 이불에 눕힌 다음 그녀가 손으로 가리키는 곳에 자신의 손을 올려놓았다. 가죽처럼 질긴 그의 손바닥

아래 피부는 뜨겁고 부드러웠다.

그녀가 다시 말했다.

"거기요."

그러자 그의 손이 그녀의 처진 젖가슴 아래 복부를 쓰다듬었다.

그녀가 미소지었다. 그녀는 다시 살아났다. 찰리는 공포의 매듭이 자신의 손 아래서 풀리는 것을 느꼈다.

그는 흰 꽃다발을 가리키며 물었다.

"여기도?"

그러자 그녀가 교태를 부리며 야릇하게 미소지었다. 서른 살은 젊어 보였다. 그 역시 다시 젊어졌다. 그 순간, 그들의 나이는 쉰 살이었다. 어쩌면 스무 살에 불과한지도 몰랐다.

# 이루어질 수 없는 사랑의 컬렉션

La collection d'amours impossibles

미스 설리반이에요. 사진작가가 매더슨 시립 미술관을 처음 방문했을 때 그녀는 자신을 이렇게 소개했다. 그녀는 꼭 귀족 작위를 강조하듯 그렇게 이름은 말하지 않고 오직 이 미스라는 단어만 강조했다. 사진작가는 비쩍 마르고 키가 무척 크며 허리가 굽어서 흐느적거리듯 움직이는 노처녀에 대한 추억을 간직하고 있었다. 그녀는 이 노처녀의 발이 평발이고 엉치뼈가 뒤집혀져 있을지도 모른다고 생각했다. 뼈만 앙상하고 꺼칠꺼칠해 보이는 그녀의 몸은 전체가 매우 불안정한 균형 상태를 유지하고 있는 것처럼 보였다. 하지만 그것은 눈물이 날 만큼 로맨틱한 스토리였다. 그녀의 얘기에 따르면, 젊은 보이척은 좋아하는 여자를 찾아서 잔해 속을 며칠동안 해매고 다녔으리라는 것이었다. 이런 이유로 사진작가는 작은 매더슨 미술관을 다시 찾아온 것이었다.

그녀는 테드가 새들에게 모이를 주는 그 키 작은 노부인을 그린 초상화를 들고 왔다.

미스 설리반은 전혀 아무 어려움 없이 그녀가 누구인지 알아보았다. 그녀는 망설임 없이 말했다. 엔지 폴슨이네요. 엔지는 뮤지션을 따라갔다는 그 여성이었다. 쌍둥이 중 다른 한 명은 이름이 마지였고 이미 오래 전에 세상을 떠났다. 미스 설리반이 덧붙였다. 둘 중에서 엔지가 더 예뻤답니다. 사진작가는 그렇게 믿어 의심치 않았다.

그녀는 〈긴 머리 처녀들〉 시리즈에 속하는 작품 몇 점도 들고 왔다. 그녀는 사실 미스 설리반이 이 작품들에 그려진 두 여성이 누구인지 알아볼 수 있으리라는 기대는 하지 않았다. 마리-데네주 자신도 이 시리즈의 그림들을 해석하는 데 어려움을 느끼지 않았던가. 아니다, 그녀는 미스 설리반이 젊은 보이척의 손에 들려 있던 꽃에 대해 다시 한번 얘기해주기를 바랐다. 미스 설리반은 말했었다. 좋아하는 여자에게 줄 꽃이었죠. 그때 그녀는 이 노처녀가 말도 안 되는 소리를 한다고 생각했었다. 그러나 이제 그녀는 이 사랑 얘기가 어느 정도 사실이 아닐까 생각하게 되었다.

그녀가 그들에게 매더슨 미술관을 다시 찾아가보겠다고 말하자 톰이 소리쳤다. 아니, 당신은 왜 그렇게 다른 사람들의 삶에 관심을 갖는 거요? 당신 자신의 삶은 없는 거요?

그녀는 자신의 존재가 이 외진 곳에서 많은 언급과 추측의 대상이 되고 있다는 사실을 모르지 않았다. 호수 공동체는 그녀를 받아들였다. 그녀를 높이 평가했다. 그녀와 함께 있는 걸 좋아했다. 하지만 아직 젊은(그들에 따르면, 이제 겨우 40대에 불과한) 그녀가 혹시 다른 욕구를 갖고 있는 건 아닌지 불안해했다. 물론 그녀는 토론토에서 할 일이 있어서 이따금 일을 하러 그곳에 가야 했지만, 일이 끝나면 곧바로 오두막으로 돌아오곤 했다. 다른 식으로는 살 줄 모르는 사람 같았다. 사진에서도, 그림에서도, 삶에서도 그녀는 노인들을 필요로 했다.

어느 날 찰리가 그녀에게 말했다.

"당신은 당신 자신의 삶에 별로 관심이 없는 것 같군요."

"그럼 브뤼노는요? 그리고 스티브는요?"

그러자 그가 마리화나를 피우는 동작을 흉내 내며 대답했다.

"그건 다르지요."

스티브와 브뤼노는 이미 계획된 삶을, 즉 숲속 깊은 곳에 은둔하며 마리화나를 피우는 삶을 살고 있으니 그들에 대해서는 불안해하지 않아도 된다는 것이었다. 그들은 언젠가는 이 은둔지에서 가장 나이 많은 노인이 되거나, 만일 레바논 사람의 호텔이 그때까지 잘 버텨준다면 그 호텔에서 살게 될 것이다.

"두 사람이 늙으면 그들을 돌봐줄 건가요?"

그녀는 이 질문에 대답하지 않았다. 찰리는 지금 그들에게 후계자가 생길 거라는 착각을 하고 있다. 브뤼노는 숲속의 은둔자가 되겠다는 사명감 같은 건 갖고 있지 않았다. 그리고 스티브는… 음, 단정지을 수는 없지만, 스티브는 그런 사명감을 갖고 있을지 모른다. 그는 자신의 미래가 어떻게 되든 전혀 신경 쓰지 않았던 것이다. 사진작가의 경우, 그녀는 마리화나를 특별히 좋아하지는 않아서 어쩌다 한 번씩 피울 뿐 더 이상은 피우지 않았고, 아픈 사람을 보살펴주겠다는 사명감 같은 건 전혀 갖고 있지 않았다. 그녀는 동정심과 우정을 느껴 앙주-에메의 역할을 맡았다가 결국은 그 역할이 자신에게 잘 어울린다고, 원래는 자기 것이 아니었지만 격려하고 위로하고 감내하는 이 역할이 자기 것이라고 생각하게 되었다. 그러나 테드가 그린 그림이 발견된 뒤로 그녀는 원래의 성격을 되찾아 매더슨 미술관을 다시 찾아가게 된 것이었다.

미스 설리반은 몹시 기뻐했다. 방문객이 적었고, 두 번째 오는 방문객은 더 적었으며, 더구나 이 방문객이 들고온 그림에는 아름다운 러브스토리가 담겨 있었던 것이다. 아름다움, 고통, 비밀. 이런 것들이 꿈을 꾸게 한다.

미스 설리반은 폴슨 쌍둥이의 미모가 절정에 달했을 때는 그들을 알지 못했다. 그녀가 말했다. 난 너무 젊어요. 이제 겨우 예순여섯 살인걸요. 사진작가는 자신의 나이를 굳이 숨기지 않으려는 그녀가 매력적으로 보였다. 사진작가는 그녀가 바라는 반응을 보였다.

"그렇게 안 보이세요."

그녀는 충분히 예순여섯 살로 보였다. 그러나 사실 예순여섯 살은 폴슨 쌍둥이가 매더슨의 스타였을 때의 그들을 알기에는 너무 젊은 나이다. 그녀는 그들을 나중에 알게 되었다. 미스 설리반은 그 당시 열다섯 살이었고, 버지니아라고 불렸으며, 벌써부터 키가 크고 비쩍 마르고 무척 낭만적이었다. 그녀는 어머니가 양품점 여주인과의 수다를 마치기를 기다리고 있었다. 그때 이 세 사람은 창문을 통해 엔지 폴슨이 경쾌한 발걸음으로 기차역을 향해 걸어가는 모습을 보게 되었다.

그러자 그녀의 어머니가, 혹은 양품점 여주인이 말했다.

"다른 사람들을 불편하게 만들어놓고도 아무렇지 않게 생각하는 여자가 지나가는구만."

엔지 폴슨은 매더슨의 여자들과는 완전히 달랐다. 바로 이것이 그녀의 용서받을 수 없는 죄였다. 사람들은 우아하고 기품 있고 유행을 따르는 그녀가 토론토나 다른 곳에서 문란한 생활을 했을 것이라고 의심했다. 왜냐하면 마흔 살이 넘었는데도 아직 남편이나 자식이 없고 여전히 아름다웠던 것이다. 커다란 보헤미안 스카프에서 현기증이 날 정도로 높은 하이힐까지 그녀는 개성이 강한 여성이었다. 매더슨에서는 그 누구도 그녀처럼 옷을 입지 않았고, 그녀처럼 활기차거나 자유롭지 않았다. 어린 버지니아는 그녀에게 감탄하고 그녀를 동경하였다.

열다섯 살 때 이미 버지니아는 나중에 나이가 들어 노처녀가 되었을 때처럼 비쩍 마르고 키가 멀쑥하게 크고 허리가 구부정했다. 하지만 그때부터 이미 그녀의 가슴 속에서는 뜨거운 심장이 맹렬하게 뛰고 있었다. 양품점 앞으로 지나가던 그 열정적이고 파란만장하고 금지된 사랑의 화신이었던 반항적인 여성, 엔지 폴슨은 버지니아가 결코 살지 못할 삶을 상징하는 인물이 되었다. 버지니아는 자신이 꿈꾸는 열정적인 사랑을 하는 것이 실제 현실에서는 불가능하다는 사실을 알고 있었다.

그런데 엔지 폴슨, 그녀는 도대체 누구를 그렇게 불편하게 했다는 것일까? 딱히 누구라고 할 것 없이 거의 모든 사람이 그녀 때문에 불편해했다. 그녀의 어머니나 양품점 여주인의 생각은 작은 도시들이 하루도 빠짐없이 채워넣어 영원히 고갈되지 않는 그 악의의 샘에서 퍼온 것이었다.

그리하여 키가 크고 비쩍 말랐으며 매우 낭만적인 버지니아는 엔지 폴슨이 나눈 비밀스런 사랑의 흩어진 조각들을 모으기 시작했으며, 그러다 보니 매더슨에서 사람들이 한숨쉬며 말하는 모든 것에 특별히 민감해졌다. 그리고 사람들의 삶에 대해서도 필요 이상으로 많은 걸 알게 되었다. 질투, 원한, 복수, 무시무시한 비밀, 작은 속죄… 그녀 자신도 자기가 모아놓은 것에 놀라워했다. 귀에 들려오는 아주 작은 소리에도 귀를 기울이고, 누가 자신에게 하는 얘기를 이어 묶기도 하고 다시 풀어 헤치기도 하다보니 그녀는 비밀의 기술을 매우 능숙한 솜씨로 구사할 수 있게 되었다. 이렇게 해서 그녀는 매더슨에 사는 거의 모든 사람이 비밀스런 사랑을 하고 있다는 사실을 알게 되었다.

사진작가는 기다란 회색 실루엣이 자신에게 몸을 구부리고 무슨 음모라도 꾸미듯 이렇게 물었을 때 그 질문의 의미를 파악하지 못했다.

"내가 모아놓은 게 있는데, 보지 않을래요?"

버지니아 설리반이 놀라워하는 자신의 눈을 환한 미소로 맞이하는 걸 보는 순간 사진작가는 그녀가 자신을 크게 예우했다는 사실을 알아차렸다.

"이루어질 수 없는 사랑보다 더 아름다운 건 없답니다."

그녀가 사진작가의 손에 건네준 공책은 매우 평범했다. 판지로 된 표지, 나선형 제본, 밑줄 쳐진 종이. 표지에는 두 개의 모노그램이 심장으로 연결되어 있었다. 모노그램은 매우 양식화되고 공들여 그려졌지만, 반대로 심장은 보기 민망할 정도로 유치하게 그려졌다. 당연히 붉은색이었고, 큐피드의 화살에 뚫려 마치 그리스도의 성상에서처럼 피가 몇 방울 떨어져내리고 있었다. 이 노처녀는 피가 흘러나오는 심장을 좋아하는 게 분명했다. 그런데 피를 흘리는 심장은 그녀가 공책을 꺼낸 유리 끼워진 장롱 안에 아주 많아서 다 합치면 스무 개는 될 것 같았다.

그녀가 낮은 목소리로 느리게 말했다.

"내가 모은 거예요."

사진작가는 생각했다. 이건 사랑에 빠진 여자의 목소리야. 여자는 자기가 해보지도 않은 다른 사람들의 사랑에서 정말 만족을 느낄 수 있는 것일까?

공책에는 너무나 슬픈 러브스토리가 쓰여 있었다. 사랑은 가슴 속에서만 불타오를 뿐 남녀가 한몸이 되지는 않았다. 하지만 이 얘기들 속에는 은총과 구원이 있었다. 사랑에 빠진 노처녀의 눈길. 남녀가 한몸이 되든 되지 않든 그건 중요하지 않았다. 중요한 건 두 존재가 주저하면서 서투르게 서로에게 한 걸음 한 걸음 다가가는 것이었다. 한 익명의 여성 관찰자가 이 두 존재의 뒤를 열심히 쫓고 있었다. 이 관찰자는 남자가 여자에게 인사한 날짜와 시간, 남편의 품에서 벗어나려는 이 여자의 동작, 그리고 이 여자가 다음 날 같은 시간 같은 장소에 혼자 와서 남자를 눈으로 찾을 때(남자는 그 장소를 떠나지 못하고 여자를 몰래 바라보고 있었다)의 날씨를 기록하였다. 그들은 그들 중 어느 누구도 금지된 선을 넘지 않고 매번 감미로운 엇갈림 속에서 이렇게 몇 년 동안 서로를 쫓아다닐 수 있었다. 이 관찰자의 관심은 결코 시들해지지 않았다. 그녀는 모든 걸 기록했다. 머리 모양의 변화, 가슴을 드러낸 네크라인과 풀을 먹인 칼라의 등장, 더 밀접한 접촉, 가벼운 스침과 다정한 눈길. 그러나 남자와 여자가 금지된 선을 넘을 수도 있겠다 싶자 관찰자는 흥분해서 도저히 가만 있을 수가 없었다. 과연 그는 이 편지에 답을 할 것인가 말 것인가? 만일 그가 그녀에게 답장을 쓴다면 달빛 아래서 만나기로 약속할 것이고, 뜨거운 입맞춤을 나눌 것이고, 약속을 주고받을 것이다. 그리고 다시 만나서 또 입을 맞출 것이다. 그러면 여자의 남편은 분노와 질투, 고통에 휩싸여 미쳐버릴지도 모른다. 과연 그는 어떻게 할 것인가? 이 관찰자는 남편이 어떤 행동을 할 것인지에 관해 수 페이지에 걸쳐 써놓았고, 사진작가는 이 글을 읽으며 노처녀가 만일 이 남자와 여자의 사랑이 이뤄질 경우 이 사랑이 더 이상 자기 것이 될 수 없게 될까봐 불안해하고 있다는 것을 분명히 알 수 있었다.

공책 마지막 페이지에는 GR이라는 모노그램이 YT라는 모노그램과 피 흘리는 심장으로 연결되어 있었다. 왜냐하면 GR이 질투에 휩싸인 남편과 맞서는 것보다는 정열적인 단 한 번의 약속으로 만족했던 것이다.

사진작가를 특히 궁금하게 만든 공책이 있었다. 이 공책에는 모노그램 JM도 있고 피 흘리는 심장도 있는데, 그 다음에 있어야 할 모노그램은 안 보이고 그 자리에 물음표가 찍혀 있는 것이었다.

미스 설리반이 설명해주었다.

"전 그녀가 누구를 사랑하는지 알아내지 못했지요. 그녀가 사랑에 빠진 건 분명했어요. 그녀에게서는 확실한 부재가 느껴졌지요. 그녀는 결코 그녀가 있는 곳에 존재하지 않는 듯 보였답니다. 나는 그녀의 마음속에서 살고 있는 남자를 그녀 주변에서 찾았지요. 나는 몇 년 동안 기차역이나 우체국 등으로 움직이는 그녀를 지켜보았고, 편지나 낯선 여행자가 나타나기를 기다렸지만, 아무 소용 없었어요. 그녀는 자신의 장례식에도 오지 않을 누군가를 기다리는 표정을 지으며 자신만의 비밀을 간직한 채 세상을 떠났지요. 나는 그녀의 장례식에 갔었는데, 아버지 빼고는 우는 남자가 아무도 없었어요. 그녀는 너무 많이 울어서 서른 살에 죽었답니다. 사람들은 그걸 늑막염이라고 부르더군요. 참 적절한 단어죠. 늑막염(Pleurésie)이라는 단어 속에 눈물(Pleur)이라는 단어는 있지만, 이 늑막염이라는 단어에서 자살을 떠올릴 사람은 없으니까요. 이건 내가 모은 얘기 중에 가장 슬픈 얘기예요."

마지막 공책의 표지에는 AP와 MP, TB, 이렇게 세 개의 모노그램이 두 개의 화살이 관통하는 심장 주위에 그려져 있었다.

"그는 두 사람 다 사랑했지요."

자, 이것은 어린 버지니아가 양품점 창문으로 엔지 폴슨을 본 순간부터 미스 설리반이 촘촘한 글씨로 기록한 폴슨 쌍둥이와 보이척의 얘기다. 그녀가 마지막으로 공책에 글을 쓴 것은 사진작가가 대화재 때 살아남은 사람들에 관한 정보, 특히 보이척에 관한 정보를 얻기 위해 그녀의 미술관을 찾아왔던 1년 전이었다. 이 노처녀는 공책에 이렇게 써넣었다. 이 여성은 테오도르에게 전할 메시지를 가지고 있는 것일까? 엔지가 이 여성에게 메시지를 전해달라고 맡긴 것일까?

공책을 한 장 한 장 넘기면서 여기저기서 몇 개의 문장을 주워 모으던 사진작가는 이 얘기에 희망이 없다는 사실을 깨달았다. 그들은 셋 다 그들에 대해 전권을 행사하는 자기권(磁氣圈) 안에 자신들을 묶어두면서 동시에 자신들이 서로간에 거리를 유지하게 하는 사랑 주위를 뱅뱅 맴돌 뿐이었다. 엇갈리는 일도 많았고, 상황이 절망적으로 역전되기도 했다. 세 사람 중 어느 누구도 적시 적소에 있었던 적이 없었다. 젊은 버지니아는 노처녀가 될 때까지 그들을 지켜보았다. 그러면서 매번 같은 질문을 날카롭고 촘촘한 글씨체로 썼다. 테오도르, 그는 결국 선택을 할 것인가?

사진작가는 당황했다. 이 새로운 이름은 어디서 생겨났단 말인가?

테오도르 보이척이라는 이름은 봉투에 쓰여 있었다. 테오도르 보이척, 우체국 유치 우편, 매더슨, 온타리오. 길고 가느다란 글씨로 쓴 것도 있었고, 유치하게 글자를 고리 모양으로 구부려 쓴 것도 있었다. 쌍둥이는 기질도 다르고 글씨체도 달랐던 것이다.

쌍둥이가 그에게 우체국 유치 우편으로 보낸 편지들은 모든 얘기를 하나로 묶는 가느다란 끈이라고 할 수 있었다. 어린 버지니아는 이 편지들을 단 하나도 빼놓지 않고 다 읽어보았다. 그녀는 아버지의 우편물을 찾으러 간다는 핑계로 하루도 빠짐없이 우체국에 갔다. 그런데 그녀는 책 읽는 걸 무척 좋아했기 때문에, 즉 글을 읽고 쓸 줄 알았기 때문에(매더슨에서 글을 읽고 쓸 줄 아는 사람은 그다지 많지 않았다) 사람들은 그녀에게 편지를 읽어달라고 부탁했고, 때로는 편지를 써달라는 부탁도 했다. 여자 우체국장 역시 교육 수준이 높은 사람이 아니어서 공식 문서를 작성할 일이 있으면 그녀에게 연락하곤 했다. 이렇게 이런 일 저런 일 하다보니 그녀는 우편물 분류하는 일도 도와주게 되었고, 결국은 매번 우체국 유치 우편으로 보내는 두 통의 편지에 의해 예고되는 이 이상한 3인조 댄스에 대해 알게 되었다.

그녀는 이 두 통의 편지에 소인이 찍힌 날짜와 장소를 공책에 적어두었는데, 하나는 토론토에서 오고 다른 하나는 코크런에서 오기 때문에 날짜가 보통 며칠씩 차이가 났다. 그녀는 또 한 남자가 기차역에 도착하는 날짜도 공책에 적어두었다. 그녀는 이 남자를 쉽게 알아볼 수 있었다. 침울해 보이는 이 키 큰 남자는 곧장 하숙집으로 가서 짐을 놓아둔 다음 우체국에 들러 자신을 기다리고 있는 두 통의 편지를 찾았다. 모든 것이 그녀의 공책에 상세히 기록되었다. 그가 입고 있는 옷, 그의 걸음걸이, 하숙집에서 보낸 시간, 그가 편지를 건네받으면서 고맙다는 뜻으로 고개를 끄덕이는 방법. 그러나 그는 단 한 마디도 하지 않았다. 이 어린 노처녀는 그가 입을 열어 말하는 걸 결코 들어보지 못했다.

물론 그녀는 편지를 읽어보았다. 그렇게 안 하면 도대체 어떻게 그녀가 증인이 한 명도 없는 이 얘기를 처음부터 끝까지 따라갈 수 있었겠는가? 그녀는 우체국장 몰래 편지를 들고 나와 증기를 쐬어 개봉한 다음 읽어보았다. 그리고 편지에서 발췌한 부분을 공책에 베껴 쓴 다음 온전한 상태로 도로 가져다 놓아 수취인에게 배달되도록 했다.

쌍둥이는 사랑하는 페도르나 사랑하는 페디아로 편지를 시작했다. 노처녀가 설명해주었다. 테오도르의 애칭이에요. 물론 이따금 바뀌기는 했지만, 엔지는 보다 편하게 사랑하는 페디아라는 애칭을 사용한 반면 마지는 대체로 사랑하는 페도르라는 애칭을 더 자주 사용했다.

"쌍둥이는 둘 다 그를 사랑했어요."

매더슨에 도착하는 편지들은 약속을 정하지는 않았다. 하지만 그것들은 다른 곳에서의 약속과 그나 그녀가 서로에게 쓰고 받거나 받지 못한 다른 편지들, 주소 변경에 대해 언급했다. 특히 테오도르는 일정한 주거지 없이 일이 생길 때마다 이곳 저곳 옮겨 다녔기 때문에 주소가 자주 바뀌었다. 그 바람에 두 여인은 온타리오주에 깔려 있는 여러 철도 노선을 따라 우체국 유치 우편의 미로를 쫓아가야만 했고, 편지에서 이에 대한 불평을 늘어놓곤 했다. 도대체 당신은 언제쯤 어딘가에 정착해야겠다는 결심을 할 거야?

이 편지들에는 전진과 가슴 아픈 후퇴의 얘기가 쓰여 있었다. 때로는 엔지가 쌍동이 동생 마지는 그의 사랑 없이는 살 수 없을 거라는 사실을 이해해야 된다는 내용의 편지를 사랑하는 페디아에게 썼고, 또 때로는 마지가 할 걸음 물러서서 자기는 이제 자기를 사랑해주는 남자와 결혼했으니 자기를 잊고 아주 오래 전부터 자유의 몸으로 그를 기다리고 있는 쌍둥이 언니에게 가라고 그녀가 사랑하는 페도르에게 썼다. 테오도르가 선택을 하지 못했기 때문에 두 자매는 그를 대신하여 결정하기로 한 것이다. 하지만 그들 각자가 기꺼이 할 준비가 되어 있던 이 믿을 수 없는 희생은 아무 쓸모 없었다. 결정을 내릴 수 없던 테오도르가 엔지와 마지의 말을 따르기로 하고 두 사람 사이를 계속 왔다갔다하는 바람에 어느 누구도 행복하지 않았기 때문이다.

편지들은 지켜지지 않은 약속과 실패, 오해로 점철된 과거에 대해 언급하고 있다. 그들이 사랑하는 테오도르의 소식을 듣지 못했던 6년이라는 세월이 이 쌍둥이 자매에게는 가장 힘든 시기였다. 그는 다시는 돌아오지 않겠다고 생각하며 매더슨을 떠났다. 엔지와 마지가 블랙 리버 강에 빠져 죽었다고 믿었던 것이다. 그리고 이 두 사람은 그가 토론토에 있다고 생각했다. 이 기간이 결정적이었다. 처음에 잘못 내디뎌진 발걸음이 그들이 이 삼각관계를 경험하게 될 상황을 영원히 고정시켰다. 그들은 편지에서 이에 대해 자주 언급했다. 도대체 어떻게 우리는 평행선을 이루는 수많은 길에서 그렇게 헤맬 수 있었던 것일까?

열여덟 살 때 엔지는 거기 가면 테오도르를 만날 수 있을지도 모른다는 희망을 품고 떠돌이 악사와 함께 토론토로 도망쳤다. 그러나 테오도르는 서쪽으로 천 킬로 이상 떨어진 포트아서에서 하역 노동자로 일하고 있었다. 2년 뒤에 그는 자신의 유령들을 만나보기로 결심하고 매더슨 기차역에 내렸다. 하지만 마지는 한 철물 상인과 결혼하여 코크런에 살고 있었으며, 엔지는 토론토에서 그를 기다리고 있었다.

사진작가는 화를 내며 물었다.

“그는 엔지랑 결혼을 할 수도 있었잖아요, 그녀는 싱글이었으니까. 안 그런가요?”

“맞아요. 그럴 수도 있었겠죠. 하지만 그는 마지도 사랑했어요.”

“그런데 마지는 왜 그 코크런 사람이랑 결혼한 거죠?”

“태오도르를 엔지에게 양보하느라 그런 거죠.”

“오, 세상에!...”

얘기가 사진작가의 취향에는 조금 지나치다 싶을 정도로 비틀리기 시작했다. 하지만 미스 설리반은 세 사람의 사랑이 이렇게 꼬여서 복잡하게 얽히는 걸 좋아하는 게 분명해 보였다. 그녀의 뺨이 살짝 홍조를 띠었고 눈은 햇빛을 받은 구슬처럼 영롱하게 빛을 발했다.

그렇지만 이 얘기는 메더슨 대화재에 관한 질문에 대답을 해준다는 장점을 가지고 있었다. 도대체 왜 젊은 보이척은 엿새 동안이나 그렇게 떠돌아 다닌 것일까? 사진작가는 생각했다. 이해되지 않는 걸 설명할 수 있는 건 사랑, 오직 사랑밖에 없어. 그녀는 보이척의 새 이름에 관해서는 여전히 이해되지 않는 게 몇 가지 있었다. 하지만 그녀는 연기 나는 잔해 속에서 사랑하는 두 처녀를 찾아 블랙 리버 강을 따라 왔다 갔다 하는 젊은 테오도르의 모습을 상상했다. 〈긴 머리 처녀들〉 시리즈

(특히 마리-데네주는 이 시리즈 중 한 작품을 보더니 뗏목이 전복되어 거품을 내며 부글거리는 검은 강물 속으로 빨려 들어가는 장면을 그린 것이라고 해석하는 데 성공했다)는 이렇게 해서 완전한 의미를 가지게 되었다. 젊은 테오도르는 그 장면을 두 눈으로 직접 목격했다. 그는 그들을 구조할 수 없었고, 혹시라도 그들을 발견할 수 있을지도 모른다는 희망을 갖고 엿새 동안 떠돌아다녔다.

사진작가는 그녀가 이 미술관에서 일하는 노처녀와의 만남에서 기대했던 것보다 더 많은 것을 알아내게 되었다. 사실 그녀는 그냥 자신의 직감이 맞는지 확인하러 왔을 뿐이었다. 그런데 이제 그녀가 이 탐험을 시작하도록 했던 그 노부인이 어떤 사람인지 알 수 있게 해주는 얘기를 듣고 미스 설리반의 미술관을 나서게 된 것이었다.

하이 파크 공원의 키 작은 노부인은 머리가 긴 두 처녀 중 한 명이었다. 미스 설리반은 그녀를 분명하게 알아보았다. 처음에는 예순 살이 넘은 그녀를 그려놓은 그림에서였고, 그 다음에는 그녀가 쌍둥이 동생과 함께 그려진 그림에서였다.

사진작가는 놀라워하며 물었다.

"백두 살요? 그 분이 백두 살이라니, 그게 가능한가요?"

웃는 게 습관이 되지 않은 사람의 웃음은 보기 드물게 아름다워서 그 사람의 얼굴 전체를 환하게 밝혀준다. 미스 설리반의 웃음은 찬란한 태양이었다.

미스 설리반이 대답했다.

"엔지는 늘 짓궂게 행동했지요. 즐겁게 시간 보내는 걸 좋아했답니다."

미스 설리반은 엔지 폴슨이 살아 있다는 걸 알고 몹시 기뻐했다. 아주 오랫동안 그녀의 소식을 듣지 못했던 것이다. 20년이 넘도록 한때 매더슨의 자랑거리였던 이 여성도 모습을 나타내지 않았고, 테오도르 보이척 앞으로 온 우편물도 우체국에 유치되어 있지 않았다.

그녀는 보이척이 죽었다는 얘기를 듣고도 놀라지 않았다.

"그는 죽음을 데리고 다녔어요."

그렇지만 테오도르 보이척의 죽음은 그녀의 컬렉션이 끝났다는 것을 의미했다. AP MP TB 공책은 그녀가 마지막으로 기록한 문서였다. 그녀는 다른 문서는 작성하고 싶어 하지 않았다.

"불가능한 사랑은 이제 더 이상 가능하지 않아요."

사진작가는 안도하며 그녀와 헤어졌다. 그녀에게 필요한 것을 발견하지 못했던, 심지어 그걸 찾아보려고도 하지 않았던 이 여인의 삶은 비극이었다.

그들은 나른한 상태다. 시간은 동작과 생각 하나하나를 길게 늘여놓는다. 찰리는 왼편으로 누워 마리-데네주의 몸을 쓰다듬고 있었다. 찰리의 손은 부드럽고 능숙했다. 그의 손은 그녀의 무릎과 발목에 관심이 있었다. 그의 손은 그 어느 것 하나도 등한히 하지 않았다. 그의 손은 그녀의 넓적다리 위와 넓적다리 안쪽을 천천히, 그리고 꼼꼼하게 왔다갔다했다. 그의 손은 쓰다듬고 만지고 주물렀다. 그의 손은 그녀의 엉덩이 주름과 음모에 닿았다가 다시 천천히 방향을 바꾸었다.

그가 그녀에게 몸을 숙였다. 헝클어진 그의 크고 흰 머리가 그녀의 몸에 코를 갖다 대고 냄새를 맡기 시작했다. 그는 그녀의 머리칼 속에 엉켜들면서 그녀에게 말했다. 당신에게서 바닐라 향이 나요. 그는 그녀의 목에 둥지를 틀고, 그녀의 어깨로 내려가고, 그녀의 겨드랑이 속에서 길게 숨을 들이마셨다. 당신에게서 봄 향기가 느껴져. 그가 이렇게 말하자 그녀가 미소지었다. 이번에는 그녀가 그에게 말했다. 당신에게선 더 이상 겨울이 느껴지지 않네요. 두 사람은 그들의 겨울 침대에 배여 있던 양모 속옷의 강한 냄새를 떠올리며 함께 웃었다.

찰리는 그녀의 가슴을 따라 내려가다가 그녀의 가슴골에 커다란 머리를 파묻고 손끝으로 속이 빈 가죽부대처럼 쪼그라든 두 개의 작은 젖가슴을 어루만졌다. 그러고 나서는 더 대담하게, 더 관대하게, 차츰차츰 밑으로 내려가며 냄새를 맡고, 탐색하고, 훑고 내려온 살에 자신의 뜨거운 입김을 남겨놓았다. 마리-데네주는 마치 꺾이게 될 한 송이 꽃처럼, 마시게 될

물처럼 그가 자신의 몸에 숨을 내쉬도록 내버려두었다. 찰리의 뜨거운 입김이 자신을 감싸더니 자신의 몸속으로 뚫고 들어오도록 내버려두었다.

그는 이제 그녀의 배 위에 있었다. 그녀의 배꼽에서 나는 진한 흙 냄새를 맡고 난 그는 피부 아래의 자색 흉터가 그 부위에 접혀져 오래된 상처를 감추고 있는 것을 보았다. 부드럽고 연하고 계피 향이 났으며, 흉터는 길고, 수평 방향으로 나 있었으며, 만지기 어려웠다. 그는 눈을 들어 마리-데네주를 올려다보았다.  그러자 그녀가 말했다.

"아기 때문에 생긴 거예요."

그는 흉터에 입김을 내불고, 그것을 쓰다듬고, 거기에 입을 맞춘 다음 피부를 상처 위에 다시 접어 붙였다. 그러자 거기에는 아무것도 나타나지 않았다. 과거는 홀로 남겨질 수 있을 것이다.

그는 마리-데네주가 자신을 기다리고 있는 곳으로 천천히 미끄러져 가서 바다와 땅의 냄새를 들이마셨다. 그리고 부드러운 손가락으로 그녀의 털을 매만지고 뜨거운 숨결을 불어넣은 다음 고개를 들어 자신에게 미소지으며 자신을 부르는 마리-데네주를 보았다. 그리고 다시 그녀의 몸 위에 길게 누워 그녀의 머리칼에서 풍기는 향기를 맡았다.

그러자 두 사람은 천천히 몸을 섞기 시작했다. 하지만 그들로서는 쉬운 일이 아니었다. 젊지도 않고 필요한 훈련도 되어 있지 않았기 때문이었다. 그러나 그들은 서서히 그들만의 리듬을 찾았다. 그들의 다리가 얽히고, 혀가 엉켰다. 그들은 서로 껴안고 모피 침대 위에서 몸을 흔들었다. 그러나 얼마 지나지 않아 두 사람이 나이든 게 표시가 났다. 호흡이 빨라졌고, 찰리의 경우에는 불규칙적으로 숨을 내쉬기 시작했다. 그래서 두 사람의 몸은 떨어져야 했다. 그들은 서로를 버려야 했다. 애쓴 보람이 없었다. 그들은 나란히 누웠다.

성관계는 이루어지지 않았으며 앞으로도 결코 이루어지지 않을 것이다. 두 사람 다 성관계를 한 지 너무 오래 되었다.

"자식이 있었어요?"

찰리의 목소리는 주저하고 있었다. 그는 격려하고, 위로하고, 상처를 치료해주고 싶었다. 하지만 그의 목소리에는 그 자신의 상처가, 나이가 들어서 거세된 수컷의 상처가 남아 있었다.

"오래 전에 있었죠."

"아들이었어요? 딸이었어요?"

"몰라요. 그들이 말해주지 않았어요."

"다른 자식은 없었어요?"

"아니오. 그들은 제왕절개 수술을 하면서 내 자궁도 절제한 것 같아요."

마리-데네주는 그가 지금 무슨 생각을 하고 있을까 몹시 걱정하며 여성스럽게 그의 몸에 자신의 몸을 바짝 붙였다.

그녀는 그가 자신에게 이유를 물어볼 것이라 짐작하고 말했다.

"고마워요."

하지만 그는 그녀에게 아무것도 묻지 않았다. 그녀는 그에게 자기는 입맞춤이나 포옹 같은 건 결코 해본 적이 없다고 말했다. 그녀처럼 젊거나 그녀처럼 나이든 정신병원의 남자 환자나 감시인이 엘리베이터 안이나 울타리 뒤에서 그녀의 치마를 들어올린 채 서둘러 그걸 하고 끝냈을 뿐이었다. 하지만 그녀는 불평하지 않았다. 그녀는 항상 비디위위를 좋아했던 것이다.

"비디위위?"

"우리는 그것에 맞는 다른 단어를 알고 있지 못했어요."

"당신은… 비디위위를 좋아했어요?"

"많이요. 그게 강제로 이루어졌을 때도 나는 거기서 쾌락을 느끼는 데 성공했었어요. 하지만 남자가 내게 키스를 하거나 나를 애무한 적은 단 한 번도 없어요."

"그럼 오늘 이게 당신의 첫 키스예요?"

"네. 내 첫 번째 키스예요. 내 첫 번째 키스는 내가 상상했던 것보다 훨씬 더 좋았어요."

"당신은 당신이 원하는 모든 키스를 하게 될 겁니다. 약속할

게요. 당신이 해보지 못했던 모든 키스를 하게 될 거예요. 당신에게 수백 만 번, 수십 억 번, 수백 경 번 키스해줄 게요."

"그러려면 오래 살아야겠네요."

"우리가 오래 못 살 이유가 있나요?"

"내가 살아 있는 동안은 당신의 소금 상자에 손대지 않겠다고 약속해줘요."

"약속할게요."

"정말 큰 위기가 닥쳐도, 내가 당신에게 애원해도 당신의 소금 상자에 손대지 않겠다고 약속해줘요."

"약속할게요."

# 어둠 속의 늑대

Un loup dans la nuit

"아니, 그 사람은 사랑을 할 수가 없었어요."

사진작가는 이 미친 사랑 얘기에 누가 가장 열렬한 반응을 보일까 생각하면서 숲속으로 돌아왔다. 그녀는 생각했다. 그들은 이 얘기를 안 믿으려고 할 거야. 그런데 이 얘기가 낭만적이라고 생각할 수도 있었을 단 한 사람이 테드가 사랑에 빠졌다는 생각 자체를 받아들이려 하지 않는 것이었다.

마리-데네주는 단호했다. 엄청난 공포의 이미지가 마음속에 남아 있고, 그 이미지로 살아가다가 그것에 집착하게 되어버리는 남자는 사랑을 할 수 없어요. 고통이 누군가를 사로잡으면 다른 건 아무 것도 자리잡을 수 없죠. 난 너무나 고통스러운 나머지 자신의 고통을 사랑하고, 그것을 마음속에 품고, 그것에 새로운 고통을 덧붙이는 남자 여자들을 봤어요. 나는 그들이 자기 자신을 훼손하고, 자신에게 욕설을 퍼붓고, 자신의 배설물 속에서 뒹구는 것을 봤어요. 난 지금 자살 시도에 대해 말하는 것이 아녜요. 시도는 고통이에요. 자살은 그걸 끝내겠다는 결정이고요. 많은 시도가 있었죠. 자살도 많았고요.

그녀가 이렇게 말을 많이 한 적은 없었다. 사람들은 그녀가 하는 얘기에 주의 깊게 귀를 기울였다. 그들은 그들이 마리-데네주의 베란다라고 부르는 곳에 있었다. 그들은 집 앞쪽의 이 공간을 모기장으로 둘러싸려고 생각했었으나 이 아이디어는 실행에 옮겨지지 않았다. 하지만 이 아이디어는 여전히 그들의 머리속에 남아 있었다. 그들은 여름이 끝나갈 무렵의 어느 푸근한 날 밤 각자 장작 위에 앉아 마치 마리-데네주의 베란다에 친 모기장 덕분에 모기에 물리지 않기라도 하는 것처럼 모기들이 윙윙거리는 소리에는 신경 쓰지 않고 담소를 나누고 있었다.

공기는 여름 내내 햇빛을 받아 누렇게 마른 풀과 흙 냄새로 가득 채워져 있었다. 가벼운 산들바람이 불었다. 대화를 나누기 딱 좋은 푸근하고 아늑한 밤이었다.

사진작가는 모두가 먹을 수 있는 음식을 식당에서 사 들고 오후 늦게 도착했다. 감자튀김, 샐러드, 구운 닭고기. 그리고 이제 마리-데네주가 테드는 사랑을 할 수 없는 사람이라고 말했으니 앞으로 어떻게 전개될지 짐작하기 힘든 이 사랑 얘기. 사람들은 이 얘기를 전혀 이해하지 못했지만, 마리-데네주의 관점은 받아들였다. 그녀는 그들이 테드와 오랫동안 친하게 지냈는데도 불구하고 그들은 접근할 수 없었던 그의 한 부분에 드디어 접근할 수 있게 된 것이다. 테드는 자기가 그린 그림들을 통해 그가 그들에게 얘기할 수 있는 모든 것보다 더 많은 것을, 그에게 활기를 불어넣고 그를 끊임없이 괴롭히며 불안에 빠트리는 것에 대해 그 자신이 알고 있는 것보다 더 많은 것을 얘기하는 듯했다.

그녀가 설명했다. 죽은 사람이 너무 많아요. 시체가 너무 많아요. 그림 밑바닥에 웅크리고 있는 어둠이 너무 많아요. 빛은 없어요. 혹시 있다 하더라도 그건 새까맣게 그을린 몸과 공포의 외침, 죽음이 그들을 깜짝 놀라게 한 곳에서 그들이 뻗은 손을 비추기 위해서에요. 그 어느 누구도 눈 속 깊은 곳에 이런 것들이 있으면 살 수 없어요. 테드는 이런 것들로부터 벗어나고, 이 모든 공포를 캔버스에 던져버리려고 애썼지요. 어쩌면 그는 이렇게 하는 데 어느 정도 성공했는지도 몰라요. 화가에 놓여 있던 그의 마지막 그림은 빛을 아주 조금 담고 있어요. 아주 희미하고 가느다란 빛이죠. 하지만 그가 슬그머니 사라질 수 있는 공간을 그에게 만들어 주기에는 충분해요. 우리가 그에게 바라는 건 바로 이거예요. 내가 우리 모두에게 바라는 것도 이렇게 슬그머니 사라지는 거예요.

이렇게 얘기하고 난 그들의 나이든 친구는 그들이 부른다고 느끼고 비밀스런 장소에서 몸을 일으켜 그들의 생각을 만나러 갔다. 죽음은 나이든 사람들로부터 결코 멀리 있지 않다.

그럼에도 불구하고 아흔네 살에 죽는 건 그다지 나쁘지 않다. 테드는 인간들 중에서 가장 행복한 인간은 아니었는지도 모른다. 하지만 그는 어려움을 견디며 살다가 때가 되자 자유롭고 품위 있게 세상을 하직했다. 찰리는 이런 방식을 존중했다. 그 누구에게도 작별인사를 강요하지 않고 떠나는 것, 그것은 뒤에 남은 사람들에 대한 존경의 표시다. 작별인사는 아무에게도 도움이 되지 않는다. 그러고 나서 그는 마리-데네주를 생각했다. 만일 그녀나 그 자신이 죽게 된다면(이 일은 일어날 것이고, 또 언젠가는 일어나야 할 것이다), 그나 그녀는 작별인사 없이 그녀 혹은 그와 헤어지려고 할까? 이렇게 생각하자 그는 마음이 혼란스러워졌다.

톰 역시 생각에 잠겼다. 8월 말이었다. 이제 곧 가을이 될 것이고, 가을이 지나면 겨울이 올 것이다. 그는 여름이 끝나가고 있는 지금의 훈훈한 더위 속에서 끝내는 게 낫지 않을까 생각했다. 그는 씁쓸한 기분으로 지난 겨울을 떠올렸다. 그때 그는 감기에 걸려 사진작가가 끓여주는 죽을 먹으며 몇 주일 동안 갓난애처럼 무기력하게 침대에 누워 있어야만 했다. 그는 감기를 앓고 몸이 많이 약해졌다. 그의 폐는 공기를 한꺼번에 들이마시지 못했고, 몸은 더 이상 그를 따르지 않고 싶어 하는 것 같았다.

죽음은 스티브나 브뤼노에게 아무 영향을 미치지 않았다. 그러나 그들은 죽음이 톰과 찰리 주변을 배회하는 걸 느낄 수 있었다.

그때 스티브가 분위기를 띄우기 위해 물었다.

"만일 하이파크 공원에서 만난 그 키 작은 노부인이 정말 폴슨 쌍둥이 중 한 명이라면, 전시회를 열기 위해 무얼 어떻게 할 겁니까?"

사진작가가 대답했다.

"아직 모르겠어요."

그들은 그녀가 열려고 계획 중인 전시회에 대해 들어서 알고 있었다. 그녀는 미술관의 그 노처녀를 찾아가기 전에 그들에게 자기 계획에 대해 설명했다. 그림들이 해석되고, 그녀가 그림들 중 다수가 자기 포트폴리오에 있는 사진들과 짝을 이룬다는 사실을 깨달으면서 그녀는 막연하게나마 전시회를 한 번 열어보면 어떨까 생각하게 되었다. 그리고 이렇게 그림이 한 장 두 장 해석되고 에피소드가 하나 둘씩 밝혀지면서 그녀는 이렇게 보이첵의 그림과 생존자들의 사진을 동시에 거는 듀엣 전시회를 해보자는 생각까지 하게 되었다.

어떤 경우에는 그림과 사진이 짝을 이루는 듀오 작품에 붙일 제목까지 상상해낼 수 있었다. 예를 들어 그녀는 늪으로 피신한 세 남자와 그들 뒤에 서 있는 고라니의 거대한 실루엣,

나이가 가장 어린 요셉 얼(그는 늪에서 무슨 일이 있었는지를 그녀에게 얘기해주었고, 그녀는 그의 모습을 사진으로 찍었다)의 어깨에 앉아 있는 새가 그려진 그림에는 '늪에 빠진 사람들'이라는 제목을 붙였다. 이 제목은 임시로 붙여졌다. 그녀는 늪으로 피신한 세 사람이 느꼈을 감정을 표현하기 위해 '지구상에 마지막으로 남은 인간들'이라는 제목이나 보다 명시적인 '그들은 세상의 종말을 기다리고 있다'라는 제목도 생각하고 있었다.

설명문은 우선 이 장면을 묘사해야 했다. 테드는 산광(散光) 속에 잠겨 있으며, 거기서 구분하기 어려운 형태가 나타나는 검은색 소용돌이를 그렸다. 그 다음은 무얼 어떻게 써야 할 지를 사진작가는 아직 아무것도 결정하지 못했다. 쓰고 싶은 게 한꺼번에 너무 많이 머리속에 떠올랐던 것이다. 그녀가 가장 먼저 설명하고 싶었던 것은 빛이었다. 묵시록에 따르면 이 황금색 빛은 신이 늪에 있는 인간들에게 내밀고 있는 손으로, 그들은 자기들이 아직 살아 있는지, 아니면 이미 다른 세상에 있는지를 몰라서 그 손을 잡기를 망설였다. 그들은 멍한 눈길의 소년이 지나가는 것을 보았는데, 그녀는 이 소년도 글에서 언급해야 되는 것인지 아닌지 알 수 없었다.

그렇지만 요셉 얼을 소개하게 될 글은 그녀의 머리 속에 매우 분명하게 쓰여 있었다.

요셉 얼, 1995년 1월. 1900년 마타와에서 태어났다. 10세

때 레모아로 가서 가족농장에서 일했고, 여러 가지 직업을 전전하다 온타리오 노스랜드 레일웨이즈 사의 정원사가 되어 은퇴할 때까지 일했다. 지금은 티민스 시의 크로아티아 동네(옛날에는 슈마허 동네로 불렸던)에 살고 있다. 매더슨 대화재가 일어났을 당시 16세였다. 그림에서 맨 오른쪽에 그려져 있으며, 그의 왼쪽에는 사촌인 도날드 맥필드, 패트릭 맥필드가 그려져 있다.

요셉과 그의 사촌들은 가족이 가지고 있는 증류기로 술을 만들고 돌아오다가 불을 만났다. 이 세 청년은 밤에 술을 제조하여 매더슨의 주류 밀매업자에게 팔았다. 밀주를 만든 거지요. 늙은 요셉은 자기가 밀주를 생산했다는 걸 자랑스러워하며 이렇게 말했다. 그는 마치 나는 삶 전체를 성수 속에 담그지는 않았어 하고 말하는 듯 했다. 이것은 재미있는 일화였다. 그래서 만일 사진작가가 옆길로 새서 자신이 원래 말하려고 했던 본론에서 멀어지게 될까봐 걱정하지 않았더라면 이 일화를 소개글에 썼을 수도 있었을 것이다. 그녀는 글을 간결하게 쓰고 싶었다. 그녀의 생각은 아직은 많이 진전되지 않았지만, 그림에서 풍겨나오는 감동이 사진이라는 증거에 의해 더 한층 커질 것이며, 그 어느 것도 그림과 사진 간의 이 시너지 속에 끼어들어서는 안 된다는 것을 알고 있었다. 그러므로 소개글을 너무 길게 주저리 주저리 써서는 안 되는 것이다.

그러나 때로는 일화적 사건이 본질에 도달할 때도 있는 법이다. 그리하여 그녀는 '탄생의 기적'이라고 이름 붙인 듀오 작품에 대해 얘기해야만 한다는 걸 알고 있었다. 이것은 임시로 붙여진 제목이었다. 왜냐하면 사진 속의 노인은 그가 그림에 그려질 당시에는 아직 태어나지 않고 땅 속으로 60센티 넘게 파묻혀 있는 어머니의 뱃속에 있었기 때문이다. 이 장면은 그것 자체로는 그다지 인상적이지 않았다. 보이는 건 오직 두껍게 흐르는 회색에 압도된 하늘 아래의 긴 갈색 얼룩이 섞인 검정색 뿐이었던 것이다. 이 그림에서 관심을 끄는 것은 검은색 물감의 두터운 층 속에서 밝은 점 하나를 돋보이게 하는 가벼운 붓질이었는데, 이 밝은 점은 태어나게 될 아이의 어머니가 숨을 쉬는 공기 구멍이었다. 설명문은 여기에 대해 얘기해야 했다. 안 그러면 이 그림을 이해할 수 없을 것이다. 블랙 리버 강이 불길에 쫓기던 이 부부를 가로막고 나섰다. 두 사람 모두 수영을 할 줄 몰랐다. 강가에 삽이 버려져 있었다. 그들은 자신들을 보호하기 위해 삽으로 구덩이를 팠다. 갑자기 세찬 바람이 불자 불길이 그들을 향해 들이닥쳤다. 남편은 간신히 아내를 흙으로 덮어주고 강물 속으로 뛰어들어 버드나무 가지 하나를 붙잡았다.

나뭇가지가 부러지면서 나는 아버지 없는 아이가 되었습니다. 젊은 보이척이 거기서 우리를 구해주었지요. 기적적으로 태어난 이 아이는 60년 뒤에도 여전히 살아가야 할 삶을 가지게 되었다는 것에 놀라워했다. 그의 이름은 토마스 버너, 눈이 암사슴 눈처럼 커다랗고 얼굴에 늘 미소를 띠고 있다.

토마스 버너, 1995년 5월. 1916년 매더슨에서 태어남. 평생동안 농장에서 일했다. 매더슨 대화재가 일어난 뒤 찰튼이라는 마을에 사는 그의 삼촌이 그의 어머니와 그를 받아주었다. 처음에는 삼촌의 농장에서 일했고, 그 다음에는  벨 발레의 농장에서 일하며 다섯 아이를 키웠다. 그는 지금도 이곳에서 살고 있다.

그는 지금도 이곳에서 살고 있다. 사진작가는 벨 발레에 가서 그가 여전히 이곳에서 살고 있는지 확인해봐야 하는 거 아닌가 생각했다.  그녀는 그의 사진을 2년 전에 찍었던 것이다. 얼굴에 천사 같은 미소를 띠고 있는 이 노인은 산소병을 들고 산책하며 비강캐뉼라를 통해 힘들게 숨을 들이마시고 내쉬었다. 그는 이걸 잘 견뎌내지 못했다. 그래서 비강캐뉼라를 떼어냈다가 그의 허파가 참을 수 없어 하며 경고를 울리면 곧 바로 다시 코에 꽂기를 되풀이했다.

토마스 버너는 그녀가 만난 노인들 중에서 가장 나이가 적었다. 전시회가 열리기도 전에 마지막 숨을 내쉴지도 모르는 사람이 여러 명이나 있었다. 그러자 찰리가 반대하고 나섰다. 설마 당신이 사진으로 찍어놓은 노인들을 전부 다 만

나서 그들이 숨을 쉬고 있는지 확인하려는 건 아니지요? 혹시 당신 자신의 삶이 없어서 그렇게 다른 사람들의 삶에 관심을 갖는 거요?

그러자 그녀는 그녀가 기적적으로 목숨을 구한 노인들을 모으듯 이루어질 수 없는 사랑을 모으던 미술관의 그 노처녀를 생각했다. 그 노처녀 역시 실패한 삶을 산 것일까?

톰과 찰리는 그녀의 전시 계획에 그다지 열광하지 않았다.

브뤼노와 스티브는 그들보다는 협조적이었다. 그들은 그녀를 도와 그림들을 분류하고 꼬리표를 붙였으며, 그녀가 매더슨 미술관에 가지고 갔었던 그림들과 전시회에 가져갈 그림들을 포장했다. 시리즈 별로 나눈 다음 다시 한 번 확인하고 번호를 매긴 백여 점 이상의 그림들이 테드의 오두막에서 픽업 트럭에 실려 토론토로 운반되기를 기다리고 있었다.

무엇인가가 여름이 끝나가는 이날 밤의 대기 속을 맴돌고 있었다. 이 무엇인가는 그들이 깨닫지 못하는 사이에 그들에게 도달했다. 이 늦은 밤의 온화함은 그들이 지나간 시간에 주의를 기울일 것을, 지나간 시간에 연연할 것을, 지나간 시간을 주의깊게 바라보다가 그것이 흘러가도록 내버려둘 것을 요구했다.

그들은 자기들도 모르는 사이에 각자의 방식으로 그렇게 했다.

마리-데네주와 사진작가가 그들의 삶 속으로 불쑥 들어온 뒤로 1년이 흘렀다. 찰리는 자신에게 일어난 일에 대해 다시 한 번 놀라워하면서 생각했다. 1년 하고도 한 달이 지났군. 이제 난 사랑에 빠진 노인이 되었어. 그는 모피 이불 속에서 살짝 미소 짓는 마리-데네주를 생각하자 마음이 들떴다. 우리는 앞으로 얼마나 더 살게 될까?

마리-데네주는 늘 그랬던 것처럼 그의 옆에 앉아 있었다. 낚시를 할 때도, 숲에서 작은 과일을 주울 때도 그들은 항상 함께 있었다. 그녀는 시간의 흐름을 고려하지 않고 시간과 날, 달, 주일을 순간들로 분리하여 한 순간 한 순간씩 살았다. 얼마나 많은 날들이, 얼마나 많은 달들이 남아 있을까? 지상에서 굵은 손으로 그녀를 지켜주는 이 남자가 있는 한 이런 질문은 할 필요가 없었다. 그는 그녀의 힘이었고, 그녀의 무게였고, 그녀의 중력이었고, 지상에서 그녀를 끌어당기는 인력(引力)이었다.

톰은 깊어지는 어둠 속에서 조용하고 평화롭게 나란히 앉아 있는 이 두 사람을 바라보았다. 그들은 어떻게 연인이 된 것일까? 그가 했던 사랑은 번개 같았고, 강렬했고, 타는 듯 뜨거웠다. 그는 삶에 이리 치이고 저리 치이느라 사랑이 완전한 상태에 도달하도록 내버려둔 적이 결코 없었다. 그런데 이 두 사람의 사랑은 어떻게 이런 상태에 도달한 것일까? 그는 질투를 하거나 씁쓸해하는 것이 아니었다. 단지 궁금했을 뿐이었다. 물론 그는 이 얘기에서 많은 것을 잃었으므로 질투를 하거나 씁쓸해할 수도 있었을 것이다. 하지만 그는 앙심 같은 걸 품는 사람이 아니었다. 그는 삶이라는 배가 진로를 바꾸면 노 젓는 방법을 달리 해야 한다는 것을 배웠다. 그래서 그는 재빠르게 다른 생활 습관을 들였다. 이제 그들은 자신들의 삶에 끼어든 이 두 여성과 일종의 공동체를 형성했기 때문이었다. 그는 항상 자신에게서 빠져나갔던 것을 손으로 만져보고 싶었다.

이제는 오늘 하루를 결산하고 성찰할 시간이다. 저녁은 이제 곧 어두운 밤으로 변할 것이다. 대기는 각자의 생각으로 조밀해졌고, 아무도 이 따뜻한 내밀함에서 벗어나고 싶어하지 않았다.

사진작가는 여전히 스티브의 질문에 대답하려 애쓰고 있었다. 만일 엔지 폴슨을 못 만나면 어떻게 할 거요?

그녀는 자신을 책망했다. 기회가 있었을 때 그분 사진을 찍어놓았어야 했는데… 사진작가는 강렬한 분홍빛과 그 빛을 포착하고 싶은 그녀의 욕망, 그리고 그 뒤에 이어진 대화를 떠올렸다. 매더슨 대화재, 하늘에서 파리 떼처럼 우수수 떨어지던 새들… 아뿔싸, 이미 너무 늦어버렸다. 그 키 작은 노부인이 백두 살이라는 나이와 함께, 짓궂은 미소와 함께 떠나버린 것이다.

그녀는 '긴 머리 처녀들' 시리즈에 곁들일 엔지 폴슨의 사진이 한 장 필요했다.

사진작가는 어떻게 해야 하이파크 공원의 키 작은 노부인을 만날 수 있는지 미술관 노처녀에게 물어보았지만, 자기는 노부인을 못 본 지 20년이 넘었다는 대답이 돌아왔다. 1972년 11월 그녀의 어머니 장례식 때 본 게 마지막이라는 것이었다. 미스 설리반은 그때 일을 또렷하게 기억하고 있었다. 모든 매더슨 사람은 늙은 폴슨 부인의 장례식과 그녀의 딸 엔지를 기억하고 있었다. 엔지는 그녀보다 나이가 어려 보이는 한 세련된 남자와 함께 캐딜락을 타고 왔다. 사람들은 이 남자가 그녀의 남편인지, 아들인지, 아니면 그냥 운전수인지 알 수 없었다. 왜냐하면 그녀는 이 남자를 아무에게도 소개하지 않았고, 이 남자는 장례식이 치러지는 동안 내내 멀찌감치 떨어져 있었던 것이다. 모든 빛을 흡수하고 사람들의 관심을 집중시키는 검은색 실크 드레스를 입은 엔지는 그 어느 때보다도 더 우아하고 기이해 보였다. 나이에 비해 너무 예쁘네. 나중에 매더슨 사람들은 이렇게 말했다. 그녀는 일흔 살의 나이에 다리 위에서 춤을 추듯 이리저리 흔들리는 드레스를 입고 애인일 수도 있는 남자와 함께 돌아다녔다.

미스 설리반은 이 사실을 공책에 기록했다. 그러고 얼마 안 있어서 테드 보이척이 숲속으로 들어갔다는 소문이 그녀의 귀에 들려왔다. 그녀는 이 소문도 공책에 기록했다. 하지만 그녀는 그것말고는 엔지에 대해 아는 게 없었다. 장례식에 나타난 남자가 어떤 사람인지도 전혀 알지 못했고, 사진작가가 엔지 폴슨의 집으로 찾아가서 포즈를 취해달라고 부탁하게 만들지도 못했다.

그녀의 생각은 여기에 이르렀다. 벨벳처럼 부드러운 검은 어둠이 내리더니 사방에서 나뭇잎이 살랑대는 듯한 소리를 냈다. 이 고요한 부드러움 속에서 그녀의 계획은 부담스럽고 복잡하게 느껴졌다. 그녀는 이 화랑 저 화랑 찾아다니며 전시 콘셉트를 설명하고 설득하였다. 그러고 나서 계약 조건을 협상하고, 전시회 개최 행사에 대해서 의논했다. 물론 그녀는 엔지 폴슨을 찾아내겠다는 생각을 포기하지 않았다. 이 모든 것은 지금 숲속에 은둔하고 있는 친구들과 함께 신선한 공기를 들이마시고 있는 그녀로부터 아주 멀리 있는 것처럼 느껴졌다.

그녀는 그림을 싣고 그 다음 날 출발했다. 브뤼노가 도와주겠다고 나서서 남은 그림들은 그가 트럭에 싣고 나르기로 했다. 스티브는 그녀에게 이런 도움을 제공할 수 없을 것이다. 유령 호텔을 운영하는 30년 동안 그가 호텔을 떠난 것은 오직 2백 킬로 떨어진 인근 도시를 왕복할 때 뿐이었다.

그래서 테드가 그린 모든 그림은 토론토의 한 창고에 보관되었다. 단 한 점만 숲속 오두막에 남겨졌다. 그들이 모두 동의해서 어려움 없이 결정이 내려졌다. 그림은 테드의 오두막에 있는 것보다는 습하지 않은 창고에 보관하는 게 훨씬 더 안전할 것이다.

어쩌면 테드의 그림이 다음 날 아침 숲을 떠난다는 생각이 이날 밤 사람들이 그렇게 우수에 잠기고 흘러가는 시간에 민감해지게 했는지도 몰랐다. 일단 그림들이 차에 실려 떠나고 나면 테드의 모든 것이 사라져버릴 것만 같았다. 여름 내내 그들은 함께 테드가 그림에서 무얼 말하려고 했는지 이해하려고 애썼는데, 이제는 아무 것도 남지 않게 될 것 같았다.

늑대 한 마리가 어둠 속에서 길게 울었다. 그러자 그들은 아주 먼 언덕에서 들려오는 이 울음소리에 관심을 집중시켰다. 늑대 울음소리를 듣고도 아무렇지 않은 사람은 없다. 아무리 강심장인 사람이라도 몇 년 동안 매일 밤 늑대 우는 소리를 듣다보면 결국은 늑대가 자기를 부른다고 느끼게 된다. 아주 오래 전부터 사람들은 늑대를 두려워했다. 숲의 힘이 한밤중에 깨어나면, 작고 보잘 것 없는 인간의 가슴은 오그라들어 뱃속 깊은 곳에서 꽉 쥔 주먹처럼 뭉쳐진다.

이번에는 개들이 짖기 시작했다. 톰이 말했다.

"오래 가지는 않을 겁니다. 늑대와 개들이 서로의 영역을 인정하면 더 이상 짖지 않을 거예요."

이제 그들은 마리-데네주를 안심시켜야 한다는 데 생각이 이르렀다. 그녀는 늑대를 몹시 무서워했다. 숲속에서 1년을 지내다보니 다른 많은 것에 대한 두려움은 사라졌지만, 늑대만은 여전히 두려워하는 것이었다. 늑대 한 마리가 울어대자 불 주위에 모인 그들은 뱃속 깊은 곳에 공처럼 뭉쳐져 있는 두려움을 잊어버리고 마리-데네주에게 관심을 쏟았다.

톰은 너무 어두워서 아무 것도 볼 수 없었지만, 날카롭고 뾰족한 두려움이 마리-데네주를 찌르는 건 느낄 수 있었다. 그녀 옆에 앉아 있는 찰리는 말도 없었고 무슨 동작을 취하지도 않았다. 하지만 그는 그녀에게 지속적으로 관심을 기울이고 있었다. 그의 존재 전체는 마리-데네주와 그녀가 갑작스런 공포에 맞서 벌이는 싸움에만 집중했다.

그리고 깊은 어둠 속에서 한 가지 일이 일어났고, 이 일은 톰의 관심에서 벗어나지 않았다. 그는 꽉 쥔 채 경련하고 있는 그녀의 손을 펴더니 자신의 넓적다리 위로 가져왔다. 어둠 속에서 그걸 지켜본 톰은 마음이 크게 흔들렸다. 찰리의 넓적다리 위에서 서로 얽혀 있는 두 개의 손은 그가 한 번도 느껴보지 못했던 행복의 이미지였다. 두 사람은 오직 그들만의 것이며, 그들에게는 그걸로 충분한 순간 속에서 합쳐진 진정한 커플이었다.

늑대의 울음소리도 그치고 개들도 다시 잠자리로 돌아갔다. 이제 편안한 밤이 되었다. 톰은 알고 싶었다.

"이봐요, 마리-데네주, 말해봐요. 당신은 완전히 행복한가요?"

그것은 좀 이상한 질문이어서 모두들 놀랐다. 마리-데네주가 잠시 망설이다 한 대답은 그보다 더 놀라웠다.

"난 필요한 걸 다 가지고 있어요. 더 이상 바랄 게 없답니다. 하지만 이따금씩 자동차가 지나가면 좋을 거 같아요."

이렇게 말하고 난 그녀는 절대 돌아가고 싶지 않은 이전의 삶에서 그녀의 가장 큰 즐거움은 낮이나 밤 시간에 창가에 자리를 잡고 지나가는 자동차를 바라보는 것이었다고 설명했다.

자동차가 지나가는 걸 보고 있으면 무척 재미있어요. 자동차가 결코 멈추지 않고 계속 움직이면 머리가 비워지고 자기도 모르는 사이에 다른 곳에 가 있게 되요. 정말 재미있어요.

정신병원의 창문 뒤나 토론토 교외의 나지막한 계단에서 지나가는 자동차에 정신을 빼앗기다 다른 곳에 가 있게 되는 마리-데네주, 그것은 어쩌면 베란다에 있는 모든 사람을 기분 좋게 만드는 모습이었는지 모른다. 하지만 찰리는 그렇지 않았다. 그는 방금 마리-데네주가 숲에서 완전히 행복해 하지는 않는다는 사실을 알게 된 것이다.

그들은 침묵 속에서 노를 저었다. 앞에는 톰이, 뒤에는 찰리가, 두 사람 사이에는 마리-데네주가 타고 있었으며, 그들 뒤에서는 개들이 헤엄을 쳐서 따라왔다.

그들은 그곳에서 하루 낮밤을 머무르며 기다리고 있었다.

그들은 만(灣)의 반대편에서 일이 해결되기를 기다리고 있었다.

불안해하지도 않았고 동요하지도 않았다. 그들은 안전했다. 그러니 그냥 기다리기만 하면 되었다.

하루가 여느 때처럼 시작되었다. 해가 서서히 떠오르고 있었다. 어치 한 마리가 다가와서 그들에게 인사했고, 산토끼 한 마리가 잽싸게 지나갔다. 전형적인 가을 날씨였다.

그들은 콘비프와 시럽에 절인 복숭아를 아침식사로 먹었다. 차는 마시지 않았다. 난로에 불을 붙이고 싶지 않았던 것이다. 연기가 나면 그들이 거기 있다는 게 알려질지도 몰랐다. 그들은 여름 산장 앞에 자리를 잡고 숲속 오두막집에서 들려올지도 모를 소리를 듣기 위해 신경을 곤두세우고 있었다.

서양삼나무 숲에 부는 부드러운 바람 소리와 물이 찰랑거리는 소리만 들려올 뿐 사방이 고요한 정적에 잠겨 있었다.

"다 끝난 거 같은데요."

"맞아요, 그 사람들, 갔어요."

"그럼 축하해야지요."

톰이 배낭에서 병을 하나 꺼냈다. 위스키였다. 이것은 그가 호수 공동체에 올 때 들고 왔지만 한 번 마시기 시작하면 계속 마시고 싶은 맛이어서 혹시라도 그를 다시 동굴 같은 호텔과 사회복지사에게 데려가게 될까봐 두려워서 마개를 따려 하지 않았던 술병이었다.

그는 호박색 액체를 햇빛에 비춰보기 위해 병을 들어 올렸지만 병에 때가 묻어 너무 더러워서 빛이 통과하지 못했다.

"건배!"

그는 자기 잔에 술을 한 잔 따른 다음 찰리와 마리-데네주에게도 술을 권했지만, 그녀는 사양했다. 그는 술을 단숨에 입 속에 털어넣었다.

"술 맛을 잊어버렸어요."

그는 손에 들고 있던 또 다른 잔에 술을 따른 다음 액체가 손바닥에서 돌아가는지 보려고 잔을 흔들었다. 그는 뛸듯이 즐거워했다. 그는 그 즐거움을 더 잘 느끼기 위해 눈을 감았다.

"여전히 맛이 좋네요. 얼음조각 짤랑거리는 소리가 안 나서 서운하긴 하지만 말입니다."

마리-데네주는 발밑에서 둥근 조약돌 세 개를 찾아내어 톰의 술잔 속에 넣어주었다.

그러자 톰은 이번에는 조약돌이 서로 부딪쳐 소리를 내게 하면서 술을 한 모금씩 마셨다. 그는 즐거운 기분을 유지하려고 신경을 쓰면서 이 호박색 액체가 자기 일을 하도록 내버려두었다.

세 번째 잔을 마시고 난 그는 그를 만족시키는 느림의 상태에 도달하였다. 그러자 그는 천천히, 아주 천천히 일어나서 오두막집 벽에 기대어 놓여진 채 그를 기다리고 있는 삽을 집어 들더니 첫 번째 흙을 퍼 올렸다.

# 두 개의 무덤

Les deux sépultures

사진작가는 테드의 그림을 전시해줄 수 있는 화랑을 찾아 3주일 동안 퀸 거리를 돌아다녔다. 그러나 화랑마다 각자 전문 분야가 있었고, 전문분야가 테드의 그림과 맞는 화랑은 없었다. 그래서 그녀는 실패했다는 씁쓸한 기분을 느끼며 숲속으로 돌아왔다.

그녀는 무슨 일이 일어났다는 걸 즉시 알아차렸다. 호텔 앞에 놓여 있던 산악자전거도 보이지 않았고, 스티브와 달링이 나와서 그녀를 맞지도 않았으며, 활짝 열려 있는 정문 앞의 땅바닥에는 깊은 타이어 자국이 여기 저기 남아 있었다. 여러 대의 자동차가 거기에 흔적을 남겨놓은 것이었다. 그녀는 서둘러 중앙 홀로 뛰어 들어갔고, 그녀가 거기서 본 것은 그녀가 이미 알고 있었던 것을 그녀에게 확신시켜주었다. 경찰이 다녀간 것이었다. 가구들이 뒤집혀지고 열려 있었으며, 마룻장이 뽑혀져 나갔다. 경찰은 닥치는 대로 호텔을 뒤졌다. 심지어는 레바논 인의 동물 박제 수집품들까지 벽에서 내려져 있었다.

경찰의 급습에 대비하는 시나리오는 여러 차례 검토되어 사진작가는 그걸 매우 상세한 부분까지 알고 있었다. 스티브는 마약단속반원 중 한 명의 얼굴을 한눈에 알아볼 수 있어서 이 사람이 호텔 근처에 얼씬거리기만 하면 바로 달링을 찰리에게 보내 알려줄 수 있었다. 이런 일은 아직 한 번도 일어나지 않았지만 준비는 완벽하게 되어 있었다.

그래서 그녀는 찰리의 오두막집에 가 보았다. 예상했던 대로 비어 있었다. 마리-데네주의 집도 비어 있었다. 호숫가에 있는 테드의 오두막집에 가본 그녀는 안도의 한숨을 내쉬었다. 카누가 보이지 않았다. 그들은 여름 산장으로 피신하였다. 경찰 급습에 대비한 시나리오를 완벽하게 실천에 옮긴 것이다.

그녀는 한편으로는 안심이 되었지만 또 한편으로는 당황하지 않을 수 없었다. 자, 이제 어떻게 하지?

그녀는 톰의 집에 갔다가 다시 대마 재배지로 갔다. 대마가 모두 뿌리채 뽑혀져나가고 아무것도 남아 있지 않았다. 재배지가 쑥대밭이 되고 다 자란 멀쩡한 대마 수천 그루가 사라져 버렸다. 재배지에서도 역시 경찰들은 인정사정 보지 않고 거칠게 행동했다. 그녀는 분명히 지금 감옥에 갇혀 있을 스티브를 생각했다. 브뤼노는 만약 단속이 이루어질 당시 현장에 없었다면 당분간은 이곳으로 돌아오지 않을 것이다. 그들을 다시 볼 수 있을까? 그녀는 굳이 서로의 주소를 교환하려고 하지 않았던 우정이 자신을 속이고 버렸다고 느꼈다. 브뤼노의 성은 무엇이고? 스티브의 성은 무엇일까? 그녀는 그들의 완전한 이름을 알고 있지 못했다. 그녀는 생각했다. 만일 그렇다면, 그들은 브뤼노나 스티브가 아니라 마르크나 다니엘이었을 수 있어. 나는 그들을 그들의 진짜 이름이 아닌 브뤼노나 스티브라는 가짜 이름으로 알고 지냈을 수도 있는 거야. 현실은 억압적일 정도로 몽롱하다. 그녀는 재난이 분출하는 연기와 가스 속을 걷고 있는 것 같은 느낌이 들었다. 하지만 갑작스레 닥친 이 재난의 의미가 무엇인지 도대체 알 수 없었다.

그녀는 다시 테드의 오두막 앞으로 갔다. 바람도 불지 않고 잔물결도 일지 않아 호수는 거울처럼 매끄럽고 잔잔했다. 그녀는 호숫가에 오랫동안 머물며 친구들이 머무는 물굽이가 그 뒤에 숨어 있는 땅의 끝부분을 살펴보았다.

호수를 건너야만 했다. 그건 분명했다. 하지만 카누 없이는 불가능했다.

그래서 그녀는 행동에 나섰다. 이 사람 저 사람의 오두막에 가서 연장과 두꺼운 널빤지, 판자 조각, 합판을 찾아낸 다음 작은 뗏목을 만들기 시작했다. 뗏목은 너무 길거나 넓지 않아도 되고 그냥 호수를 건너는 동안 그녀의 무게를 이겨내기만

하면 되었다.

그녀는 그들이 지금 어떻게 지내고 있을까 궁금했다. 그중에서도 특히 심신이 불안정하고 몸이 약한 마리-데네주가 염려됐다. 더더구나 여름 산장은 그녀가 사는 오두막집 만큼 안락하지 못했다. 그녀는 필요한 걸 들고 갔을까? 밤 날씨가 추워지기 시작했다. 황급하게 도망치는 와중에서 따뜻한 옷가지를 들고 갈 시간적 여유가 있었을까?

그녀는 하던 일을 멈추고 마리-데네주의 집으로 갔다. 집 안은 무질서하게 어질러져 있었지만, 그녀는 신경쓰지 않았다. 그동안 자주 봐오던 광경이었던 것이다. 그녀가 관심을 가진 것은 마루바닥에 무더기로 집어던져진 옷들이었다. 그녀는 마리-데네주의 옷장에 무슨 무슨 옷이 있는지 훤히 알고 있었으므로 거기에 없는 옷을 찾았다.

마리-데네주의 검은색 바지와 주황색 트레이닝복 상의, 격자무늬 셔츠가 보이지 않았다. 아마도 그녀는 도망칠 당시에 이렇게 입고 있었을 것이다. 사진작가는 안도의 한숨을 내쉬었다. 격자무늬 셔츠는 매우 따뜻했던 것이다. 그러나 그녀를 정말 놀라게 한 것은 마리-데네주의 잠옷도 보이지 않는다는 사실이었다. 왜냐하면 이렇게 나이든 여성이 빨리 도망치라는 경고를 전해들었는데도 꼭 필요하지는 않은 잠옷을 가져갈 생각을 했으리라고는 짐작하지 못했던 것이다. 하지만 곰곰 생각해보니 그 정도로 놀랄 일은 아니었다. 잠옷이야말로 마리-데네주의 옷장에서 가장 여성적이고 소중한 옷이었던 것이다.

그녀의 관심을 즉시 끌지는 못했지만, 안 보이는 옷이 또 있었다. 마리-데네주의 겨울 파카를 찾으려고 난장판이 된 집을 뒤지고 있던 그녀는 무엇인가가 자신의 다리에 스치는 것을 느꼈다. 그 순간, 그녀는 생각했다. 몽세뇌르! 행주가 그녀의 발밑에 흐물흐물하게 떨어졌을 뿐이었지만, 천이 다리에 닿는 걸 느끼는 순간 그녀는 그녀가 숲속에 도착한 뒤로 보지도 못하고 울음소리를 듣지도 못한 마리-데네주의 고양이를 떠올렸다.

그녀는 파카를 침대 밑에서 발견했지만 고양이는 발견하지 못했다. 찰리네 오두막에 가보았지만 역시 고양이는 안 보였다. 그런데 찰리의 오두막집 문을 닫으려는 순간, 무척 선명하고 쉽게 지워지지 않는 이미지가 불쑥 떠올라 그녀를 돌려세웠다. 그녀의 뇌 속에 기록된 이 이미지는 그녀가 서두르다 보니, 혹은 그녀의 무의식 깊은 곳에 묻혀 있어서 볼 줄 몰랐거나 보지 않으려고 했던 것을 보여주었다. 그녀는 무엇이 자신을 기다리고 있는지를 이미 알고 다시 오두막집으로 돌아가 그걸 찾아볼 수밖에 없었다. 하지만 침대 위 선반에 놓여 있던 소금 상자는 그곳에 없었다.

인간의 뇌는 감정의 과부하로부터 자신을 보호하는 나름대로의 방법을 가지고 있는데, 사진작가의 뇌는 갑자기 멈추더니 더 이상 기능하려 하지 않았다. 그녀는 선반 앞에 선 채 미동조차 없이 눈을 고정시키고 아무 것도 생각하지 않으려 했다. 그녀 앞에서 두 개의 이미지가 서로 합쳐지려 애쓰고 있었다. 그녀의 뇌가 그녀 모르게 기록한 이미지와 그녀의 눈이 이제 그녀에게 보여주고 있는 이미지. 이 두 이미지는 동일했지만 아직 완전히 초점이 맞지는 않았다. 두 개의 이미지가 초점이 맞아 한 이미지가 다른 이미지와 결합하면서 완벽하게 겹쳐지자 그녀는 소금 상자가 있던 곳 옆에서 또 다른 상자를 발견했다. 그것은 찰리가 진짜 서류와 가짜 서류를 넣어두던 판지 상자였다.

나중에 그녀가 호수에서 노를 저을 때가 되어서야 질문과 대답, 그리고 그녀를 기다리고 있던 불안감이 그녀를 찾아왔다. 그녀는 다시 뗏목을 만들기 시작하여 톱질하고 조립하고 못을 박았다. 뗏목이 만족할만한 수준으로 조립되기까지는 아직 한 시간이 더 필요했다. 그때 그녀의 내부에 있는 무엇인가가 혹시 양철 상자가 톰의 오두막에 있는지 확인해보라고 그녀에게 말했다.

철제 상자는 거기 없었다.

그녀는 한 가지 더 확인해봐야 했다. 이번에는 테드의 오두막이었다. 그녀는 경찰이 수색이 끝나고 여기저기 굴러다니는 페인트 통들 사이에서 상자를 발견했고, 그 결과 뇌 활동이 호수에서 재개되자 가장 무시무시한 가설을 확인하게 되었다. 톰과 찰리는 그들의 스트리크닌 상자를 들고 갔다. 경찰들이 테드의 상자에는 관심을 보이지 않았기 때문이었다. 그녀는 죽어라고 노를 저었다. 과연 그녀는 그들을 용서할 수 있을까?

그녀는 분노하며 필사적으로 호수를 건너려고 애썼다. 하지만 그녀가 몹시 화가 나 있었기 때문에 뗏목은 앞으로 잘 나가지 않았다. 보다 더 철저히 계산하여 더욱 더 합리적으로 노를 저어야만 했다. 뗏목은 카누처럼 쉽게 조종할 수 있는 게 아니어서 노를 저을 때마다 방향에 주의하지 않으면 어디로 향할지 종잡을 수 없었던 것이다. 그런데 사진작가는 조잡한 판자 하나만 가지고 있었을 뿐만 아니라 생각에 너무 깊이 빠져 있어서 이처럼 변덕스런 뗏목을 제대로 조종할 수 없었다. 그녀는 죽을 힘을 다해 노를 저었다. 하지만 그녀가 향하고 있는 땅끝은 여전히 저 멀리 있었다.

그녀는 치솟는 흥분을 좀처럼 가라앉히지 못했다. 마리-데네주를 데려간 그들이 원망스러웠다. 물론 그들로서는 선택의 여지가 없었을 것이다. 그건 이해가 간다. 그녀는 그들이 마리-데네주를 혼자 숲속에 남겨둘 수는 없었을 것이라는 사실을 인정할만큼의 분별력은 가지고 있었다. 하지만 만일 그들이 스트리크닌을 복용하여 스스로 목숨을 끊기로 결정했다면 마리-데네주에게는 선택권이 있었을까?

그녀는 이 숲속 은둔자들이 자랑스러워하는 그들의 시체안치실과 그들이 죽음에 맞서는 방법, 마치 위대한 군주처럼 죽음과 삶 중 어느 것이 더 바람직한지 결정하는 그 오만한 태도에 감탄했었다. 하지만 그녀가 감탄하고 부러워하고 심지어는 자기도 그렇게 되었으면 하고 바랐던 그 모든 것은 끔찍한 경련을 일으키며 죽어가는 마리-데네주의 모습에 의해 손상되는 것 같았다.

그녀는 드넓은 호수를 향해 소리쳤다. 그들에게는 그럴 권리가 없어! 그녀의 고함소리가 메아리가 되어 다시 그녀에게 돌아왔다. 그녀는 중간쯤 와 있었다. 땅끝이 지평선을 붉게 물들이고 있는 분홍색 햇살에 둘러싸여 그녀를 기다리고 있었으며, 이 그림 같은 풍경 뒤쪽에는 친구들이 숨어 있는 물굽이가 있었다.

그녀는 이번에는 자기 자신에게 말했다. 그들에게는 그럴 권리가 없어. 그녀 내면의 목소리가 아주 가까이서 나는 내가 하나의 삶을 가질 거라는 걸 항상 알고 있었어 라고 말하는 마리-데네주의 떨리는 목소리와 합쳐졌다.

사진작가는 더 한층 열심히 노를 저었다. 그녀는 뗏목 한가운데 마리-데네주의 파카를 펼쳐놓은 다음 그 위에 무릎을 꿇고 있었다. 그녀는 여름 산장의 추운 밤을 생각하며 파카를 들고 왔다. 그녀는 마리-데네주가 밤에 안고 잘 수 있게 몽세뇌르라고 불리는 고양이도 데려가려고 했으나, 이 고양이는 보이지 않았다. 그녀는 노를 젓고 젓고 또 저었다. 저기, 땅끝 뒤편에 이제 막 새로운 삶을 살기 시작한 아주 작은 여인이 있었다. 하지만 이제 그녀는 살 날이 정말 얼마 남지 않았다. 그녀의 목숨이 철제 상자의 위협을 받고 있는 것이다.

등이 아파왔다. 견디기 힘든 통증이 그녀의 어깨에서 견갑골과 등, 척추로 이어졌다. 꼭 불에 덴 듯 얼얼하고 쓰라린 통증이 넓적다리까지 퍼져 나갔지만 그녀는 자세를 바꾸거나 속도를 늦추겠다는 생각은 하지 않았다.

날이 어두워지고 하늘이 거의 대부분 보라색과 금색으로 물들었을 때 자신이 지칠 대로 지쳤다는 사실을 전혀 의식하지 못하는 한 여성이 물굽이의 가장자리에 상륙했다.

그녀는 피곤하여 녹초가 된 상태로 뭍에 발을 디뎠다. 노를 젓느라 힘을 썼더니 여기저기 근육이 쑤시고, 다리는 그녀의 무게를 견디다못해 마비되었으며, 심장은 첫 번째 데이트를 앞둔 처녀처럼 빠르게 뛰었다. 그런데 만일 그들이 여름 산장에서 그녀를 기다리고 있다면, 그냥 카드게임을 하고 있다면, 다시 한번 세상의 법을 피했다며 자기들끼리 재미있어 하고 있다면? 마음이 희망을 품는 걸 막을 도리는 없다. 이처럼 터무니없는 희망을 품고 여름 산장으로 이어지는 오솔길로 접어들어 걸어가던 그녀는 카누가 보이지 않는 것을 알아차렸다. 그녀는 불안해하지 않고 이렇게 생각했다. 그들은 카누를 호숫가 어디 다른 장소에 숨겨놓았을 거야.

여름 산장은 비어 있었다. 그 어느 때보다도 더 비어 있었다. 부엌 선반을 보니 식료품 통조림은 다 떨어지고 복숭아 통조림 하나만 남아 있었다. 산장에는 사람이 살았었다. 사진작가는 산장을 돌아보며 생각했다. 식료품 통조림도 다 먹고 양초 같은 필수품도 다 쓴 걸 보니, 조금 오래 머무른 것 같았다. 더 자세히 살펴보니 불쏘시개를 만들기 위해 집 안에 놓아두던 도끼나 모피, 카드도 안 보였다. 하지만 큰 피해를 입은 것 같지는 않았다. 창문도 깨지지 않았고, 문은 뜯겨지지 않았으며, 곰이 들어오지도 않았다. 모든 것이 완벽하게 정돈되어 있었다. 산장에서는 분명히 사람들이 살고 있었다. 마리-데네주와 톰, 그리고 찰리는 이곳에 머물렀다. 하지만 그들은 오직 사진작가만 식별하고 몹시 불안해하며 곰곰 생각해보는 그 공허함 말고는 그들이 지나간 흔적을 전혀 남기지 않았다.

산장 밖으로 나온 사진작가는 그녀를 기다리고 있지만 그녀 자신은 발견하지 못했으면 하고 바라는 것을 찾기 시작했다. 살짝 진회색으로 물든 햇빛이 나무와 나뭇잎, 풀무더기, 바위가 땅바닥으로 융기된 바위를 덜 입체적이지만 더 선명하게 드러내 보여주었다. 그녀의 눈에는 그 모든 것이 아주 잘 보였다. 그림자의 선이 사물에 더 큰 존재감을 부여하자 자연이 그녀 앞에 더 또렷하게 펼쳐졌으며, 모든 것이 하루가 끝나갈 무렵의 잔잔한 빛 속에서 더 명확하게 표현되었다.

두 개의 무덤이 산장 뒤에서 그녀를 기다리고 있었다. 굵은 낙엽송 아래 있는 이 직사각형 모양의 무덤들은 사이에 거의 공간이 없이 붙어 있다시피 했으며, 십자가나 비석도 없었다. 거기에 사람이 묻혀 있다는 걸 알려주는 아무런 표시도 없는 것이었다. 붙어 있는 이 두 개의 무덤은 의심의 여지 없이 마리-데네주와 찰리의 것이었다. 톰은 테드에 대해서 그렇게 했듯이 이 두 사람을 짐승들로부터 보호하기 위해 땅속에 파묻었고, 다음 해 봄이 되면 풀과 나무가 이 직사각형의 땅을 점령하여 거기서 더 이상 아무 것도 볼 수 없게 될 것이다. 숲 속에서는 사람들이 나뭇잎 하나가 나무 속에서 내는 소리보다 더 큰 소리를 내지 않으려고 애쓰면서 조심스럽고 신중하게 살아가며, 죽을 때도 그렇게 죽는다. 사진작가는 톰이 어디 있는지 궁금해할 수도 있었을 것이고, 보통 죽음은 사색을 하기에 좋은 주제이기 때문에 철학적 관점에서 이것에 대해 생각해볼 수도 있었을 것이다. 하지만 그녀는 피곤하기도 하고 화도 나고 노를 젓느라 힘들기도 해서 두 개의 흙 무덤 사이에 털썩 주저앉아 오랫동안 꼼짝 않고 있었다.

그녀는 기절한 게 아니었다. 그녀 정도의 체력을 갖춘 여자는 쉽게 정신을 잃지 않는다. 두 다리가 갑자기 그녀를 지탱하기를 거부하면서 그녀는 두 무덤 사이의 땅에 코를 박고 있는 자신을 발견했다. 이상하게도 그녀는 친구인 마리-데네주가 그렇게 가까이 있다는 데 위안을 느꼈다. 흙 무덤이 말했다. 여기, 키 작은 노부인이 묻혀 있네. 여기, 그녀의 희망과 꿈이 묻혀 있네. 그녀의 삶은 겨우 1년밖에 지속되지 않았지. 하지만 나머지는 중요하지 않아. 그녀는 그걸 가져가지 않았어. 하지만 그녀 옆에 묻혀 있는 그를 봐. 그는 그녀의 연인이었지. 그는 그녀를 사랑했지. 멀리서 날아와 자신의 손바닥에 둥지를 트는 귀한 새를 사랑하듯 그렇게.

사진작가는 생각했다. 찰리는 지금도 계속 마리-데네주를 살펴주고 있는 거야.

분노는 어느덧 사그라들었다. 이제 그녀는 그들이 함께 있다는 사실에 큰 위안을 받을 뿐이었다. 그녀는 그들이 결정을 내리고 난 이후의 순간과 그들이 주고받은 말들, 스트리크닌을 손가락으로 집어 입 속에 집어넣기 전의 마지막 시선에 대해 생각하며 자신을 힘들게 하지 않기로 했다. 그녀는 모든 정신력을 동원하여 그들의 죽음, 그들의 매장 등 그 이후에 일어난 일에 대해 생각하기를 거부했다. 오직 그들의 마지막 동반자 관계에 대해서만, 그들을 보호해주는 이 지층 아래 나란히 누워 있는 그들의 몸과 그들의 무덤을 비추고 있는 황혼빛만을 생각하고 싶었다.

그렇지만 그녀는 톰을 생각해야 했다. 그는 어디 가서 죽은 것일까? 죽은 자가 자신을 묻지는 않는다. 그는 자신의 몸이 동물들로부터 보호받을 수 있는 장소를 찾아야만 했었을 것이다.

그녀는 카누가 보이지 않았다는 사실을 기억해내고 혼잣말을 했다. 호수야. 그가 품위 있게 죽을 수 있는 장소는 호수밖에 없어. 이렇게 생각한 그녀는 벌떡 일어나서 카누가 호숫가 다른 곳에 있는 건 아닌지 확인하러 가야만 했다.

빛은 밤의 회색으로 가득 차 있었다. 이 어두운 회색은 나무들 주변에서 점점 더 짙어지더니 오직 어렴풋한 형태와 은밀한 실루엣의 움직임, 그림자들 속의 그림자들만을 보여주었다. 산토끼 한 마리가 그녀를 스쳐 지나갔다.

그녀는 호숫가를 따라 큰 화강암 덩어리가 있는 곳까지 걸어갔다가 표류하고 있는 카누를 발견할 수 있을지도 모른다는 생각에서 호수의 검은 물을 살펴보며 다시 돌아왔다.

그녀는 슬펐다. 마리-데네주와 찰리를 생각할 때보다 톰을 생각할 때 더 슬펐다. 마리-데네주와 찰리는 함께 죽을 수 있었지만, 톰은 처음부터 끝까지 혼자였다. 혹시 그는 마지막 순간에 누군가를 생각하며 죽었을까? 톰은 자신의 삶에 대해 얘기했지만, 그럼에도 불구하고 그의 삶은 하나의 미스터리로 남아 있었다.

그녀는 어둠이 완전히 내려 더 이상 아무 것도 보이지 않을 때까지 호수 앞에 머무르며 그와 함께 있어주었다. 그리고 무거운 마음으로 마치 앞을 못 보는 사람처럼 어둠 속을 더듬거리며 산장으로 돌아왔다.

그날 밤은 추웠다. 온몸이 바들바들 떨렸다.

그녀는 친구가 남기고 간 것 속에서 온기와 편안함을 느끼기를 바라며 마리-데네주의 파카를 덮고 침대에 누웠다. 하지만 그녀는 마치 파도가 밀려왔다 물러가기를 되풀이하듯 자다 깨다를 되풀이했다. 너무 많은 이미지와 감정들이 뒤섞여 뒤죽박죽이 되었다. 그녀는 반쯤 깬 상태에서 개들이 서로 잡아먹는 꿈과 늑대가 달을 보며 울부짖는 꿈을 꾸었다. 그녀는 몽롱한 상태에서 생각했다. 내가 개들을 잊고 있었네. 그들은 개들을 어디 묻었을까? 그리고 그녀는 파도 속으로 뛰어들었고, 파도는 그녀를 완전히 쓸어갔다.

그들은 구덩이 앞에 서 있었다.

톰은 살짝 취한 상태였다. 한쪽 발은 땅에 딛고 다른 쪽 발은 날아오를 준비를 한 채 평형을 유지하고 있었다. 그는 그들이 구덩이를 파는 동안 얼근하게 취한 상태를 의식적으로 즐기고 있었다. 이제 그가 바라는 것은 오직 한 가지뿐이었다. 한 잔, 한 잔 더 마시는 것. 난 취한 상태에서 죽고 싶어.

그것이 그의 마지막 뜻이었다.

찰리는 톰을 이해하고 그의 뜻을 받아들였다. 그의 오래된 친구는 자기가 살았던 곳에서 죽어 자신의 땅으로 돌아가려 하는 것이다. 마리-데네주는 톰이 이해되지 않았지만, 죽으려 하는 사람의 뜻을 존중해야 한다는 것을 알고 있었다.

그리고 톰이 자기 내면의 세계 속으로 점점 더 깊이 빠져드는 동안 마리-데네주와 찰리는 그의 마지막 거처를 준비했다. 그들은 구덩이 바닥에 두꺼운 곰 가죽을 깔았다. 곰 가죽은 편안한 침대가 될 거야 라고 마리-데네주는 생각했다. 그리고 찰리는 이렇게 생각했다. 그로선 아무 상관 없을 거야. 뭔가를 느낄 시간조차 없을 테니까.

톰은 두 다리를 구덩이 위에 늘어뜨린 채 그의 개와 함께 앉아 있었다. 그의 한쪽 눈은 곰 가죽을 바라보고 있었으며, 다른 쪽 눈은 이리저리 굴러다니고 있었다. 그는 자신의 삶이 자기 앞을 지나가는 것을 보게 될 순간을 기다리고 있었다. 그는 가장 먼저 뭘 보게 될까? 여자를? 어떤 여자가 그와 함께 죽기를 원할까? 그는 꿈속에서 자기가 죽는 걸 보았고, 그때 꽃향기 나는 하얀 여자가 그에게 몸을 기댄 채 누워 있다가 그의 옆구리 속으로 천천히 사라져갔다.

그는 개를 꼭 껴안고 구덩이 속으로 미끄러져 들어갔다.

그는 취하지 않았다. 어쨌든 그가 바라는 만큼 취하지는 않았다. 그는 지금 무슨 일이 일어나고 있는지를 완전히 의식하고 있었다. 그는 그의 위편에 비치는 밝은 후광 속에서 찰리와 마리-데네주를 보았다. 그들은 키가 무척 크고, 거대하고, 살아 있었다. 그들은 거대했고, 죽을 때까지 그와 함께 하겠다고 그에게 약속했다.

"난 여기서 겨울을 보내겠네, 찰리. 썩 넓지는 않지만 견딜 만할 거야."

그는 한 손에는 술잔을, 다른 손에는 빈 술병을 들고 구덩이 속에 서 있었다. 세 사람 모두 빈 술병이 무얼 의미하는지 알고 있었다. 곰 가죽 위에 누워 있는 개 드링크만 그걸 모르고 있었다.

그는 마지막 잔을 들이킨 다음 자신의 개 옆에 누웠다.

찰리는 친구의 동작 하나하나를 지켜보고 있었다. 그는 불안해 하며 별다른 일이 일어나지 않기를, 스트리크닌이 적절하게 작용해 톰이 피를 흘리거나 토하지 않기를 바랐다.

그는 그답지 않게 너무 느린 목소리로 말했다.

"톰, 잊어버리면 안 되네. 자네는 손가락 끝으로 집어서 한 번, 드링크는 두 번만 먹어야 하네. 안 그러면…"

“안 그러면… 보기에 좋지 않겠지? 걱정말게. 난 어떻게 해야 하는지 항상 잘 알고 있었으니까. 특히 여성분들이 옆에 있으면 말일세.”

이렇게 말하고 난 톰은 호주머니에서 원통형 상자를 꺼내더니 자신의 개에게 다가갔다. 그는 부드러운 동작으로 개의 입을 벌리고 입 속에 스트리크닌을 떨어트렸다. 그는 치사량의 스트리크닌을 복용하기 전에 마지막으로 인사를 하고 싶어서 제자리에서 한 바퀴 돌며 말했다.

“자, 두 사람 장수하고, 사람들에게도 인사 전해주게.”

그리고 그는 스트리크닌을 손끝으로 집어 삼켰다.

효과는 금방 나타났다. 발작과 경련을 일으키더니 팔다리가 뻣뻣해졌다. 이어서 그의 팔다리가 개의 다리와 뒤엉켰고, 개는 그를 할퀴고 때리고 찢어발겼다. 인간과 개가 맞붙어 싸우는 모습은 보기 끔찍했다. 찰리는 이미 경고했었다. 자네와 드링크는 서로의 몸을 갈기갈기 찢게 될 거야. 하지만 톰은 말을 듣지 않았다. 난 드링크랑 같이 있고 싶어. 그래서 찰리는 톰이 하고 싶은 대로 하게 내버려두었다. 톰의 뜻에 맞설 수는 없었다. 하지만 지금 이 순간만은 구덩이 속으로 내려가 드링크를 끌어내고 친구가 평화롭게 죽어가도록 하고 싶었다. 하지만 너무 늦었다. 거품이 톰의 얼굴에 나타나기 시작하였다. 그의 마지막이 가까워지고 있었다. 찰리는 마리-데네주를 꼭 껴안았고, 그녀는 정신이 나가버린 사람처럼 아무 말 없이 죽음의 여신이 자기 일을 하는 걸 바라보고만 있었다.

그 다음 동작은 무겁고 느렸다. 그들은 시신들을 땅에 묻었다. 찰리는 부삽으로 흙을 퍼서, 마리-데네주는 흙을 한 줌씩 쥐어서 구덩이에 뿌렸다. 그들은 그러고 나면 스티브의 암캐인 달링과 테드의 개인 키노의 차례가 될 것이라는 사실을 알고 있었다. 모든 것은 그 전날 밤 결정되었다. 작별, 하나의 삶을 봉인하는 말들, 마지막 악수, 이 모든 것이 여름 산장에서 그 전날 밤에 이루어진 것이다. 톰은 이렇게 말했다. 난 또 다른 겨울을 보고 싶지 않아. 난 충분히 오래 살았어. 이제 여기서 그만 끝내고 싶어.

개들의 죽음과 매장은 예정했던 대로 이루어졌다. 이제 그들은 그들을 기다리고 있으며 무척 불확실한 두 번째 단계를 시행하였다.

그들은 산장으로 가서 그들에게 필요한 것들을 따로 모았다. 냄비, 모피, 도끼, 낚싯대, 통조림 상자. 복숭아 통조림을 하나 선반에 놓아두자는 생각을 한 건 마리-데네주였다. 그녀가 말했다. 앙주-에메를 위해서요.

"그녀에게 메시지를 남길까요?"

그러자 찰리가 대답했다.

"안 그러는 게 좋겠어요."

그들은 옷가지를 카누에 실었다. 마리-데네주는 앞에 자리를 잡았고, 그녀의 고양이는 그녀에게 몸을 바짝 붙였다. 처미는 이것저것 어지럽게 쌓여 있는 카누 한가운데서 몸을 뻗을 수 있는 장소를 찾아냈다. 찰리는 카누 뒤편에 자리 잡았다. 카누는 너무 많은 짐이 실려 좀처럼 움직이려고 하지 않았다. 하지만 찰리는 노를 몇 번만 저어 카누의 용골이 모래 바닥에서 빠져나오도록 하는 데 성공했다. 그들을 실은 카누가 출발했다.

멀리 보이는 호숫가에서 한 존재가 그들이 떠나가는 것을 바라보고 있었다. 죽음의 여신은 자신에게 충분한 시간이 있다고 생각했다. 저 두 사람은 그들이 원하는 삶을 살 수 있으리라는 희망을 가질 수 있을 것이다.

# 새들이 비처럼 내린다

Il pleuvait des oiseaux

우여곡절 끝에 결국 그녀는 전시 장소를 찾아내는 데 성공했다. 그녀가 마지막으로 들른 화랑에서 거절당하고 이제는 더 이상 희망이 없다고 생각했을 때, 화랑 주인이 거절하는 걸 본 한 젊은 여성이 화랑도 아니고 아트센터도 아닌 장소가 있는데 거기서 전시를 해보는 게 어떻겠느냐고 그녀에게 제안했다. 그 젊은 여성이 말했다. 지금 당장은 별것 없는 공간이지만, 일단 한 번 시작하면 놀라운 결과를 얻을 수도 있을 거예요.

이 젊은 여성 자신도 녹아서 반죽 상태가 된 유리에 공기를 불어넣어 작품을 만드는 예술가로 이름은 클라라 윌슨이었다. 그런데 그녀가 말하는 장소는 아무리 봐도 아트 갤러리처럼 보이지는 않았다. 이곳은 대영제국에서 가장 컸던 양조장의 술통을 만들던 장소였다. 이 장소는 다른 시대의 산업건축

물로 가득 차 있지만, 수많은 가능성을 가지고 있답니다. 그녀는 천장에 설치하게 될 쇠시리와 철거하게 될 철제 빔, 벽돌로 쌓아올린 벽에 깊이 끼워진 창문을 가리키며 이렇게 말했다. 저 창문은 빅토리아 여왕 시대의 아름다움을 갖추고 있어서 절대 건드리면 안 돼요. 공사는 꼭 필요한 곳만 할 거예요. 클라라는 문화 행동주의자 그룹의 일원이었고, 이 문화 행동주의자들이 동원할 수 있는 재원은 한정되어 있었다. 그러나 봄에는, 아무리 늦어도 5월에는 모든 것이 준비되어 있을 것이고, 그 사이에 할 일이 많은 사진작가의 입장에서 이건 오히려 잘 된 일이었다.

그녀는 숲속 은둔지로 돌아가지 않았다. 이미 본 것으로 충분했다. 그렇긴 하지만 그녀는 이따금 무덤에 대한 기억을 지워버리고 싶어 하면서 그녀의 친구들이 숲에서 아주 멀리 떨어진 어딘가의 새 오두막집에서 또 다른 삶을 살아가고 있다는 상상을 하곤 했다. 하지만 하나의 이미지가 즉시 나타나 그들이 살아 있을지도 모른다는 희망을 앗아가 버렸다. 그것은 바로 철제 상자가 없는 찰리의 집 선반의 이미지였다. 그리고 보이지 않는 스트리크닌 상자보다 더 무자비한 것은 판지 상자의 이미지였다.

이 상자는 소중했다. 안에 찰리의 신분을 확인해주는 진짜와 가짜 서류, 그리고 꽤 많은 돈이 들어 있었다. 찰리는 그녀가 토론토로 출발하기 직전에 이 상자에 뭐가 들어 있는지 알려주었다. 그는 그녀에게 말했다. 언젠가는 마리-데네주가 더 이상 숲속에서 행복해하지 않을 수도 있으니까, 그때를 대비해서 준비한 겁니다. 사진작가는 상자 안에 꽤 많은 액수의 지폐가 들어 있는 걸 보고 놀랐다. 백 달러짜리 지폐들을 굵은 고무줄로 묶어놓은 돈다발이 여러 개나 들어 있었다. 사진작가가 볼 때 수천 달러는 되는 것 같았다. 그녀는 깜짝 놀라서 자신도 모르게 휘파람을 불었다. 그러자 찰리가 설명했다. 정부에서 받은 연금수표를 현금으로 바꿔놓은 건데, 그동안 쓰지를 못했어요.

그리고 그는 다시 한 번 강조했다. 마리-데네주를 위한 것입니다.

그러자 그녀는 약속했다. 만일에 마리-데네주가 더 이상 숲속에서 살고 싶어 하지 않으면, 내가 나서서 그녀가 살 만한 곳을 찾아보고 그녀를 보살펴줄게요.

찰리의 눈이 크게 안도하는 빛을 띠자 사진작가는 그가 마리-데네주의 행복을 위해서라면 모든 걸 다 포기할 각오가 되어 있다는 것을 알았다. 그들의 서로에 대한 배려, 그들의 눈속에 떠오르는 정감. 그녀가 애정이 담긴 관대한 우정이라고, 마음이 마지막으로 부리는 교태라고 생각했던 모든 것은 사실 훨씬 더 심오한 감정이었다. 이 두 사람은 스무 살 때처럼 서로를 열렬히 사랑하고 있었다. 찰리의 선반에 놓여 있던 두 개의 상자가 모두 안 보인다는 사실이 의미하는 것은 오직 한 가지뿐이었다. 즉 두 사람은 아무 흔적도 남기지 않고 함께 전격적으로, 그리고 결정적으로 모습을 감추기로 결심했던 것이다.

사진작가는 결국 받아들일 수 없는 것을 받아들이게 되었다. 우리가 사랑의 의지에 반대할 수 있는가? 두 상자의 부재는 한 달이 지나고 두 달이 지나면서 매우 낭만적인 이미지로 바뀌었다. 손을 잡고 걷는 찰리와 마리-데네주는 그들의 운명을 맞으러 가는 로미오와 줄리엣이 된 것이다.

스티브와 브뤼노는 살아 있었다. 스티브는 판사가 이 사람은 기회만 생기면 분명히 숲속으로 돌아갈 것이라고 판단했기 때문에 보석으로 풀려나지 못하고 감옥에 갇혀 있었다. 브뤼노의 소식은 들을 수 없었다. 그는 경찰이 단속을 나왔을 때 현장에 없었으며, 그 이후로는 인근에 모습을 나타내지 않았다. 사진작가 역시 숲속에서 돌아다니지 않는 편이 나았다. 경찰이 공범을 찾고 있었던 것이다.

그녀에게 이런 소식을 알려준 것은 호텔 주인 제리였다. 스티브는 정부에서 제리의 호텔로 연금수표를 보내면 매달 말에 와서 현금으로 바꿔가곤 했다.

"그럼 다른 사람들은요?"

그녀는 누구라고 이름을 밝히지 않고 이렇게 물었다.

그러자 제리는 눈썹을 치켜올리며 되물었다.

"다른 사람들이라니요?"

분명히 그는 톰과 찰리의 존재에 대해 알지 못하고 있었으며, 숲속 깊은 곳에 은둔하고 있는 나이든 여성의 존재에 대해서는 더더욱 잘 모르고 있었다. 그냥 무슨 소규모 밀매매가 이뤄지고 있나보다 짐작하고 자기도 돈을 좀 챙길 수 있지 않을까 생각했을 뿐이었다.

그녀는 이 키 작고 배 나온 남자의 호텔로 돌아가지 않았다.

그녀는 그 뒤로 몇 달 동안 전시회 준비를 하느라 바빴다. 그녀는 숲속에서 오래된 친구들과 삶을 함께 했고, 거기서 그녀에게 남은 것은 367점의 그림과 테드의 강박적인 고통, 모든 색깔 있는 얼룩에 빛을 비추는 마리-데네주의 눈길뿐이었다. 전시될 그림들은 그녀의 집에 어지럽게 쌓여 있었다. 나머지 그림들은 토론토 북쪽의 창고에 보관되어 있었다.

그녀는 이따금 밤에 단 한 장면도 기억나지 않는 악몽을 꾸다가 소스라치게 놀라 잠에서 깨어나곤 했고, 그때마다 오직 그녀와 그녀의 친구들을 깊은 숲속으로 데려가게 될 광채나는 색을 그림에서 찾아내기 위해 아파트의 방들을 한 바퀴 돌곤 했다.

일이 그녀를 구해주었다. 전시회 말고도 주문 받은 일이 몇 가지 있어서 그녀는 기진맥진해질 때까지 일에 몰두했다. 그녀에게는 생각할 것도 많았고, 할 것도 많았고, 결정해야 할 것도 많았다. 다행스럽게도 클라라가 있었다. 클라라는 봄바람처럼 상큼한 여자였고 그의 친구들도 성격이 쾌활해서 사진작가는 그들의 에너지에서 활력을 얻었다. 그들은 무명화가의 작품을 처음으로 소개하게 되었다는 사실에 흥분하며 이 화가에게 아낌없는 찬사를 보냈다. 괴짜, 그 누구에게서도 그림을 배운 적 없는 독립적인 존재, 천재적인 재능을 타고난 화가, 영감의 원천, 구성의 대가… 그들은 또한 그녀가 찍은 사진에도 감탄했다. 그녀는 질감이 느껴지는 빛과 시선의 깊이를 얻게 해준 주름막 달린 위스타 카메라에 만족했다.

프로젝트는 순조롭게 진행되었다. 그녀는 일이 이렇게 잘 되어가자 오히려 어리둥절해했다. 그들은 이 전시회가 결정적인 역할을 해주기를 바랐다. 이 오래된 양조장에서는 오래 전부터 더 이상 위스키를 생산하지 않았지만, 엄청나게 넓은 데다가 석조건물들이 지어진 지 매우 오래 되었으며 길에 옛날식으로 자갈이 깔려 있어서 온갖 종류의 소문을 낳았다. 이 많은 소문 중에서 가장 믿을만한 소문은 이곳을 요크빌이랑 조금 비슷하지만 더 유럽적인 분위기로 식당과 연극공연장, 화랑, 상점이 있는 화려한 보헤미안풍의 장소로 만든다는 것이었다. 클라라와 그녀의 친구들은 예술과 산책자들, 고급요리가 이 장소를 차지하게 되면 선봉에 나서고 싶어 했다.
그 당시, 이 오래된 양조장은 영화 촬영장으로 쓰이고 있었다. 여기서 시대극을 찍은 할리우드 영화촬영팀은 젊은이들에게 매료되어 그들에게 양조장 일부를 남겨주었다.
사진작가는 전권을 가지고 있었다. 그들은 전시회의 콘셉트를 마음에 들어 했다. 서로에게 말을 거는 그림과 사진. 특히 매더슨 대화재라는 전혀 새로운 스토리. 절반쯤 눈이 먼 상태로 사랑하는 여자를 한 명도 아니고 두 명이나, 그것도 똑같이 생긴 여자들을 찾아 잔해 속을 떠돌아다니는 청년. 이 두 여자는 그의 삶 전체를 이루어질 수 없는 사랑이라는 뒤엉킨 실로 묶어버릴 것이다. 사랑, 방황, 고통, 깊은 숲, 예술을 통한 구원… 이 모든 것은 삶이 빛에 도달하기 전에 밑바닥을 긁어내고 싶어 하는 젊은 예술가들이 소중하게 생각하는 주제들이었다.
그들이 가장 큰 관심을 갖는 그림은 그중에서 다섯 점만 전시하기로 결정한 〈긴 머리 처녀들〉 시리즈였다. 멀리 강 위에 나타난 뗏목, 검은 강물 속에 점점이 이어진 황금색 자국. 더 가까이서 본 뗏목, 그리고 손으로 노를 젓고 있는 긴 황금색 머리 처녀들. 그림을 더 가까이서 보면 두 처녀가 강가에 서 있는 누군가를 알아보고 손짓하며 애원하고 있다. 그 다음 장면에서는 비극이 일어났다. 검은 강물이 소용돌이치면서 뗏목이 전복된 것이다. 마지막으로 기묘하게 아름다운 그들의 얼굴이 클로즈업된다.

이 시리즈에는 원래 이 낭만적인 비극의 유일한 생존자인 엔지 폴슨의 사진이 함께 전시되어야만 했다. 하지만 사진작가가 하이 파크 공원에서 이 나이든 여성을 앞에 두고도 사진기 셔터를 누르지 않는 바람에 이 시리즈에서 엔지 폴슨의 사진을 볼 수 없게 되었다.

그리하여 엔지 폴슨의 사진 대신 테드 보이척이 그린 그녀의 초상화를 전시하게 되었다. 이 초상화에서 엔지 폴슨은 하이 파크 공원의 그 키 작은 노부인보다 스무 살이나 서른 살 어려 보이지만, 이 초상화에서도 그녀의 눈가에서는 선명한 분홍빛이 반짝반짝 빛나고 있었다.

초상화 밑에는 설명문이 붙어 있었다.

엔지 폴슨, 1965년에서 1975년 사이 / 1902년 매더슨에서 출생 / 대화재 때 쌍둥이 동생 마지와 함께 임시변통으로 만든 뗏목을 타고 블랙 리버 강으로 도망쳐서 살아남았다. 1920년, 매더슨을 떠나 토론토로 갔다. 그녀가 그 뒤로 어떻게 살았는지는 전혀 알 수 없다. 그녀는 1972년 매더슨에서, 1994년 봄 토론토의 하이 파크 공원에서 마지막으로 목격되었다. 그녀의 쌍둥이 동생은 1969년 암으로 사망했다.

클라라는 이 설명문을 마음에 들어 하지 않았다. 글이 너무

드라이하고, 지나치게 공식적이며, 아름다움과 사랑, 열정 같은 감정이 느껴지지 않는다고 했다. 그리고 그녀가 그 뒤로 어떻게 살았는지는 전혀 알 수가 없다는 글귀는 부정확하다는 것이었다. 클라라가 말했다. 우리는 그녀의 삶이 실패한 사랑의 약속들로 점철되어 있었다는 걸 알고 있어요. 이 삼각관계에는 그녀의 쌍둥이 동생이 관련되어 있었지요. 또 우리는 이 사랑에 아무 희망이 없었다는 것도 알고 있어요. 왜냐하면 이 쌍둥이 자매는 사랑을 할 수 없는 한 남자를 사랑했거든요. 우리는 이 남자가 그들의 아름다움에 찬사를 보내는 작품을 남기고 죽었다는 것도 알고 있지요. 그렇다면 감추고 속이고 피할 이유가 어디 있겠어요?

사진작가는 설명문을 다시 고쳐 썼다.

엔지 폴슨, 1965년에서 1975년 사이 / 1902년 매더슨에서 출생 / 대화재 때 쌍둥이 동생 마지와 함께 임시변통으로 만든 뗏목을 타고 블랙 리버 강으로 도망쳐서 살아남았다. 젊은 보이척은 오랫동안 그들을 찾아 돌아다녔고, 그들을 만나지 못하자 매더슨을 떠났다. 그는 1920년 매더슨에 돌아왔는데, 그때 마지는 결혼을 했고 엔지는 그를 토론토에서 기다리고 있었다. 그 이후는 실패한 약속의 긴 연속이라 할 수 있다. 그녀가 그 뒤로 어떻게 살았는지는 전혀 알 수 없다. 그들은 평생 이루어질 수 없는 사랑으로 연결될 것이다. 마지는

1969년에, 테드 보이척은 1996년에 사망했으며, 엔지만 아직 살아 있다. 그녀는 1994년 토론토 하이 파크 공원에서 목격되었다.

그녀는 신비감이 감도는 이 설명문에 꽤 만족했다. 그녀는 엔지는 새들에게 모이를 주었다 라는 문구를 덧붙이고 싶었지만 설명문에 써넣을 수 있는 글자 수가 제한되어 있어서 그럴 수 없었다. 그녀는 생각했다. 질문은 함축적이었다. 당신은 그녀를 하이 파크공원이나 아니면 다른 곳에서 보았는가?

그녀는 새들에게 모이를 주던 그 키 작은 노부인을 찾아내고 싶었다. 그녀는 자기가 왜 그녀를 찾아내고 싶어 하는지 그 이유를 자신도 몰랐다. 새라는 단어를 머리속에 떠올리고 그걸 너무 작은 설명문 카드에 쓸 준비를 마칠 때까지는 말이다. 그 순간, 그녀는 그 키 작은 노부인이 어디 있든지 간에 그녀를 찾아내는 것이 바로 이 전시회의 목적이라는 것을 깨달았다.

그 키 작은 노부인이 말했었다. 새들이 비오듯 하늘에서 떨어져내렸어요.

클라라가 물었다.

"새들이 하늘에서 비오듯 떨어져 내렸다구요?"

사진작가는 이제 막 전시회 제목을 생각해냈다.

그 키 작은 노부인이 이 제목을 보게 되면 그녀를 찾아올 수밖에 없을 것이다.

화창한 4월 첫날, 사진작가는 하이 파크 공원으로 가서 한 쪽 발은 봄 속에, 다른 쪽 발은 그녀도 어딘지 모르는 곳에 내디뎠다. 그녀는 전나무 숲과 넓은 호수, 가슴을 가득 채우는 맑은 공기, 그리고 벤치에서 그녀를 기다리는 키 작은 노부인을 꿈꾸었다.

엔지 폴슨은 그곳에 있지 않았다. 그녀가 거기 있었으면 하고 바란다고 해서 그녀가 거기 있는 건 아니었다. 대신 한 남자가 거기 있었다. 그 남자는 등을 벤치에 단단히 갖다 댄 다음 다리를 길게 뻗고 두 손은 외투 호주머니 속에 집어넣은 채 깊은 생각에 잠겨 있었다. 사진작가는 생각했다. 50대 초반쯤 되겠군. 그녀는 또 생각했다. 체격이 좋네. 남자는 정말 덩치가 컸다. 벤치 끝에 앉아 있는데도 벤치를 전부 다 차지하고 있는 것처럼 보였다. 그리고 그의 머리는 진한 회색을 띠고 있어서 꼭 머리가 솜털 같은 거품으로 덮인 것처럼 보였다. 그녀는 마리-데네주를 생각했다.

비둘기 떼가 낮게 날아오더니 남자의 발밑에 앉았다. 그녀의 생각이 엔지 폴슨과 그녀의 면 스카프에게로 향했다.

그때 남자가 사진작가의 존재를 알아차리고 당황해하며 그녀에게 미소를 지어보였다. 그의 미소는 이렇게 말하는 듯 했다. 미안해요, 내가 당신 자리에 앉았군요. 그는 옆에 앉으라며 그녀에게 손짓했다.

그는 멀리, 아주 멀리 떠나고 싶어 했다. 더 이상은 그 어느 것에도 자신을 드러내고 싶어하지 않았다. 이 세상 끝에서 길을 잃고 싶어 했다. 뭐가 되었든지 간에 설명이라는 걸 하고 싶어 하지 않아 했다. 그는 지칠 대로 지친 상태였다. 일에도 지쳐 있었고, 책임에도 지쳐 있었다. 사람들이 그에게 기대하는 모든 것에 지쳐 있었다. 그는 사진작가가 들고온 빵 조각을 비둘기들에게 던져주는 동안 그녀에게 지친 목소리로 이렇게 말했다. "어디론가 사라져버리고 싶어요." 그는 또 이렇게 말했다. "투명인간이 되었으면 좋겠어요. 나는 그 누구를 위해서도 존재하고 싶지 않아요."

사진작가는 그녀에게 이렇게 말해주었다.

"내가 좋은 장소를 알고 있긴 하지만, 당신은 아직 너무 젊어요."

사진작가는 남자의 지친 목소리에 귀를 기울이고 있기는 했지만, 그녀의 관심은 다른 데 가 있었다. 남자의 멋진 체구 속에는 그녀가 자기 자신의 모습을 보는 공간과 따뜻하고 편안한 장소가 있었다. 그녀는 남자의 따뜻한 분위기 속에서 자신이 환대받는다고 느꼈다.

그는 자기 이름이 리차드 베르나체즈라고 그녀에게 알려주었다. 그녀는 이유도 모르는 채 생각했다. 사자의 마음을 가진 리차드로군. 용맹한 리차드 왕의 마음을 갖고 있어.

이번에는 그가 그녀에게 이름이 뭐냐고 물었고, 그녀는 숲속에서 가명으로 알고 지냈으며 앞으로 다시는 만날 수 없을 친구들을 생각하며 자신의 성과 이름을 제대로 다 알려주었다.

그러자 사자의 마음을 가진 리차드가 그녀에게 말했다.

"멋진 이름이네요."

마을 밖으로 나가는 길목의 나무 아래 서 있는 작은 집 한 채. 길에서는 삼나무 판자로 된 집 정면과 돌출되어 있어서 베란다에 그늘이 지게 하는 박공을 볼 수 있다. 집 안을 조금이라도 더 시원하게 하기 위해서인듯 커튼이 내려져 있었다. 무더운 여름날이었다. 한 노인이 베란다에서 시원한 바깥 공기를 쐬고 있었다.

찰리는 수수의 가지를 조금씩 씹으며 담배를 피웠다.

"자, 어서 와요."

그는 조금 말라서 양쪽 뺨에 길게 파인 자국이 있었지만, 그것말고는 아흔한 살의 원기를 여전히 간직하고 있었다. 그는 뜨거운 태양 아래서 마을까지 왔다 갔다 한 다음 이제 시원한 공기를 쐬고 있었다. 맛있는 담배 한 대와 시원한 물 한 잔. 삶은 여전히 소소한 즐거움을 안겨준다.

그는 방충문 쪽을 향해 다시 한 번 소리쳤다.

"어서 와 보라니까!"

"가요. 금방 가요."

꼭 거품이 인 것처럼 보이는 마리-데네주의 머리가 살짝 열린 문 틈 속에 나타났다. 그녀의 흰 머리가 환한 빛을 발했다. 그녀는 찻쟁반을 들고 그녀의 다리 사이를 이리저리 빠져나가는 고양이 몽세뇌르와 함께  살금살금 조심스럽게 베란다로 들어왔다.

그녀는 연한 색 드레스를 입고 있었다. 그녀는 푸른색과 진홍색 옷을 입고 있어서 머리칼이 한층 더 광채를 발했다.

그녀는 찻쟁반을 흔들의자 근처의 식기대 위에 내려놓고 찰리 옆에 앉았다. 그는 오랫동안 그녀를 기다렸다. 작은 승리의 증거를 손에 들고 있었던 것이다. 그는 두 개의 봉투를 아직 열지 않았다. 그들은 봉투 속에 뭐가 들어 있는지 다 알고 있었다. 봉투 속에는 그들의 연금수표가 들어 있었다. 찰리는 연금수표를 받을 수 있을 것이라고 생각했지만, 마리-데네주는 그렇게 생각하지 않았다. 정부에서 그들을 아는 사람이 아무도 없는 이 마을까지 연금수표를 보낼 수 있을 거라고는 생각하지 않았던 것이다. 그러나 찰리는 우편배달부였다. 그는 어떻게 해야 되는지 방법을 알고 있었다.

"다른 건 없나요?"

그녀는 그가 우체국에서 돌아올 때마다 이렇게 같은 질문을 던지곤 했다.

"아니, 다른 건 없어요."

"내 친구에게 편지를 써야 할 텐데."

"어떻게 쓰려고요? 주소도 모르고, 심지어는 이름도 모르는데."

마리-데네주는 한숨을 내쉬었다. 두 사람은 자주 이런 대화를 나누었다. 마리-데네주는 앙주-에메를 보고 싶어 하고, 찰리는 앙주-에메도 자신의 삶을 살 때가 되었으니 그냥 이렇게 지내는 게 낫다고 설명하는 것이었다.

베란다의 다른 쪽 끝에 누워 있던 처미가 일어나더니 찰리 쪽으로 와서 옆에 드러누웠다. 이 개는 시간이 되었다는 걸 알고 있었다. 두 노인은 흔들의자에 앉아 몸을 앞뒤로 흔들기 시작했다. 몽세뇌르는 마리-데네주의 품에 안겨 있었고, 처미는 찰리가 자신의 몸을 긁도록 내버려두고 있었다.

마을 사람들은 곧 도시에서 일을 마치고 돌아올 것이다. 그리고 얼마 안 있으면 자동차들이 줄지어 지나갈 것이다.

이 얘기는 이 마을이 어디에 위치해 있는지도 말하지 않고, 이 마을의 이름도 말하지 않는다. 침묵이 수다보다 낫다. 특히 그것이 행복에 관한 것이고, 행복이 언제 어느 때 무너질지 모를 정도로 불안정하다면 더더욱 그렇다.

행복해지는 데 동의하기만 하면 행복하게 살 수 있는 법이다. 마리-데네주와 찰리는 앞으로 몇 년밖에 살지 못할 것이다. 하지만 그들은 이 몇 년을 한평생처럼 살기로 했다. 그들은 세상 사람들의 눈을 피해 숨어 지낼 것이다.

이 얘기에는 미결로 남아 있는 것이 여러 가지 있다. 예를 들면 전시회가 끝나서 그림들을 떼어내고 촬영팀이 할리우드로 돌아가고 나서 술통 제조공장에 도착한 한 통의 편지도 그중 하나다. 편지를 보낸 사람은 엔지 폴슨이었다. 이 노부인은 전시회를 보러 왔었으며, 테오도르가 언제 자신의 초상화를 그렸는지 날짜를 정확히 밝히고 싶어 했다.

이 편지가 수신인에게 전해졌는지는 알지 못한다.

전시회는 큰 성공을 거두었다. 그림이 전부 다 팔렸으며, 〈글로브 앤 메일〉 신문에는 찬사로 가득한 기사가 실렸다. 그림의 판매대금은 신탁으로 유치되어 이 얘기가 반전을 맞기를 기다리고 있다.

그리고 죽음은? 죽음은 여전히 떠돌아다니고 있다. 그러나 신경 쓸 거 없다. 어차피 죽음은 모든 얘기 속에 도사리고 있으니까 말이다.

# 새들이 비처럼 내린다

Il pleuvait des oiseaux

1판 1쇄 찍음 2022년 12월 28일

지은이 조슬린 소시에
옮긴이 이재형
편집 김효진
교열 황진규
디자인 최주호

펴낸곳 마르코폴로
등록 제2021-000005호
주소 세종시 다솜1로9
이메일 laissez@gmail.com
페이스북 www.facebook.com/marco.polo.livre

ISBN 979-11-92667-08-9 03860

책 값은 뒤표지에 있습니다. 잘못된 책은 교환하여 드립니다.